문학의 숲으로 떠나는 여행

문학의 숲으로 떠나는 여행

초판 1쇄 인쇄_ 2009년 7월 25일 | 초판 1쇄 발행_ 2009년 7월 30일
지은이_한준희 | 펴낸이_진성옥 · 오광수 | 펴낸곳_꿈과희망
디자인 · 편집_김창숙, 박희진 | 마케팅_김진용 | 인쇄_보련각
주소_서울특별시 용산구 원효로 1가 112-4 디아뜨센트럴 217
전화_02)2681-2832 | 팩스_02)943-0935 | 출판등록_제1-3077호
http://www.dreamnhope.com| e-mail_ jinsungok@empal.com
ISBN_978-89-90790-89-7 03810 | 값 12,000원

문학의 숲으로 떠나는 여행

한준희 지음

꿈과 희망

한준희 선생님은 고등학교에서 국어를 가르치는 사람이다.

그는 평소에 깊은 사유를 통해 준비된 글을 쓴다.

그의 글 창고에는 무한한 씨앗들이 꿈틀거린다.

거기에 어떤 동기와 계기가 주어지면 생각의 씨앗이 무한으로 자라난다.

그의 글을 읽고 다시 읽고 되새기고 동화되다 보면

메마른 몸에 고급 영양소가 흡수되어 보기 좋게 살이 찌는 느낌을 준다.

함께 일을 하면서 느끼는 그는 정말 엄청난 에너지와 열정의 소유자이다.

사람의 마음이 지니는 깊이와 무게가 어느 정도인지 가늠하는 것은 어렵다.

그것이 얼마나 어려운 지를 '한준희'라는 이름을 지닌 사람을 통해 확인한다.

그는 아이들이라는 아름다운 풍경에 꿈을 그리는 선생님이다.

그는 언제나 아이들 편에서 꿈을 꾼다.

분명 그는 한국의 '그루웰'이다.

자신이 바닥이 되고 배경이 되어 그 위에 아름다운 풍경을 그린다.

그가 가르치는 아이들의 풍경은 언제나 살아 있다.

그가 그린 많은 풍경 중에서 가장 아름다운 하나가 '문학기행'이다.

그는 10년이 넘도록 아이들과 함께 문학의 숲을 찾아가는 여행을 했다.

책으로 묶여 나온다니 무척 반갑다.

이 책이 많은 사람들이 함께 걸어가는 새로운 길이 되리라 믿는다.

_한원경 (대구광역시교육청 장학관)

그는 사람과 자연과 나라와 지구를 그 누구보다 사랑한다.
문학과 여행을 좋아하며 문학기행 답사팀을 잘 이끈다.
그의 깊은 사고에다가 이러한 사랑,
그리고 일에 대한 열정과 정성,
사람들에 대한 진정한 배려와 겸손,
공감과 소통에 대한 열망이 버무려진 그의 글들을 읽는 것이
나에게는 깨달음 이상의 감동이다.
_인산(국어 교사)

그는 내 친구이다.
연암 박지원을, 문학기행을 이야기하다가 그냥 친구가 되었다.
그 이후 많은 시간을 함께했다.
그가 제안을 하면 그것은 내 마음 깊숙한 어디에서 숨겨져 있던 그 무엇이
튀어 오르는 느낌이었다.
아직까지 한 번도 하지 않았지만 마땅히 해야 하는 무엇이었다.
아이들을 향한 그의 열정과 추진력과 상상력과 배려는 잠자는 나를 깨웠다.
그는 항상 새로운 것에 접속하면서도 쾌활하고 따뜻하다.
그를 친구로 두어 정말 다행이다.
_초원의빛(대구통합교과논술지원단)

오랜 시간을 꿈꾸고 소망하던 책을 내시게 된 것을 축하드립니다.
아시지요, 저는 글의 힘을 믿습니다. 글의 가장 큰 힘은 치유라고 했던가요.
선생님께서 걸음걸음마다 함께 했었던 문학 속의 이야기가
저처럼 언제나 글 안에서 또 새로운 글을 꿈꾸는 사람들에게
치유가 되고 치유 안에서 또 새로운 이야기들을 만들어 나갈 수 있기를 바랍니다.
그리고 언젠가 제게 들려주셨던 마지막 그 꿈 아시지요.
그 꿈이 꼭 이루어질 때까지 저는 선생님의 글들 속에서
가장 마지막까지 꼬리말을 다는 팬으로 남아있겠습니다.
_모쿠슈라(북마스터)

그는 바다 위의 한 점 섬으로 떠 있는 그런 사람이다.
그의 섬에는 외로움과 그리움, 이별과 사랑, 슬픔과 기쁨이 모두 함께 살고 있다.
아픔이 아픔을 치유할 수 있다는 것을 경험해 본 사람만이 알 수 있듯이,
그는 슬픔의 깊이를 그 자체의 깊이로 바라본다.
때로는 헝클어진 실타래 같은 마음을 빗질하듯이,
때로는 떠도는 먼지처럼 부유하는 마음을 가라 앉혀주듯이
그렇게 다독거리며 향수를 불러일으키게 한다.
_들꽃(책리뷰 블로그 운영)

섬을 찾아 헤매다 그를 만났다.
그 섬은 더 이상 쓸쓸하지 않았다.
사랑이 있었고, 그리움이 있었고,
세상 이야기가 섬을 채우고 있으니까.
그리고 오래 함께 바다를 바라보아도 지루하지 않을 듯한
섬을 사랑하는 '같은 느낌'의 그가 언제나 거기에 있으니까.
_눈사람(중학교 과학 선생님)

언제 이렇게 시간이 흘렀을까?
2006년 첫 개인전을 할 때 앞 부스에 전시하고 있는 분의 작품 소재가 포구였다.
그 아련한 아름다움에 끌려 포구를 검색하다 만난 인연이 벌써 3년이 넘었다.
그는 그런 사람이다.
인적 뜸한 길이나 한적한 공원의 벤치 같은 사람이다.
어느 날은 정호승으로, 어느 날은 안도현으로 말을 걸지만
변함없이 따뜻한 선생님의 목소리가 가장 잘 어울리는 사람이다.
길 떠나 만난 나무의자의 편안함은 내가 원하는 휴식일 수도 있지만
어쩌면 그가 추구하는 삶의 방편일 수도 있겠다.
그가 들려주는 이야기로 많은 사람들이 행복해졌으면 좋겠다.
_해화(화가)

그의 글을 읽으며 많은 감성을 키워온 것 같다
아이들을 다 키우고 결혼까지 시켜서 빈 둥지 증후군을 느끼며
마음이 허전하던 차에 그의 글을 읽고 내 삶에 많은 위로가 되었다.
아이들을 키우느라고 책도 잘 안보고 지내던 나에게 그는
책을 읽게 만드는 문학 선생님이다.
_맑은 햇살(주부)

그의 글을 읽을 때마다 나무 위에 내려앉은 하얀 눈꽃들의 설렘으로
때로는 봄 햇살 같은 소망이 안겨온다.
긴 겨울잠에서 깨어나 스르르 빗장 여는 봄꽃들의 설렘과
흐르는 냇물처럼 귀 기울여 듣고 싶은 마음이 달려온다.
먼 길 돌아와 마주앉은 자리
다시 신발을 신으며 소망의 끈 묶게 하는 다짐과
풀꽃들의 순응을 물끄러미 담아내게 하는 소망의 빛으로
포구의 아늑한 저녁놀처럼 닫힌 마음을 열게 하는 마음이 거기에 있다.
초등학교 시절 교탁 옆에 놓여 있던 풍금소리 같은 그리움 말이다.
_허브(블로그 오랜 이웃)

바다와 섬을 닮으신 분.
블로그 '바다 그리고 섬'이란 제목에서 느껴지듯 바다와 섬을 사랑하시는 분,
삶의 의미를 남들보다 깊게 느끼시는 분,
남해 미조항이 아름답다 하여, 바다 냄새 나는 미조항에서 그를 떠올렸다.
_나비(블로그 오랜 이웃)

차례

3_ 길은 아득하다

4_ 길은 고단하다

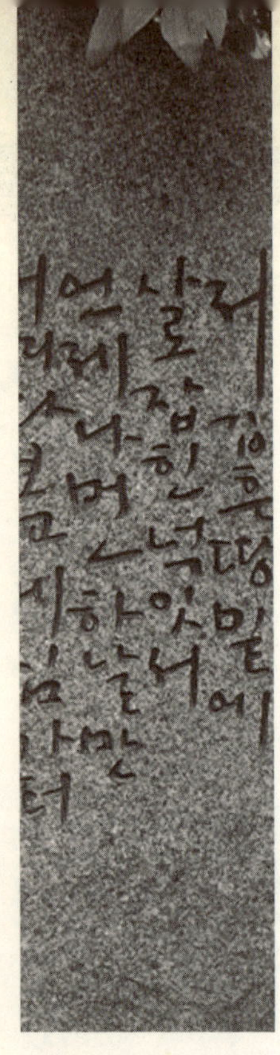

5_ 길은 아름답다

아무리 비켜가려 해도 스치지 않고서는 지나갈 수 없는 그런 길이 있다. 나에게는 남해 미조항이 그랬다. 어느 여름, 마음에 오랫동안 남아 있었던 응어리 하나를 지우기 위해 남해섬을 찾았다. 방향도 모르고 여기저기 기웃거리다가 사위가 어두워진 다음에 정말 우연히 만났던 미조. 엄청나게 퍼붓는 소나기 속에서 길을 따라가다가 길의 끝에서 만난 미조. 미륵이 돕는다는 그 이름에 빠져 그만 그 바다와 함께 밤새도록 소주를 나누어 마셨다. 이름도 기억나지 않는 허름한 식당. 나보다 몇 살은 더 먹은 듯한 주인장이 멸치회를 가지고 합석했다.

"미조엔 처음이오?" "네." "숙소는 잡으셨소?" "아니요." "비가 이렇게 내리는데 그냥 여기서 주무시오. 여기 2층에서 보는 해돋이가 장관이오. 비는 곧 그칠 거요. 길은 이어지잖수. 그런데 미조는 길이 끝나는 곳이오. 물론 바다로 다시 새로운 길이 시작되긴 하지만…… 선생처럼 길 따라 왔다가 길이 없어 머물게 되는 사람들이 제법 많지. 그런데 그럴 때가 있지 않나? 길을 걸어가다가도 한동안 머물고 싶을 때가. 미조는 그래서 좋아. 길이 없다는 핑계로 머물러도 되니까."

수염이 하얀 주인장의 말이 끝없이 이어졌다. 지붕에 떨어지는 빗소리와 처마에 머물던 빗방울, 그리고 바람 사이로 달려오던 미조항의 파도 소리. 마침내 미륵이 도운 것처럼 내 마음 속 응어리를 지웠다. 밤새도록 비와 파도, 바람과 함께한 시간.

새벽녘, 주인장의 말처럼 비가 그쳤다. 하늘에는 하현달이 슬프게 얼굴을 내밀었다. 조금씩 마모되어 가던 꿈들 속에서 그래도 마음껏 슬퍼할 수 있었던 곳. 그 슬픔의 시간이 지나고 만난 아름다운 해돋이. 섬과 섬 사이에서 떠오르는 아침 해의 모습은 슬픈 응어리를 넘어서 뜨거운 생명을 담고 있었다. 기억이란 만드는 이들의 몫이다. 추억일 수 있고 상처일 수도 있다. 하지만 그 둘의 거리란 사실 없다. 왜냐하면 본질적으로 부재不在하는 것이니까. 그냥 기억일 뿐이니까. 그래도 분명한 건 그때의 미조는 내 마음 지쳐 있을 때 쉬어갈 수 있는 기억이다. 어쩌면 이젠 더 이상 지치고 싶지 않은 내 영혼의 모습이기도 하다. 일상의 줄기에 달린 슬픈 나뭇잎은 가능하면 낙엽으로 날려버리고 싶은 내 영혼의 몸부림이기도 하다.

"미조로 갈까?" "미조가 어딘데요?" "인터넷으로 한번 검색해 볼래?" 잠시 후…… "여기 정말 좋아요. 미조 가요." "그럼 예약하자." 아이들과 그렇게 이야기 나누다가 결국 다시 미조로 향했다. 미조항. '경상남도 남해에서 출발하여 강원도 원주시까지 연결되는 국도 19호선 시발점. 국토의 남동쪽에 위치한 아름다운 항구. 미조횟집 앞에 자리 잡고 있는 간이 버스정류소에 있는 청춘들의 사랑이 빙긋이 미소 짓게 만들어 주는 곳.' 몇 년 만에 다시 방문하는 미조항에 대해 인터넷에서 소개하는 글들이다. 사천을 거쳐, 새로 만든 연육교를 지나, 아름다운 해안도로를 따라 해질 무렵 미조에 도착했다. 하지만 그해 여름 나를 살갑게 했던 식당도 사라지고 소주를 나누어 마셨던 주인장도 사라지고 밤새도록 내리던 빗방울도 사라지고…… 차가운 겨울바람 속에서 정말 경상도 촌놈 사투리 같은 파도소리만 높았다.
　펜션을 찾아 길을 따라 남항으로 향했다. 끝이라고 생각했던 길이 계속 이어져 있었다. 마침내 도착한 펜션. 전화 목소리처럼 인자하게 생기신 주인 아주머니가 따뜻하게 맞았다. 길게 방파제가 이어져 있었고 점점이 떠 있는 섬 사이로 흰 색과 빨간 색의 두 등대가 석양 속에 빛나고 있었다. 등대…… 등대라는 말은 묘하게 아름답다. '등'을 '대'기만 하면 따뜻한 온기가 전해 올 것만 같은 느낌. 어떤 상황에서도 나를 안아줄 것만 같은 느낌. 그러면서도 형언할 수 없는 외로움을 그 속에 간직하고 있을 것 같은 느낌. 지금 길을 잃고 방황하고 있는 수많은 사람들에게 꿈을 찾는 길을 알려주기도 하고 거친 파도에 휩쓸리고 있는 저 바다의 고깃배들에게 안전한 포구로 들어가는 길을 알려주기도 하는 것. 어떤 시인은 등대를 외로운 사람들의 우체통이라 했다. 등대로 편지를 써서 보내면 별에까지 배달된다고 했다. 삶이 슬프다고 느끼는 사람, 삶이 외롭다고 느끼는 사람은 해질 무렵 잠시만이라도 다시 바다로 뛰어가서 등대 밑에 주저앉아 파도 소리와 함께하라. 그러면 반드시 별에까지 배달된 그리움의 언어들이 답장이 되어 가슴으로 다가올 게다.

"여긴 물 반 학꽁치 반인데…… 선생님, 낚시 하실래요?" "아니요. 그냥 구경이나 하지요. 저번에 미조에 왔을 때는 북항이 육지의 끝이라고 생각했어요. 이렇게 남항이 있고 한 바퀴 돌면 다시 북항에 이어진다는 걸 몰랐어요." "신기하죠? 끝은 없어요. 길은 이어지지요. 제 자리로 돌아가는 것이 슬프긴 하지만 삶이란 게 원래 그런 거잖아요. 사실 포구는 남항이 훨씬 붐벼요. 고깃배도 많구요. 북항이 잠자고 있다면 남항은 늘 숨을 쉬고 있어요. 선생님은 지금 살아 있는 포구를 보고 계시는 거죠."

이야기를 나누는 도중에도 수많은 고깃배가 포구로 들어왔다 나갔다를 반복했다. 바람이 차가웠다. 섬 사이로 해가 지고 있었다. 지는 해는 신기하게 섬 사이에 꽃으로 피어났다. 핀 꽃들 사이로 배가 들어왔다. 배 뒤를 따르는 갈매기 떼와 함께 하얀 등대가 붉게 물들었다. 방파제를 따라 등대까지 나갔다. '우리 사랑 영원하길……', '왔다 간다. 2000년대여 아듀!', '이별 여행, 슬프다.' '미조, 이젠 기억 속으로.' 슬픔은 기쁨보다 무거워 가라앉는 속성이 있다고 어느 소설가가 말했던가. 등대의 벽을 채운 낙서는 대부분 슬픔으로 가라앉아 있었다.

가족과 함께 다시 찾은 미조. 바람이 제법 심하기는 했지만 이제 그 어디에서도 비가 내리지 않았다. 슬픈 노래도 들려오지 않았다. 밤새도록 외롭다고 낚시인들이 외치는 소리도 크게 불편하지 않았다. 이제 내 기억 속의 미조는 일상과 함께 존재한다. 이번 여행에서 나는 바다와 술 한 잔도 나누어 마시지 않았다.

아무리 비켜가려고 해도 스치지 않고서는 지나갈 수 없는 그런 길이 존재한다. 미조는 그런 곳이다. 알고 찾아갔다기보다는 우연히 만난 곳인데 내 삶의 길을 바꾸어놓았다. 풍경에 대한 기억은 풍경 자체의 아름다움이기보다는 그것을 기억하는 사람의 몫이다. 미륵이 돕는다는 이름이 좋았고, 버려야 함에도 오랜 시간 버리지 못한 것을 버릴 수 있도록 도와준 곳이 바로 미조이다. 기억이 슬프다고 그 슬픔에 빠져 허우적거리는 건 어리석다. 나는 언제나 '지금'을 살고 있고, 그 '지금'에 최선을 다해야 하는 존재니까. 그게 삶이니까. 비우고 사는 것이 더 큰 그리움임을 깨닫는 것이 진정 삶이니까.

참 많은 길을 걸어왔다. 걸어온 그 길은 나에게 부끄러움을 주기도 했고, 기쁨을 주기도 했고, 슬픔을 주기도 했고, 분노를 주기도 했다. 하지만 그 길을 걸어온 사람은 나 자신이고, 따라서 그 길은 나에게 무엇보다도 소중하다. 이제, 내가 지금까지 걸어온 문학이 있는 길을 함께 걸어가 볼까?

길은 그립다

바다로 경운기를 몰고 나가는 아저씨에게
"어디 가세요?" 하니까,
싱긋 웃으며 하는 말. "농사지으러 가지요."
그렇지. 바다는 어부들의 땅이지. 여긴 그들에게 남겨 둬야지.
난 그저 멀리서 바다를, 그리고 그 속의 삶들을 그리워만 하면 그만인 거야.

안개, 무진, 그리고 순천만

김승옥의 〈무진기행〉

여름비가 추적추적 내렸다. 40명을 태운 버스는 구마고속도로를 지나 남해고속도로로 진입하고 있었다. 모두가 서둘러 준비한 덕에 제 시간에 출발할 수 있었던 게 다행스러웠다. 아이들과 함께하는 문학기행도 벌써 두 자리 숫자를 훌쩍 넘었다. 김승옥의 〈무진기행〉의 배경인 '순천만'을 찾아가는 길이다. 늘상 그렇지만 마음이 무척 설렌다. 순천만은 내 그리움의 길이다. 사실 아이들에게 이런 기회를 제공하는 건 그들의 미래를 위해서도 대단히 의미 있는 일이다. 그들은 기대했던 것보다 훨씬 많은 것을 보고 느낀다. 문학기행의 답사지는 대체로 평범하다. 하지만 그 평범함 속에 감추어진 진실을 어른보다 먼저 발견하고 감동하는 것은 아이들이다. 아이들은 자발적으로 김승옥의 〈무진기행〉에 대한 토론을 시작했다. 이미 이런 토론에 아주 익숙하다. 예상했던 것보다 훨씬 많은 준비를 한 것 같았다. 뜨거운 토론이 1시간 이상 이어졌다. 더 오랫동안 토론을 할 수 있었지만 버스가 이미 순천만으로 들어서고 있었다. 비는 서서히 그치고 있었다.

순천만이라는 도로 표지판을 따라 좁은 시골길을 지났다. 작은 공터가 나왔

순천만 대대포 갈대밭
순천만 갈대밭은 절망한 생명이 숨을 쉬는 공간이다.
서로 부딪치며 내는 소리는 그들만의 소통 방법이다.

다. 버스는 더 이상 앞으로 나갈 곳이 없었다. 대대포라는 지명은 확인할 수 있었지만 인터넷에서 보았던 갈대밭은 어디에도 보이지 않았다. 길을 잘못 든 것은 아닌가 하는 생각도 컸지만 이왕 온 길이기에 돌아갈 수는 없었다. 아이들이나 다른 선생님들은 아마 이런 내 마음 속의 답답함을 모르고 있을 게다. 공터 가에 있는 식당가를 지나 작은 언덕을 넘었다. 그 때, 아! 당신들은 그런 아름다움을 본 적이 있는가? 정말 끝이 보이지 않는 갈대밭이 눈앞에 펼쳐졌다. 어깨를 살짝 적실 정도의 이슬비와 아직 완전히 마르지 못한 비안개가 대대포 갈대밭을 가득 채우고 있었다. 서른네 명의 아이들, 다섯 분의 선생님 모두의 입에서 동일한 감탄사가 흘러나왔다. 여기가 무진이로구나. 그렇다. 무진이라는 지명은 지도에는 나타나지 않는다. 하지만 안개 나루(무진)라는 지명은 눈앞에 펼쳐지고 있는 이 풍경을 표현할 수 있는 가장 순천만다운 이름이다. 이미 우리들의 눈에는 물기로 가득 찬 안개가 수없이 내리고 있었다.

〈무진기행〉은 1960년대 한 지식인의 자화상을 통해 당대인의 내면 풍경을 여실히 드러낸 가장 김승옥다운 작품이다. '떠남–돌아옴–떠남'의 원점 회귀적 구조를 통해 인간 삶의 양면적인 모습을 '길'이라고 하는 상징적 의미 속에 녹여내고 있다.

아내의 힘으로 얻은 현실적 안락함, 그러면서도 젊은 날의 번민과 고통이라는 내면적 공허감을 떨치지 못하는 고독한 존재인 '나', '나'의 현실적 모습을 대변하는 '조', 그리고 내 내면의 모습을 대변하는 '하인숙' 등을 통해 인간의 내면에 존재하는 양면적인 모습을 여실히 드러내고 있다. 이러한 이야기의 중심에 무진의 '안개'가 존재한다. '안개'는 앞을 내다볼 수 없는 현재 상황 속에서 절망할 수밖에 없는 현대인의 의식을 상징적으로 드러낸다.

안개의 이미지로 표상되는 '무진'이 우리 인간의 내부에 은밀히 웅크리고 있는 일탈과 욕정, 패배와 절망이라는 정서와 긴밀하게 관련되어 있다면, 서울은 현실적인 삶만이 숨쉬고 있는 공간이다.

이 작품은 자연물에 대해 이전 소설가들의 작품과는 전혀 다른 새로운 감수성을 보여 주었는데, 그것은 바람, 햇빛, 안개 등과 같은 자연을 인간의 밖에 존재하는 단순한 환경으로서 받아들이는 것이 아니라 그 속에 살고 있는 인간들의 허무의식을 드러내는 상징물로서 사용하고 있다는 점이다. 대표적인 자연이 바로 무진의 안개이다.

무진에 명산물이 없는 게 아니다. 나는 그것이 무엇인지 알고 있다. 그것은 안개다. 아침에 잠자리에서 일어나서 밖으로 나오면, 밤사이에 진주해 온 적군들처럼 안개가 무진을 삥 둘러싸고 있는 것이었다. 무진을 둘러싸고 있던 산들도 안개에 의하여 보이지 않는 먼 곳으로 유배당해 버리고 없었다. 안개는 마치 이승에 한恨이 있어서 매일 밤 찾아오는 여귀女鬼가 뿜어 내놓은 입김과 같았다. 해가 떠오르고, 바람이 바다 쪽에서 방향을 바꾸어 불어오기 전에는 사람들의 힘으로써는 그것을 헤쳐 버릴 수가 없었다.

_김승옥, 〈무진기행〉 중에서

버스를 갈대밭 건너편 전망대 휴게소로 보내고 거기까지 방조제를 따라 걸어가기로 했다. 구불구불 끝도 없이 이어진 방조제, 그리고 그 아래에서 아름다운 군무를 추고 있는 갈대, 군데군데 갯벌에서 놀고 있는 수많은 게들, 그리고 개망초꽃, 찔레꽃, 구절초를 비롯한 들꽃들. 아이들은 3시간이나 되는 먼 길을 조금도 싫증내지 않고 즐겁게 이야기를 나누면서 발걸음을 옮기고 있었다. 걸어가는 도중, 순천만 자연 환경을 지키기 위해 노력하시는 순천만 지킴

순천만 화포 해넘이
화포는 특히 해질 무렵이 아름답다.
무너지는 것이 아름다울 수 있다는 것을 화포에서 배웠다.

이 두 분을 만나 많은 이야기를 듣기도 했다. 이런 예상하지 못한 만남은 문학 기행의 또 다른 즐거움이다. 생각보다 길이 너무 멀었기에 그 분들의 안내로 지름길을 택했다. 겨울 순천만이 정말 아름다우니까 겨울에 꼭 다시 오라는 말씀을 마음에 담으며 막 어스름이 내리는 순천만을 뒤로 하고 버스에 올랐다. 〈무진기행〉의 마지막 대목이 자꾸 내 귀를 어지럽게 했다. 하지만 주인공이 느꼈던 부끄러움보다는 이곳을 방문한 기쁨과 뿌듯함이 내면을 가득 채우고 있었다.

그러나 상처가 남는다고, 나는 고개를 저었다. 오랫동안 우리는 다투었다. 그래서 전보와 나는 타협안을 만들었다. 한 번만, 마지막으로 한 번만 이 무진을, 안개를, 외롭게 미쳐 가는 것을, 유행가를, 술집 여자의 자살을, 배반을, 무책임을 긍정하기로 하자. 마지막으로 한 번만이다. 꼭 한 번만, 그리고 나는 내게 주어진 한정된 책임 속에서만 살기로 약속한다. 전보여, 새끼손가락을 내밀어라. 나는 거기에 내 새끼손가락을 걸어서 약속한다. 우리는 약속했다……. 덜컹거리며 달리는 버스 속에서 나는, 어디쯤에선가, 길가에 세워진 하얀 팻말을 보았다. 거기에는 선명한 검은 글씨로 〈당신은 무진읍을 떠나고 있습니다. 안녕히 가십시오〉라고 씌어 있었다. 나는 심한 부끄러움을 느꼈다.

_김승옥, 〈무진기행〉 중에서

순천만 갈대밭이 멀어지고 있었다. 하지만 아이들은 아직 바다를 떠나고 싶어하지 않았다. 그건 나도 마찬가지였다. 순천만의 절경 중에서도 가장 아름답다는 낙조가 우리를 기다리고 있었다. 순천만 지킴이들의 소개로 화포라는 작은 어촌 마을에 들렀다. 거기에서 바라보는 낙조는 순천만 낙조 중에서 가장 아름답다고 했다. 화포는 곽재구의《포구기행》에서 가장 아름다운 한 부분을 채웠던 포구이다. 100미터는 넘음직한 긴 방파제에 열을 지어 앉아 낙조를 기다렸다. 시나브로 붉어지는 서편 하늘, 물빛을 머금은 갯벌이 붉게 하나로 물들어가면서 절묘한 아름다움을 창조하고 있었다. 갯벌에 주저앉은 고깃배에 붉은 핏물이 스며들었다. 그 아름다움을 표현할 수 있는 언어가 부족하여 몸서리를 쳤다. 아이들은 수없이 셔터를 눌러대면서 추억을 화석화했다. 무너지는 아름다움과 보내야만 하는 아쉬움을 가슴에 가득 남기면서 화포의 낙조는 서편 산자락으로 조금씩 스러지고 있었다. 하나 둘 불이 켜지는 화포 마을. 무너짐과 일어남이 동일한 시간에 존재할 수 있는 현상이 신비로웠다. 이렇게 기억된 풍경들은 오랫동안 내 그리움으로 자라날 게다. 갑자기 '먹고 살아야 했으니까…… 김지하가 사형선고를 받고 감옥에 있었잖아. 더 이상 문학을 할 수 없다는 생각이 들더라고.' 하던 김승옥의 슬픈 절규가 내면에서 자꾸만 꿈틀거렸다.

1. 언제부터인가 김승옥 작가에게는 '60년대 작가' 라는 별칭이 따라 붙기 시작했다. 4·19혁명에서 5·16군사정변까지 혼란의 시대를 개인의 내면을 통해 극복하고자 한 작가 정신이 〈서울, 1964년 겨울〉을 고비로 성취되지 못했다는 지적도 드러난다. 이러한 의견에 대해 본인은 어떻게 생각하고 있는가?

나에게 '60년대 작가' 라는 별칭을 부여한 것은 60년대 상황 인식과 결부되어 있다. 60년대가 아니었다면 내가 쓴 소설은 단지 지독한 염세주의자의 기괴한 독백일 수밖에 없었을 것이다. 절망이 바로 옆에 함께 살고 있었던 60년대였기에 내 소설이 일상 속에서 태어날 수 있었던 것이다. 사실 불안과 초조함으로 입술이 말라붙은 내 젊은 날의 모습이 그 속에 존재한다. 하지만 꿈은 꿈일 수밖에 없었던 것일까? 내 꿈에는 문학으로 극복할 수 없었던 어두운 정치가 이면에 존재하고 있었고, 내 문학의 힘으로는 도저히 그 벽을 넘을 수 없었다고 말하면 무책임한 발언이고 현실도피인 셈인가?

2. 〈무진기행〉에서 드러나는 윤희중이라는 인물은 33세에 제약회사의 간부가 되고, 장인이 경영하는 회사의 전무 자리에 오르기로 되어 있다. 하지만 사회적으로 성공했고, 그래서 행복한 사람처럼 보이는 그 역시도 내면의 쓸쓸함과 회의가 있다. 이러한 모습은 물질을 중시하는 오늘날의 현대인들과도 별반 다름이 없어 보인다. 시대가 변하였지만 변하지 않은 이 모습에 대해서 어떻게 생각하는가?

사회적인 성공이 반드시 행복을 결정하는 전부라고 할 수는 없지 않은가? 윤희중은 한 시대를 살아가는 우리들의 양면성을 가감 없이 보여주는 인물이다. 시대의 변화와는 관계없이 모든 인간들에게는 타인에게 보여주고 싶지 않은 내면의 상처가 존재한다. 무진에서 윤희중이 만나는 '조', '박', '하인숙' 등은 부정하고 싶지만 부정할 수 없는 자신의 분신이었던 셈이다. 하지만 윤희중이 도달하는 곳은 역시 처음의 자리일 뿐이다. 거울을 보라. 결국 스스로의 내면과 적당한 거리를 두면서 현실과 타협하는 사람이 당신 자신이지 않은가?

비상학이 날아오르다

이청준의 〈선학동 나그네〉

순천만의 기억을 반추하느라 거의 새벽 4, 5시가 되어서야 잠이 들었지만 아이들은 일찍 자리에서 일어났다. 간단하게 세수를 하고 난 다음 천관산 산행을 시작했다. 피곤한 관계로 오솔길을 산책하는 것으로 산행을 대신했다. 하지만 천관산 자연휴양림에서 뿜어져 나온 맑은 아침 공기는 어제의 피로를 말끔하게 씻어주기에 충분했다. 천연기념물인 효자송孝子松 아래에서 잠시 휴식을 취한 뒤 우린 숙소로 돌아와 된장찌개 아침밥을 먹었다. 바다 냄새가 짙게 풍기는 된장찌개였다.

장흥은 남도 중에서도 벽지이다. 하지만 진정 문학의 고장이기도 하다. 이청준, 한승원, 이승우, 송기숙 등 내로라하는 문인들이 모두 장흥 출신이다. 가장 먼저 만날 사람은 이청준이다. 버스는 장흥읍에서 회진으로 가는 길을 달렸다. 〈선학동 나그네〉의 사내가 지났던 길을 그대로 밟는 셈이다. 아이들은 〈선학동 나그네〉에 대한 토론을 시작했다. 여전히 모두 진지했지만 열기는 어제만 못했다. 아마도 〈선학동 나그네〉라는 작품이 지닌 본질을 이해하기에는 그들이 지닌 영혼의 크기가 작은 탓일 게다.

회진 시내버스 정류장. 아이들에게 차창을 통해 주변을 둘러보라고 했다. 정말 평범한 곳, 어느 시골에 가도 언제나 볼 수 있는 한적한 시골 버스 정류장, 하지만 신기하게도 아이들은 감격하고 있었다. 앞 다투어 몇 번이고 카메라 셔터를 눌러댔다. 그들은 이미 여기가 〈선학동 나그네〉에서 소리꾼 누이의 행적을 쫓는 사내가 버스에서 내린 바로 그 회진 종점이란 걸 알고 있었던 것이다. 우린 이미 〈선학동 나그네〉의 사내가 되어 여행을 하고 있었다. 어쩌면 문학기행의 진정한 의미는 여기에 있는지도 모른다. 정말 평범한 대상이지만 의미를 부여하고 보면 모든 것이 달라 보일 수 있음을 배우는 것이 문학기행의 의미다. 아이들은 이미 눈이 아닌 마음으로 보는 법을 배우고 있었다.

회진항을 거쳐 회진초등학교를 지났다. 왼쪽에는 넓은 회진 갯벌이 누워 있었다. 버스에서 내렸다. 진목으로 넘어가는 산모퉁이에 〈선학동 나그네〉에서 돌고개라 불리는 가파른 고갯길이 눈앞에 나타났다. 버스는 이청준 생가가 있는 진목으로 먼저 보내고 아이들과 함께 2차선 지방도로를 걸어갔다. 왼편에 바다를 끼고 모두가 작품 속의 사내가 되어 길을 걸었다. 산모퉁이를 도는가 싶더니 눈앞에는 선경이 펼쳐져 있었다.

물이 있어야 할 곳에 물이 없었다. 바닷물은 언제부턴가 돌고개 기슭에서부터 출입이 끊겨 있었다. 돌고개 기슭과 관음봉의 오른쪽 산자락 끝을 건너 이은 제방이 포구의 물길을 끊어 버리고 있었다. 포구는 바닷물 대신 추수가 끝난 빈 들판으로 변해 있었다. 들판 건너편으로 오기종기 집들이 모여 앉은 선학동의 모습이 아득히 떠올랐다. 비상학飛翔鶴의 모습은 자취를 찾을 수가 없었다. 포구에 물이 없으니 선학仙鶴은 처음부터 날아오를 수가 없었다.…… 포구에 물이 차 오르면 관음봉은 그래 한 마리 학으로 물 위를 떠돌았다. 선학동은 그 날아오르는 학의 품 안에 안겨진 마을인 셈이었다.

_이청준, 〈선학동 나그네〉 부분

〈선학동 나그네〉는 〈서편제〉, 〈소리의 빛〉과 함께 남도의 소리를 제재로 삼고 있는 이청준의 작품이다. 오직 소리 하나에 평생을 바치며 떠돌이로 살아가는 아버지, 소리 때문에 앞을 보지 못하게 된 딸, 또 그들을 버리고 떠났으면서도 미련을 버리지 못한 채 계속 누이를 찾아 헤매는 오라비 등 모두 가슴에 한을 품고 살아가는 사람들이다. 이들이 품은 한의 예술적 승화를 표현하기 위해 '비상학'이라는 상징적 형상을 동원하고 있다. 특히 이 땅 위에서의 인간의 한이 자연을 통해 녹아들어 자연과 인간이 소통하는 모습이 아름답게 그려지고 있다.

물론 선학동이란 지명은 실제로 존재하지 않는다. 이청준이 선학동이란 아름답고 환상적인 이름을 사용한 이유는 가난으로 점철된, 불행의 땅인 자신의 고향으로부터 벗어나기 위한 몸부림이었는지도 모른다. 하지만 그는 고향을 떠나지 못했다. 눈앞에 펼쳐진 풍경은 〈선학동 나그네〉에서 묘사하고 있는 풍경과 조금의 차이도 없었다. 돌고개 기슭에서부터 관음봉 아래 자락까지 이어진 제방이 바다 물길을 끊어버리고 있었고, 장삼자락을 좌우로 길게 펼쳐 앉은 법승法僧 형국의 관음봉이 뚜렷하게 다가왔다. 이제는 논으로 바뀌어버린 선학동 포구가 눈 아래 펼쳐져 있었다. 아이들과 함께 선학동 포구와 관음봉 자락을 배경으로 하여 기념사진을 찍었다. 아이들은 이런 말도 했다. 논으로 변해 버린 선학동 포구가 여전히 바다 같다고. 그래서 거기에서 학이 날아오를 것 같다고. 미처 자라지 못한 벼 포기 사이로 여전히 관음봉 자락이 드리워져 있었으니까. 어디선가 학이 무리지어 날고 있다는 환상으로 머리를 몇 번

선학동 포구
바다는 막혀 있었다.
푸른 벼들의 군무 속에 관음봉 자락이 내려왔다.
끝내 비상학은 날아오르지 않았다.

이나 흔들었다. 이청준의 목소리가 가슴으로 다가왔다.

나는 남도 소리도 삶의 한 양식으로 이해하고 있습니다. 무슨 얘기냐 하면, 흔히 남도 소리의 핵심을 한이라는 것으로 이해하고 있는데, 한이라는 것이 삶의 과정에서 맺혀진 어떤 매듭, 옹이 같은 것으로 얘기될 수 있다면, 그 맺혀진 매듭, 옹이를 삶으로써 풀어 나가는 한 양식, 그것을 저는 소리로 이해하고 있거든요. 그렇게 본다면, 소리 자체가 삶의 또 다른 양상이란 말이에요. 그래서 말이 소리로 넘어간다는 것은 말이 우리 삶을 떠나서 의미를 잃고 말 자체의 질서 속으로 응축되어 버린다는 것이 아니라, 오히려 그 삶과 더 깊이 연결지어지는 세계로 들어가는 것이 아닌가, 이렇게 이해를 하고 있습니다.

_이청준, '작가와의 대화' 《신동아》 1981. 10월호

아! 어머니

이청준의 〈눈길〉

선학동 포구를 뒤로 하고 진목 마을 표지판을 지나 길 너머 작은 고개를 향했다. 우연히 진목으로 들어가는 경운기를 만나 그 위에 올라타고 시골길을 가는 것도 흥취가 그만이었다. 고갯마루에 먼저 도착해서 걸어오는 아이들을 기다렸다. 고개 너머 아래쪽에는 아담한 마을 전경이 한 눈에 들어왔다. 거기가 바로 소설 〈눈길〉에서 대처로 나가는 아들을 배웅한 어머니가 마을로 들어가지 못하고 머뭇거렸던 곳이었다.

"그런디 이것만은 네가 잘못 안 것 같구나. 그 때 내가 뒷산 잿등에서 동네를 바로 들어가지 못하고 있었던 일 말이다. 그건 내가 갈 데가 없어 그랬던 건 아니란다. 산 사람 목숨인데 설마 그때라고 누구네 문간방 한 칸이라도 산 몸뚱이 깃들일 데 마련이 안 됐겠냐. 갈 데가 없어서가 아니라 아침 햇살이 활짝 퍼져 들어 있는디, 눈에 덮인 그 우리집 지붕까지도 햇살 때문에 볼 수가 없더구나. 더구나 동네에선 아침 짓는 연기가 한참인디 그렇게 시린 눈을 해 갖고는 그 햇살이 부끄러워 차마 어떻게 동네 골목을 들어설 수가 있더냐. 그놈의 말간 햇살이 부끄러워서 그럴 엄두가 안 생겨나

진목 마을 들어가는 길
멀리 선학동 포구가 보이는 언덕에 섰다.
길이 정겨웠다.
눈은 내리지 않았지만 어디선가 어머니가 걸어오실 것만 같았다.

더구나. 시린 눈이라도 좀 가라앉히고자 그래 그러고 앉아 있었더니라……."

〈눈길〉은 고향과 어머니에 대한 애증을 지닌 주인공이 고향에서의 체험을 통해 인간적 화해에 도달하는 소설이다. 눈에 보이는 현실을 조망하기보다는 현실에서 드러나지 않는 감추어진 세계를 끊임없이 추구하는 이청준 문학의 특징을 잘 드러내 주는 소설이다. 근대화의 과정에서 점차 사라지고 있는 전통적인 '효孝' 에 대한 문제를 다루고 있으며 물질적 가치에 젖어 있는 이기적인 자식과 그 자식에 대한 노모의 사랑이 대조되고 있다.

'나' 에게 있어서 '눈길' 은 기억하고 싶지 않은 과거의 쓰라린 추억과 몰락해 버린 집안과 스스로 자수성가해야만 했던 운명을 의미한다. 그리고 '어머니' 에게 있어서 '눈길' 은 자식에 대한 사랑을 스스로 확인하게 되는 상징물로서, 스스로 받아들여야 하는 혹독한 시련이면서도 따스한 자식에 대한 사랑을 내포하고 있다.

고갯길에 한동안 멍하니 서 있었다. 어머니라는 말보다 더 징겨우면서도 가슴 아린 말이 있을까? 대처로 나가서 공부하는 아들을 안심시키기 위해 이미 팔려버린 집에서 밥을 지어 먹이며 하룻밤을 재우고 새벽에 다시 대처로 아들을 떠나보내는 어머니의 마음을 과연 이 땅의 아들들은 알고 있을까? 마음으로 읽으면 누구나 가슴이 찡한 소설이 바로 〈눈길〉이다.

마을로 들어섰다. 전라남도 장흥군 회진면 진목리. 지도에서도 찾기 어려운 작은 마을은 멀리 경상도에서 무리지어 찾아간 우리들의 갑작스런 방문으로 부산해진 느낌이었다. "경상도에서 왔다네. 청주니(청준이)가 유명하긴 하나 보네. 볼 끼도 없는디." 마을 입구 커다란 나무 아래 정자에 앉아 쉬고 있던 노인들도 몇 마디씩 거들면서 신기한 듯 우리 무리들을 바라보았다. 조용하던 마을은 갑자기 개 짖는 소리, 아이들의 떠드는 소리로 요란했다. 음료수 한 박스를 들고 이청준 생가로 들어섰다. 초라한 대문, 무너질 듯한 작은 시골집, 좁은 마당, 마당 끝의 작은 텃밭, 텃밭 가장자리를 차지한 치자나무, 모든 것이 소설 속 그대로였다. 다만 지붕은 초가가 아니라 슬레이트로 바뀌어져 있었다. 현재 거기에 살고 계시는 할아버지께서 반갑게 우릴 맞았다. 원래 이청준의 집은 부자였다고 했다. 지붕 너머로 보이는 거대한 기와집이 원래 이청준 집안이 살았던 곳이라고도 했다. 지금의 집 근처의 땅이 대부분 이청준 집안의 땅이었는데 형님이 술과 도박에 미쳐 거의 모든 재산을 탕진하고 말았단다. 그가 가슴에 안은 가난이란 한, 고향에 대한 애증은 그렇게 시작된 것이다. 고향이 남긴 아픈 시간들이 싫어 거의 고향을 찾지 않았던 이청준, 그러나 사실 그의 소설은 고향이 없었다면 창조될 수 없었던, 말 그대로 고향의 이야기였다. 작가 스스로도 자기 문학의 고향은 장흥이자 어머니라고 했다. 무척이나 따랐던 작은형이 죽은 후 작은형이 살았던 방 구석에 쌓여 있었던 책더미, 그리고 그 속에 있었던 형의 소설 습작물들, 거기에 이청준 소설의 시작이 있었다. 이청준의 생가에는 그런 아픈 이야기들이 곳곳에서 묻어나고 있었다.

아이들은 누가 먼저인지도 모르게 재래식 수도에서 시원한 물을 마시며 〈눈길〉의 대목대목을 되새기고 있었다. 돌담에 핀 작은 들꽃을 향해 몇 번이고 카메라 셔터를 누르기도 했다. "청준 씨는 천재였재. 책보를 가지고 학교를 가지 않았당께. 그냥 가만히 앉아서 선생 말을 듣고 있으면 다 외웠으니께. 법대를 가지 않은 것이 가장 아쉽당께. 그랬다면 지금쯤 나라를 이끌 사람이 되었을 낀데."라는 할아버지의 말을 뒤로 하고 진목을 떠났다.

1. 당신의 소설 〈지배와 해방〉은 이정훈의 연설이 내용의 상당 부분을 차지하고 있었다. 그 연설의 내용 역시도 '작가는 왜 쓰는가?' 라는 내용으로 가득 차 있었다. 그래서일까. 글이 조금 낯설고 이해하기 어려웠다. 당신이 이 글 속에서 말하고자 한 지배란 무엇이며, 해방이란 무엇인가?

나는 소설을 쓰면서 끊임없이 질문을 던져왔다. 개인과 집단 사이의 조화로운 관계는 어떻게 가능한가? 라고. 오염된 말들이 난무하는 '소문의 벽' 을 넘어 말의 순수성을 회복할 수 있는 길은 없는가? 라고. 지배와 해방, 용서와 복수 사이에는 어떠한 인간적 진실이 숨어 있는가? 라고. 이러한 나의 질문이 내가 글을 쓰는 이유이다. 직선과 직각으로만 인생이 이루어져 있다면 얼마나 많은 곡선들을 놓치게 될까? 나는 내 글을 통해 바깥 세상에 대한 복수심이나 그 현실의 질서를 내 방식으로 바꾸고 싶다. 다시 말해 내가 꿈꾸고 모색하는 새로운 질서로 세계를 지배하고 싶은 게다. 그러면 내 글을 읽는 독자들은 내 지배에 대해 불편함을 느낄까? 그렇지는 않을 것이다. 오히려 독자들은 내가 열어 보인 자유의 질서에 의해 보다 넓은 세계로 해방된다. 내 답변이 다소 어렵다면 내가 쓴 〈지배와 해방〉, 〈소문의 벽〉을 읽어보길 바란다.

2. '전짓불' 에 대한 평론가들의 의견을 읽어본 적이 있다. 거기에 대한 당신의 생각을 말해 줄 수 있는가?

'전짓불' 은 내 문학을 이해할 수 있는 숨은 열쇠라고 감히 말하고 싶다. 한 작가의 작품 안에는 강렬한 의미를 가지며 반복적으로 나타나는 체험이 있다. 그것을 원체험이라 부르는데 대부분 유년기의 정신적 상처와 결부되어 있다. 나에게 있어 '전짓불' 은 바로 그런 의미를 지닌다. 6·25가 터진 그해 가을, 남해안의 어느 포구에는 남쪽의 경찰대와 북쪽의 빨치산이 번갈아 들어와 마을을 지배하고 있었다. 어느 날 밤 어머니와 단둘이 집을 지키고 있는데 일군의 사람들이 들어왔다. 그들은 손전등으로 비추면서 '남자들은 다 어디에 갔느냐' 고 물었다. 불빛 때문에 상대방의 정체는 전혀 알 수 없었다. 단지 공포에 떨 뿐 어떤 대답도 할 수 없었다. 내 소설 〈소문의 벽〉에 나오는 대목이다. 그건 공포일 뿐이다. 내 생각이나 판단의 길도 존재하지 않는다. 내 다른 소설 〈퇴원〉에 나오는 유년기의 체험도 이와 다르지 않다. 물론 나는 그 공포를 소설가란 자리에서 경험하곤 한다. 우리들에게 독자들은 전짓불을 비추고 있는 타인일 뿐이다. 진실의 언어화가 독자라는 폭력 앞에서 좌절할 수밖에 없는 상황, 그럼에도 불구하고 작가가 글을 쓰는 이유는 진실을 집요하게 추구해야 하는 것이 작가의 운명이기 때문이다. 위 작품들을 읽어 보라.

3. 당신의 작품 중에서 특히 〈눈길〉이 가장 익숙하다. 교과서를 통해서 만난 기억이 있기 때문이다. 작품에는 '아침 햇살'에 눈이 부셔 어머니가 눈을 뜰 수 없었던 모습이 가슴 속에 남는데, 어머니가 눈을 뜰 수 없었던 이유는 무엇인가?

내 문학의 본질은 고향인 장흥과 어머니이다. 어쩌면 〈눈길〉은 내 작품 중에서 가장 자전적인 성격을 지니고 있다고 할 수 있다. 햇살에 눈이 부셔 눈을 뜰 수 없었던 것은 어머니의 마음에 존재하는 형언할 수 없는 부끄러움이었을 게다. 이미 타인에게 팔린 집에서 밥을 먹이고 하룻밤 재워 새벽에 길을 떠나게 했던 어머니로서의 자책이었을 게다. 하지만 어머니의 부끄러움은 내 스스로의 부끄러움에 다름 아니다. 아니, 우리 모두의 부끄러움에 다름 아니다. 아마도 나는 이 부분을 통해 우리들 내면에 담겨 있는 부끄러움의 본질을 들여다보고 싶었는지도 모르겠다.

4. 〈선학동 나그네〉에서 여자는 앞을 못 보게 한 아비를 원망하지도, 저주하지도 않으며, 원한을 가지지도 않는다. 대신 아비를 용서할 뿐이다. 그녀가 아버지를 용서할 수 있었던 이유는 무엇이었나?

용서라는 말이 어울리지 않는 표현일지도 모른다. 나는 그녀를 통해 거짓된 말의 풍요로움에 휩싸여 소외되어가는 인간 영혼을 구해낼 수 있는 길을 드러내고자 했다. 그것을 '한'이라는 말로 표현하는 사람도 많은데 그런 의미라면 받아들일 수 있다. 어쩌면 내 작품의 근본적인 물음인 말의 기능과 속성, 지배와 해방의 진정한 길을 거기에서 찾으려고 한지도 모르겠다.

바다로 농사지으러 가는 사람들

한승원의 〈새터말 사람들〉

　한승원의 소설은 언제나 바다를 담고 있다. 이청준 생가를 지나 다시 회진 포구로 들어갔다. 회진면사무소 관광계 직원의 안내로 한승원 문학의 고향, 덕도 신상리를 찾았다. 덕도로 들어간다는 표지가 있었지만 이미 거기는 섬이 아니었다. 간척사업으로 육지가 되어 버린 것이다. 문학은 위대하다. 세상의 누구 하나 주목하지 않고, 먼 변방으로만 가라앉아 있던 장흥 회진포는 한승원의 소설들로 인해 사람들 속으로, 세상의 수면 위로 떠오른다. 회진포 인근의 바다와 크고 작은 섬들, 논밭과 산으로 이어지다가 갯벌에서 끝이 나는 무수한 길들은 모두 한승원 소설로 인해 살아 숨쉰다.

　면사무소 공무원의 안내로 찾아간 신상리 앞 바다. 점점이 떠 있는 섬들, 그리고 긴 방파제. 방파제가 시작되는 지점에 '해산한승원문학현장비'가 자리 잡고 있었다. 그 앞에서 기념 촬영을 하고 안내하시는 분의 소개말을 들었다. 꼬빽이 끄트머리, 짝귀, 응달개포, 넙바위, 도리섬 등의 지명과 함께 이곳 회진 포는 바로 바다와 함께 한승원의 삶을 아래에서부터 떠받들며 지탱해 준 것들이라고 했다. 한승원의 말을 그대로 옮기면 고등학교를 졸업하고 3년 동안 아버지 밑에서 머슴 살았던 곳이 바로 여기라는 것이다. 현실에 대한 막막함으로 밤이면 막걸리를 연거푸 마셨고, 무작정 해안을 배회하지 않고는 잠을 이루지 못했고, 봄이면 소를 길들여 쟁기질을 하고, 조각조각 나눠진 '다랑치' 논들에 모를 심었고, 겨울에는 바다에 나가 김 양식을 도맡아 한 곳도 여기라고 했다. 사실 한승원의 〈새터말 사람들〉은 당시의 이러한 체험에 기반을 두고 있다.

　　농어민들이 겨우 한탕을 치는 것은, 나락 농사 흉년 든 해에 나락 농사 잘 지어놓고, 고추나 마늘 흉작일 때에 그것 잘 가꾸어놓고, 소가 귀할 때 소를 많이 키우고 그러는 일인데, 그때마다 정부는 농어민들이 한탕 하는 꼴을 보지 못하겠다고 재빨리 수입해 와버리곤 하는 것이었다. 그러므로 천년만년 농사짓고 고기 잡고 김 양식 잘한다고 해보아야 잘 살 수는 없는 일인 것이었다.

_한승원, 〈새터말 사람들〉 부분

〈새터말 사람들〉은 비육우와 김 가공 공장 문제를 모티프로 하여 새텃몰과 그곳에 사는 사람들의 현실을 그대로 보여줌과 동시에 한 번 생긴 문제가 악순환의 형태로 계속 이어지는 농어촌의 그늘을 짚어낸다. 빚을 얻어 김 가공 공장을 만들고, 많은 김을 가공하기 위해 또 빚을 내 더 많은 김발을 막고, 너도 나도 한밑천 잡아보겠다고 만든 김 가공 공장 덕택에 생산 과다로 김 공장이 망하고, 지나가는 똥개도 만 원짜리를 물고 다녔다던 새텃몰의 겨울에 사람들은 결국 자살에까지 이른다. 도시의 물질적 풍요가 동경의 대상이 되면서 새텃몰의 젊은이들은 대부분 도시로 삶의 자리를 옮겨간다. 그러나 볼펜 공장 판촉 과장으로 출세한 줄로만 알았던 아들은 버스에서 전과와 한쪽 볼에 칼맞은 흉터 자국을 무기로 돈을 강탈하듯이 볼펜을 팔고 있다. 여기까지 이르러서는 도시와 농촌의 대립은 이미 대립이 아니다. 그곳이 어느 곳이건 세상은 삶을 잡아먹는 거대한 늪일 뿐이다. 그러나 〈새터말 사람들〉에서 한승원은 새텃몰에 희망 하나를 남겨두는 것도 잊지 않는다. 그것은 바로 언제나 생명으로 들끓는 바다다.

제 소설에서 가장 큰 비중을 차지하는 것은 '한'이 아니라 '생명력'입니다. 제가 좋아하는 프랑스 작가 로맹 가리는 독자들이 만들어놓은 '가면'을 거부한 것으로 유명합니다. '한승원은 토속적인 작가다' 하는 것도 게으른 평론가들이 만들어놓은 가면일 뿐이지요. 작가는 주어진 얼굴을 거부해야 합니다. 80년대 후반에서 90년대 초반, 장편 〈연꽃바다〉를 쓸 때부터 제 작품 세계는 크게 변했습니다. 생명주의라고 이야기할 수도 있는 것인데, 저는 그것을 휴머니즘에 대한 반성이라고 부르고 싶습니다. 인간 본위의 휴머니즘이 우주에 저지른 해악을 극복할 수 있는 단초는 노장老莊이나 불교 사상에 있다고 봅니다.
작가의 말 부분

소설 속에 등장하는 인물들도 대부분 실제 새텃몰에 살고 있거나 살았던 사람들이다. 그 안에는 한승원의 절친한 친구도 있고, 미친 척 술에 빠져 세상을 살았던 집안 동생도 있다. 여름 바다에서 불어오는 바람은 시원했다. 풍경은 보는 사람에겐 단지 아름다움으로 남는다. 하지만 생활하는 사람에겐 생활의 일부분일 뿐이다. 해변 마을 가까운 곳에는 여전히 김 양식장도 보였다.

방파제에서 많은 시간을 보냈다. 하지만 영원히 여기에 머물 수는 없는 일이다. 우린 어차피 찾아온 손님일 뿐이니까. 여기의 삶은 여기에 사는 사람들

신상리 앞바다
바다 사람에게는 바다가 곧 땅이다.
팍팍한 삶이지만 그들은 결코 삶을 가볍게 여기지 않는다.
삶이 가벼우면 바다조차 가벼워지니까.

에게 맡기고 떠나야 할 사람들이니까.

한승원 생가를 찾아 나섰다. 해변이 보이는 산등성이에 자리 잡은 아담한 마을이 한승원의 고향인 신상리였다. 신기하게도 마을에 들어서자 바다가 보이지 않았다. 보통 볼 수 있는 농촌 마을의 풍경이라고 할까? 하지만 마을로 들어서자 농촌에서는 볼 수 없는 수많은 그물들이 골목마다 널려 있었다. 그렇구나. 그들의 삶은 이것과 함께하는 거로구나. 마을 어귀에 서 있는 한승원 문학 안내 글귀를 보면서 아이들과 대화를 나누었다. 한승원 생가는 마을 가장 위쪽에 자리 잡고 있었다. 대문을 들어섰다. 주인은 없고 집을 지키던 개만이 손님을 반기고 있었다. 마을이 거의 다 보이는 높은 곳, 산등성이 너머 파란 바다도 보였다. 여기에서 한승원은 바다에 대한 꿈을 키웠을 게다. 아쉬운 것은 서울에서 살던 한승원이 여기로 내려오지 않고 장흥 안양면 율산마을에서 '해산토굴海山土窟'을 짓고 산다는 점이다. 왜 자신이 살았던 여기에 오지 않았을까? 누구에게도 그 대답은 들을 수가 없었다.

자신이 쓰고 있는 문학의 현장에 살고 있기에 소설쓰기가 언제나 기쁨이라는 사람, 그는 천성이 글쟁이이고 바다 사람이다. 섬이라는 느낌이 전혀 들지 않는 덕도 신상리를 돌아 나오면서 한승원이라는 인물을 다시 한번 마음에 새겼다. 바다가 존재하는 한 한승원이라는 이름도 영원하지 않을까? 바다로 경운기를 몰고 나가는 아저씨에게 "어디 가세요?" 하니까, 싱긋 웃으며 하는 말. "농사지으러 가지요." 그렇지. 바다는 어부들의 땅이지. 여긴 그들에게 남겨 둬야지. 난 그저 멀리서 바다를, 그리고 그 속의 삶들을 그리워만 하면 그만인 거야. 버스는 아름다운 강진만을 왼편에 끼고 강진으로 강진으로 달렸다.

46

1. 올해로 등단 40년이다. 그 동안 전쟁과 분단, 이데올로기의 대립 등 역사의 소용돌이 속에서 상처 입은 민초들의 삶을 통해 토속적 한恨의 세계를 그려왔다는 평가를 많이 받았다. 하지만 본인의 소설에서 가장 큰 비중을 차지하는 것이 '한'이 아니라 '생명력'이라고 밝혔는데 그 이유는 무엇인가?

내 작품의 근본적인 부분에 바다가 위치한다. 바다가 담겨 있지 않는 내 작품은 손에 꼽을 정도이다. 중요한 것은 바다 자체가 아니라 그 속에 살아가는 사람들을 그리고 싶었다. 대부분 상처 입은 사람들이지만 그들은 끈질기게 삶을 영위한다. 상처 입은 모습을 중시한다면 '한'일 수 있지만 끈질기게 삶을 영위한다는 점에서 그건 이미 '생명력'이다.

2. 당신의 소설 〈해산 가는 길〉의 발문을 아들인 소설가 한동원이 썼다. 그 이유는 무엇인가?,

〈해산 가는 길〉은 내가 처음으로 시도한 자전 소설이다. 물론 다른 소설들도 자전적인 요소가 없진 않지만 이 소설은 그대로 내 성장 이야기라고 해도 무방하다. 전남 장흥의 갯마을에서 태어나 중학교에 들어가기 전까지, 식민지 시대 말기에서 6·25 전쟁 무렵까지의 파란만장한 시기를 배경으로 삼고 있다. 하지만 역사적 사실과의 관계보다는 해산 바다와 함께 성장했던 내 개인의 이야기를 다루었다. 내 개인의 성장 이야기를 담은 글에 타인의 발문을 담고 싶진 않았다. 그것이 아들에게 발문을 부탁한 이유라면 대답이 될까? 하나 너 밝히자면 곧 중학 입학 이후 등단까지의 이야기를 다룬 후속편을 쓸 예정인데, 그 발문은 역시 소설가인 딸 한강에게 맡길 예정이다.

강진 사람들의 영랑 사랑

김영랑의 〈모란이 피기까지는〉

모란이 피기까지는

나는 아직 나의 봄을 기다리고 있을테요

모란이 뚝뚝 떨어져버린 날

나는 비로소 봄을 여읜 설움에 잠길테요

5월 어느 날, 그 하루 무덥던 날

떨어져 누운 꽃잎마저 시들어 버리고는

천지에 모란은 자취도 없어지고

뻗쳐오르던 내 보람 서운케 무너졌느니

모란이 지고 말면 그뿐, 내 한 해는 다 가고 말아

삼백예순 날 하냥 섭섭해 우옵네다

모란이 피기까지는

나는 아직 기다리고 있을테요,

찬란한 슬픔의 봄을.

_김영랑, 〈모란이 피기까지는〉 전문

김영랑 생가 앞 시비
나름대로 깨끗하게 조성된 김영랑의 생가. 생가 앞에 있는 시비가 오히려 부자연스럽다.

《영랑시집》은 1935년 11월 5일 시문학사에서 발행한 첫 시집이다. 김영랑의 대표작 〈모란이 피기까지는〉을 비롯하여 총 53편의 작품이 담겨 있는데, 제목을 달지 않고 번호를 넣어 작품을 배열한 특이한 체제를 지니고 있는 시집이다. 그의 작품은 맑고 아름다운 정서와 새로 시험한 4행시四行詩의 유려한 시형이 특징이다. 나아가 부드러운 운율, 정밀하게 꾸민 시어, 섬세한 표현과 기법의 참신성 등으로 순수 서정시의 절정을 이루고, 또 한국 근대시의 전환기를 마련했다. 이 시집에서 영랑은 '내음', '소색이는', '얄개', '실비단 하늘' 등 새로운 언어를 사용했고, 전라도 사투리를 발굴하여 거기에다 그의 독특한 언어미言語美와 전통적 아악雅樂 혹은 판소리의 율감을 심화시켜 1930년대 시단의 쌍벽이라 할 수 있는 정지용의 시와 더불어 커다란 공적을 우리 시단에 남겼다. 전통 계승의 면에서 볼 때 김영랑은 소월의 뒤를 잇고 있으며, 이를 서정주, 조지훈 등에게 넘긴 한국시의 큰 산맥이다.

하늘과 들판이 한 빛이다. 파랗다. '봄'은 겨울의 불모성을 극복하고 대지에 새로운 생명의 기운을 북돋운다. 모든 생명을 싹트게 하고 사람들은 생명의 약동을 느낀다. 모란은 그 봄의 막바지인 5월에 핀다. 그 때문에 모란은 봄의 절정을 장식한다. 그런데 절정이란 말은 알고 보면 참 슬픈 말이기도 하다. 그것이 또한 무너짐의 시작이기도 하기 때문이다. 따라서 '모란'이 지면 '봄'도 끝난다. 따라서 '봄'과 '모란'은 시인에게 같은 의미이다. 그러므로 시인이 포착하고 있는 절정의 순간은 결국 봄과 모란을 함께 상실하는 순간이라고 할 것이다. 소멸의 미학이라고 할 수 있는 이러한 정서의 극치를 시인은 '찬란한 슬픔의 봄'이라고 표현한다.

꽃은 겨울의 시련을 딛고 일어서야 봄에 개화할 수 있다. 따라서 꽃이 아름다움이요, 희망의 상징이라 하더라도 그 이면에 있는 고통과 좌절과 어둠을 간과해서는 안 된다. 결국 '모란'을 통해 시인은 인간의 절망과 시련을 극복할 수 있는 힘을 발견하게 된다. 이 시가 탄생한 일제 강점기 상황을 고려하면 시의 심각성은 더해지는 것이다.

강진 읍내에 들어섰다. 강진 사람들의 영랑 사랑은 아주 특별하다. 영랑식당, 영랑다방, 영랑로터리, 모란식당…… 모두가 영랑이요, 모란이다. 강진 터미널에서 강진 로터리를 끼고 돌아 직진을 하여 우회전을 하면 제법 터가 넓은 곳에 자리한 아담한 초가지붕이 눈에 들어온다. 1992년에 옛 모습을 살려 복원되어 지방문화재 제89호로 지정돼서인지 영랑이 세상을 뜬 지 50년이 흐른 지금에도 새 건물같이 튼튼해 보이고, 깨끗한 환경을 지니고 있었다. 영랑이 살다 간 집. 그 집은 주위환경이 도시화 되어감에도 불구하고 초가집을 고수하고 있었다. 1, 2백 년이 지난 나무들도 끝까지 창씨 개명을 거부하고 뒷산과 연결되는 북산에 숨어 독립선언문을 등사했던 주인을 보듯 숱한 세월과 싸우며 자라고 있었다. 대문 앞에 서 있는 영랑의 시비가 오히려 을씨년스럽다. 사람의 손이 들어간 장식품은 그것을 만든 몇몇 사람들의 눈에만 아름다울 뿐이다. 사랑채 모퉁이에 있는 유자나무가 그 세월을 대신하듯 시멘트로 자신의 몸을 유지하면서도 목숨을 지키고 있었다. 이렇게 영랑이 살았던 집에는 그의 비판적 세계 인식과 저항 의식이 배어 있는 듯했다. 그렇게 우린 영랑을 만났다. 그렇게 우린 〈모란이 피기까지는〉을 만났다. 아이들은 사랑방에서 내다보고 있는 영랑의 얼굴을 보고 참 잘 생겼다고 말한다. 내가 보기에는 엄하게만 보이는데…….

돌아오는 길, 불어오는 바람을 맞으며 섬진강 휴게소 전망대에서 섬진강을 바라봤다. 2학년 아이들이 말한다. "선생님, 저 강을 거슬러 올라가면 화개장터가 있겠지요?" 참 흐뭇하다. 아이들은 이미 저 강이 화개장터를 거쳐 내려옴을 안다. 왜? 그들은 이미 작년 문학기행 때 섬진강 가에서 김용택의 시를 읊었고, 화개장터를 거닐면서 소설 〈역마〉에 나오는 계연과 성기의 슬픈 사랑을 되새겼으니까. 이미 아이들은 시작과 끝을 안다. 출발과 돌아옴을 안다. 섬진강은 아주 맑은 물빛으로 여름을 숨쉬고 있었다.

1. 당신의 시에 대해 조사를 하다가 당신의 삶에 대해서 접하게 되었다. 일제 말기에 창씨 개명과 신사 참배를 끝까지 거부하는 절개를 보였다는 기록에 잔잔한 울림을 느낄 수 있었다. 거기에 대한 당신의 생각을 말해 달라.

그렇게 자랑스러워할 만한 일은 아니다. 워낙 그 시절에 친일 반민족 활동을 한 사람이 많아서 그렇게 느껴질 뿐이다. 유학을 공부한 사람으로서, '김윤식'이라는 이름을 가진 사람으로서 당연한 일을 했을 뿐이다. 어떤 연구가는 그런 말도 하지 않았나? 그 시절은 '민족의 죄인'이라는 표현보다는 '죄인의 민족'이라는 표현이 어울리는 시대였다고. 내가 창씨 개명과 신사 참배를 거부하고 한 일이라곤 고향에 내려가서 은거한 것이 전부이다. 그래서 생산된 곡물이 일제의 군량미로 쓰이지 않았나? 오히려 한용운 같은 분에게 부끄러운 일이다.

2. 순수시를 주도한 핵심 인물로 알려져 있는데, 거기에 몰입한 이유를 말해 달라.

순수시란 말이 진정 의미있는 말이라고 생각하나? 알고 보면 모든 문학 활동에는 목적이 존재하지 않는가? 이념이나 목적을 배격하고 순수문학을 옹호하면서 언어와 정서의 표현에 주목한 것이 내 작품이라면 그것이 이미 목적이 아닌가? 내가 《시문학》을 창간한 1930년은 KAPF가 주도하는 목적시가 주류를 이루었다. 어쩌면 거기에 반응하지 않으면 문인이 아닐 정도였다. 내 순수시 운동은 바로 그러한 주류 문학의 흐름에 대한 반동이다. 그러한 작은 시작이 한국시의 주류로 자리 잡게 된 것에 내 스스로도 놀라울 따름이다.

인연, 그리고 구계등

윤대녕의 〈천지간天地間〉

　태양이 없는 나라로 가고 싶다. 시간이 얼어붙은 나라로 가고 싶다. 세상에서 가장 먼 곳으로 가고 싶다. 빛도 인기척도 없는 나라로 가고 싶다. 살아 숨쉬는 모든 현상들이 강한 쇳소리를 내고 있었다. 조간신문에는 온통 상처로 가득 찬 언어들로 가득했다. 그해 겨울은 지독하게 추웠다. 해뜨지 않은 교정의 동백꽃이 수줍은 듯 나를 맞이하고 있었다. 동백꽃은 결국 나를 바다로 인도했다. 그 바다는 사막에서 가장 먼 곳에 있었다. 먼지 낀 거울 속에 낯익은 얼굴 하나가 낮달처럼 조용히 떠 있었다. 손금에 걸린 달을 보며 인연 아닌 인연에 가슴을 쳤다. 그러나 인연이란 게 따로 있을까? 스쳐 지나가는 모든 것이 인연인 걸. 이제는 갈 수 없는 기억 저편에, 또는 추억 저편에, 또는 해묵은 풍경 저편에 낯익은 얼굴 하나가 슬픔으로 울고 있었다. 뒤돌아보면 떠나온 곳이 아득하다. 건져 올려진 머리카락 한 올, 혼을 건지려는 노력인가, 판소리의 한 대목인 범피중류가 울부짖고 있었다. 언젠가는 부서져 갈 한 잎 외로운 혼의 모습으로 난 거기에 서 있었고, 바다는 여전히 생명 그 자체의 모습으로 거기에 누워 있었다. 동백꽃 터진 틈으로 날기를 잊어버린 봉황이 잠들고 있었다. 그 바다가 바로 구계등이었다.

　〈천지간〉은 1996년 이상문학상을 수상한 작품이다. 윤대녕의 다른 소설과 마찬가지로 이 소설에서 주인공이 여자와의 만남을 통해 제시하려는 것은 인연의 문제이다. 그냥 스쳐 지나갈 수 있는 상황에서 만나게 된 기이한 인연의 모습에서 작가는 삶의 존재 양상을 발견하고 밋밋한 여로의 구조에서 오히려 빛나는 삶의 진실을 찾는다. 우리 삶이란 것은 어쩔 수 없이 우연과 일상의 연속이다. 그러나 그러한 연속 가운데에서 작가는 의미를 발견함으로써 삶의 깊이에 도달한다. 작가가 설정한 소설적 장치는 매우 고독하고 어둡고 슬픈 것이지만 작가는 그러한 상황에 머물지 않고 극복하고 있다. 이른바 인간 구원의 문제, 나아가 생명에 대한 영원한 사랑이 소설 속에 함축되어 있다.

　여기까지 어떻게 왔냐구요? 믿을 수 없겠지만 걸어서 왔습니다. 물론 읍내 터미널에 내려 바로 군내郡內 버스로 갈아타면 된다는 것쯤은 저도 알고 있었지요. 그래요, 눈이 내리고 있었어요. 폭설이었죠. 하지만 그 여자가 터미널에서부터 줄곧 여기까지 걸어왔던 거예요. 네, 한 시간도 넘게 걸리더군요. 글쎄요, 제가 왜 그 여자의 뒤를 따라왔는지 아직도 모르겠습니다.
　_윤대녕, 〈천지간天地間〉 부분

　전라남도 완도군 완도읍 정도리 구계등九階嶝. 보길도로 향하는 문학기행 여정에 고집스럽게 구계등을 포함시켰다. 어느 해 겨울 새벽 땅끝으로 가는 길이 싫어 구계등으로 차를 달렸던 기억 때문이다. 어떤 경우든 끝이란 말은 슬픈 법이다. TV문학관에서도 방영된 적이 있는 〈천지간〉이란 소설의 배경이기도 하고, 작가인 윤대녕이 90년대의 문학적 전환을 이끈 사람이기도 하기에 구계등은 문학 기행지로 손색이 없다. 이곳을 들르면 최종 목적지인 보길도에는 밤에 도착한다. 함께 문학기행을 떠난 교사문학기행단 동료들에게 다소 미안한 기분이다. 하지만 도착한 동료들은 다행스럽게도 구계등의 풍광에 무척 만족하는 눈치다. 다시 만난 구계등은 여전히 바람이 많다. 윤대녕의 소설 〈천지간〉에서 주인공은 문상을 가는 길에 어떤 여자를 만나게 되고 이상한 느낌으로 그 여자를 따라간다. 전에 만난 적이 있는 여자도 아니었다. 생면부지의 여자를 뒤따르는, 그것도 폭설이 내리는 길을 세 시간이 넘게 걷게 한 그것은 무엇이었을까? 사실 주인공 자신도 그 이유를 명확히 알지 못하고 상황은 계속 이어지고 있다. 아마도 '문상'을 간다는 생각이 주인공의 의식 속에 죽음을 인식하게 하고 어떤 상황을 받아들이도록 했을 것이다. 결국 그 여자의 얼굴에 드리워진 죽음의 그림자를 결코 놓칠 수가 없었던 것이다. 어쩌면 그러한 것이 인연을 만들어내는 과정인지도 모른다. 인연이라는 것은 바로 그런 것이다. 벌써 10년이 넘게 이어지는 교사문학기행단 동료들과의 인연도 그런 것이 아닐까?

구계등. 1973년 명승 제3호로 지정되었고 도립공원이다. 파도에 밀려 표면에 나타난 자갈밭이 아홉 계단을 이루었다고 구계등이라 한다. 계단이라고 하면 감이 잘 안 온다. 아홉 개의 돌 언덕이라는 표현이 어떨까? 아홉 개의 계단이 끝나는 그곳은 과연 어디일까? 양의 극치 9의 숫자가 상징하듯 그곳은 피안의 세계, 정토의 영역이 아닐까? 활 모양의 자갈밭으로 이루어진 해안선, 그 뒤로 병풍처럼 둘러 있는 상록수 방풍림, 그리고 아직 꽃이 피지 않은 동백숲. 가만히 파도가 치면 자갈이 울려 내는 소리가 들린다. 갯내음과 갯돌이 만들어 내는 소리에 사람의 소리는 완전히 묻혀 버린다. 나를 버리는 방법은 알고

햇살이 부서지는 구계등
아홉 구비 구계등에 햇살이 부서졌다.
바람 소리 속에 온갖 인연의 소리가 들려왔다.
마음으로 보면 구계등에는 온갖 풍경이 살아 움직인다.

보면 이렇게 쉽다.

사람을 만난다는 것, 그것만큼 일상적인 무엇은 없을 것이다. 사람은 태어
나면 그때부터 수많은 사람들과 만남이라는 인연을 가지게 된다. 그런 만남
중에서 옷깃을 스쳐가는 그런 사소하고 단순한 만남도 있고, 일생의 동반자로
살아가는 그런 만남들도 존재한다. 만남의 크기는 다르지만 만남들은 모두 소
중하다. 그리고 그러한 만남들은 아주 특별한 계기가 필요한 것은 아니다. 그
런 계기조차도 아주 사소한 것이다. 비가 오는 날, 우연히 우산을 같이 쓸 수도
있고, 여행 중 차 안에서 옆자리에 앉는 경우도 있는 것이다. 시장에서 만날 수
도 있고, 학교에서 만날 수도 있다. 인연의 중요성과 그렇지 않음은 그 만남의
순간에 있는 것이 아니라 지속의 과정에 있다. '천둥이 치고 비바람이 몰아친
다음에' 반드시 의미 있는 만남이 이루어지는 것은 아니라는 것이다.

함께 간 동료 선생님들과 함께 소설의 주인공이 낯선 여인과 묵었다고 생각
되는 민박집에 앉아 구계등 해변을 바라보았다. 잡어 회를 먹으면서 소줏잔을
기울였다. 모두들 자연산 회가 맛있다고 한다. 고집스럽게 구계등으로 일정을
잡은 무거운 마음이 조금은 풀린 기분이다. 멀리 소리꾼 여인이 판소리를 부
르다 몸을 던진 바위도 보인다. 벌써 세 번째 여길 찾아왔지만 난 아직도 내 머
리카락 한 올 건져 올리지도 못한 셈이다. 버려야 한다고 말을 하면서도 버리
지 못하고, 걸어야 한다고 하면서도 걷지 못하고, 지워야 한다고 하면서도 지

우지 못하는 내 삶의 현재를 마주보았다. 섬 사이로 하얀 낮달이 걸려 있었다. 그리웠다. 그 대상이 무엇인지도 모르면서 형언할 수 없는 그리움에 몸서리를 쳤다. 섬 사이로 내리비치는 햇살이 아주 따스했다. 한겨울에 다시 만난 구계 등, 동백이 아직 피지 않아 아쉬움이 많았지만 어디에선가 소설 속의 여인이 나타날 것 같아 자꾸만 창 밖을 기웃거렸다.

1. 〈은어낚시통신〉이라는 작품이 대표작으로 꼽히고 있다. 이 글 속에서는 혼란스러운 90년대를 견뎌내기 위한 노력이 담겨 있다는 평가도 따른다. 이 작품의 의의는 역사나 사회적 관심에서 벗어나 인간 본래의 영원 회귀적인 측면에 관심을 가지는 계기가 된다는 점으로 일컬어지는데 이러한 평들에 대한 본인의 의견은 어떠한가?

사실 나에게는 90년대 소설의 변화를 이끈 인물이란 평가가 부담스럽다. 민족과 이념이라는 거대한 산이 소련의 붕괴와 함께, 우리나라로 본다면 민주화와 함께 사라져버렸다. 아마도 혼란스러운 90년대란 표현은 그러한 상황을 의미하는 것일 게다. 내가 이러한 현실의 대안으로 제시하고 있는 세계는 영원 획득의 세계이다. 하지만 내 스스로 판단할 때도 내 소설 속에 흐르는 필연성이 결여된, 타자의 우연적인 개입에서 이루어지는 환상 같은 체험이 90년대의 모습일까 하는 점은 의문으로 남는다. 특히, 영원 회귀의 동반자이거나 혹은 영원 회귀의 출입문을 열어주는 이러한 여인들이 주인공인 '나'가 과거에 실패했던 연애의 대상 인물들이거나 그 기억을 환기시키는 인물이었다는 점은 내가 추구하는 영원 회귀라는 테마가 인간의 정체성이나 삶의 의미들을 새롭게 획득해 보고자 하는 쪽에서의 시도가 아니라, 현실에서는 도저히 불가능한 공상의 날개를 마음껏 펼쳐 보고자 하는 모습의 변형으로 비춰지게 한다. 인간 존재의 정체성을 규명해 내고자 하는 것이 영원 회귀의 진정한 의미라면, 영원 회귀는 불안정한 인간의 현실적 삶이라는 전제 조건을 확보하는 데에서부터 시작할 때만이 비로소 인간 존재와 삶에 대한 새로운 정체성과 의미를 구해 낼 수 있는 진정한 방법이 된다고 믿는다. 내 스스로도 역사적 삶은 별개의 것으로 내팽겨 둔 채, 운명적 삶만을 고집함으로써 공허한 메아리로만 내 소설이 남은 것이 아닌가 하는 우려가 크다.

2. 당신의 작품 속 인물들을 보면, 먹고 사는 일과 관련 없는 일을 하거나, 괜한 짓을 하거나, 생
   존에는 별 도움이 되지 않는 일을 한다. 소설 속 인물들이 이렇게 행동하는 이유는 무엇인가?

그게 인간의 본질이 아닐까? 아니 보편적인 인간의 삶이 아닐까? 역사와 민족, 자유와 평등,
분단과 통일과 같은 거대담론이 사라진 자리를 채우는 것은 바로 그런 인물들의 삶이 아닐
까? 요즘 사람들이 사는 모습을 보면 정말 맞구나 하는 생각을 할 때도 많다. 꿈을 위해 사는
것이 아니라 살기 위해 살아가는 것이 우리들의 모습이 아닌가?

보길도에서 만난 폭설

윤선도의 〈어부사시사〉

　오후 5시, 보길도로 가는 카페리호에 탔다. 어두워오는 하늘을 보면서 혹시나 했는데 역시 비가 내린다. 비가 내리는 바다 위로 배를 타고 가니 감회가 새롭다. 배 천장에서 떨어지는 빗방울 소리도 정겹다. 양식장 부표가 빽빽하게 뒤덮인 보길도로 가는 바다. 정말 완도의 바다에는 노는 '땅'이라곤 없다. "보길도, 노화도, 소안도, 이 세 섬은 사방이 다 전복 양식장이라고 보면 돼요. 전국 전복의 70%가 완도산이라니께요." 함께 배를 타고 가던 보길도 주민의 말씀이다. 전복에서부터 김, 미역, 다시마, 톳까지. 착착 구획 지어진 양식 어장들의 질서정연함이 잘 갈아놓은 논밭 못지않다. 이곳에서는 '짠물'로도 '농사'를 짓는다. 야들야들한 해조류며 오독오독 씹히는 전복이 바닷물 속에서 자란다. 논밭처럼 펼쳐진 그 위로 빗방울이 떨어진다. 사위는 점점 어두워졌다. 비는 더욱 거세게 내린다. 어둠 속에서 카페리호는 섬 사이를 스치듯이 지나간다. 몇 개의 풍경을 카메라로 담았지만 어둠 때문에 제대로 살아나지 않는다.

　보길도에 도착했다. 기다리고 있던 보길도 택시에 나눠 타고 민박집이 예약

된 예송리로 향했다. 여전히 비는 추적추적 내린다. 지프차 화물칸에 몸을 구겨 넣어 타고 가는 재미도 특별하다. 예송리 민박집에 도착했다. 한옥을 예쁘게 개조한 아담한 민박집이다. 병어회를 겸해 저녁 식사를 하고 밤새도록 격자봉에서 불어오는 바람 소리를 들으면서 잠을 설쳤다.

보길도의 아침이 밝았다. 산에서 불어오는 바람소리는 여전하다. 방문을 열었다. 그런데 온 세상이 백색이었다. 밤새도록 눈이 내렸던 모양이다. 여전히 하늘에서는 눈이 펑펑 쏟아진다. 보길도에서 만난 폭설. 민박집 앞에는 하얀 눈 속에 붉은 동백꽃이 무리지어 피어 있었다. 때 이른 동백꽃의 개화가 오히려 기대하지 않았던 절경을 만들어 낸 셈이다. 지난밤에는 어두워 보이지 않았지만 민박집 뒤에는 격자산이 엄숙하게 우뚝 서 있고 앞에는 수많은 섬을 거느린 바다가 가로로 누워 있었다. 격자산에서 쏟아지는 눈발이 바다를 온통 적시고 있었다. 나도 모르게 윤선도의 〈어부사시사〉 한 대목을 읊조렸다. '앞에는 만경유리, 뒤에는 천첩옥산.' 정말 인간 세상이 아니었다.

간밤의 눈 갠 後후에 景경物물이 달랐고야.

이어라 이어라

압희는 萬만頃경琉류璃리 뒤희는 千쳔疊텹玉옥山산.

지국총 지국총 어사와

仙션界계ㄴ가 佛불界계ㄴ가, 人인間간이 아니로다.

　_ 윤선도, 〈어부사시사〉 부분

고산 윤선도(1587~1671)는 성균관 유생의 신분으로 권신 이이첨 일당의 횡포를 상소했다가 이듬해 경원에 유배당했다. 1628년 별시문과 초시에 장원,

왕자 사부가 되어 봉림대군(효종)을 가르쳤다. 그 후 공조, 형조, 호조정랑 등을 거쳐 가복사첨정, 한성부서윤을 역임했으며, 강석기의 모함으로 성산현감으로 좌천되었고, 그 이듬해에는 그 자리마저 삭직되었다. 또 병자호란 때에 왕을 호종하지 않았다 하여 영덕에 유배되었다. 고산은 수차에 걸친 유배로 인해 은둔 생활을 결심하고 이곳 보길도에 들어와 별서 정원을 경영하고 호화스러운 생활 속에서 일생을 마쳤다.

〈어부사시사〉는 1651년(효종 2년)에 고산이 지은 시조이다. 보길도의 아름다운 자연을 배경으로 지은 것으로,《고산유고》에 실려 전한다. 춘하추동에 따라 각 10수씩 총 40수로 되어 있고, 작품마다 여음餘音이 삽입되어 있는데, 이 여음은 출범에서 귀선까지의 과정을 조리정연하게 보여준다. 즉, 먼저 배를 띄우고, 닻을 들고, 돛을 달아놓고, 노를 저으며 노래를 읊는다. 그러다가 돛을 내리고, 배를 세우고, 배를 매어 놓고, 닻을 내리고, 배를 뭍으로 붙여놓는 것으로 여음이 짜여 있다. 〈어부사시사〉는 자연을 관조하고 그것을 완상하며 즐기는 관찰자의 시선으로 어부 생활을 읊은 것이다. 이들 작품이 표방하는 어부는 고기잡이를 생존의 수단으로 삼는 진짜 어부가 아니라 강호 자연을 즐기는 사대부이다. 따라서 어부 생활을 통한 생계 유지의 양상 혹은 고통, 고된 삶 등은 작품에 나타나지 않는다.

생선찌개로 아침을 먹고 예송리 바닷가로 나갔다. 바람과 눈 때문에 배가 뜨지 못할 것이라는 소리도 들린다. 그럼 그냥 이 섬에서 살지 뭐. 눈은 어느 정도 그쳤으나 하늘은 여전히 무거웠다. 점점이 떠 있는 수많은 섬들. 그리고 작은 섬처럼 정박된 크고 작은 배들. 정말 아름다운 풍경이었다. 해변을 둘러싼 방풍림도 제법이었다. 난 거기에서 가장 아름답다고 감히 말할 수 있는 풍경을 카메라에 담았다. 무거운 구름 사이에서 내리비치는 햇살. 신비로운 풍

보길도 예송리 아침 바다
보길도에 눈이 내렸다. 잠깐 그친 사이에 우연히 만난 풍경.
바다, 섬, 배, 눈, 바람, 그리고 햇살.
이제 그 섬도 나에겐 그리움이다.

경이었다. 여행을 하다보면 기대하지 않았던 풍경을 만난다. 보길도 예송리에서 만난 바다 위로 내리비치는 햇살. 영원이 아닌 순간이라는 시간이 만든 풍경. 잠깐 나타났다 사라졌지만 이미 나에겐 그리움으로 저장되었다. 아무리 눈이 길을 막아도 여기까지 와서 윤선도를 만나지 않을 수는 없다. 이제 세연정洗然亭으로 갈 때다.

아, 눈 내리는 세연정 洗然亭

윤선도의 〈오우가〉

산등성이에서 달려오는 눈발이 다시 거세어진다. 이 눈길에 세연정으로 갈 수 있을까? 문학기행단 동료 선생님들의 얼굴에도 수심이 가득하다. 민박집에서 부른 보길도 토박이인 운전수 아저씨는 그래도 태평이다. 이 정도는 걱정하지 말란다. 섬 날씨는 자주 그러니까 충분히 갈 수 있단다. 눈이 흔하지 않은 지역에 사는 우리와는 달리 그들에게는 이런 날씨가 오히려 일상인 모양이다. 차가 출발하자 신기하게도 퍼붓던 눈이 조금씩 그친다. 좁은 고갯길을 건너 제법 넓은 포장도로를 지났다. '고산 윤선도 사적지 세연정 안내도' 라고 적힌 커다란 안내판이 먼저 우리를 반긴다. 그런데 그쳤다 싶었던 눈이 다시 퍼붓기 시작한다. 섬 날씨는 정말 럭비공과 같다. 어디로 튈지 아무도 알지 못한다. 내리는 눈을 맞으며 세연정으로 들어섰다. 세연지 기슭에 〈오우가〉가 새겨져 있었다. 〈오우가〉는 작자가 56세 때 해남 금쇄동金鎖洞에서 은거할 무렵 지은 《산중신곡山中新曲》 속에 들어 있는 6수의 시조로, 수水·석石·송松·죽竹·월月을 다섯 벗으로 삼아 서시序詩 다음에 각각 그 자연물들의 특질을 들어 자연애自然愛와 관조를 표현하였다. 자연물에 정신적 의미를 부여하여

자신의 궁극적인 가치관을 노래하고 우리말의 아름다움을 잘 나타내어 절묘
한 경지로 이끈 시조의 백미白眉라 할 수 있는 작품이다.

내 버디 몃치나 하니 水石수석과 松竹송죽이라

東山동산의 달 오르니 긔 더옥 반갑고야

두어라 이 다섯밧긔 또 더하야 머엇하리

윤선도, 〈오우가五友歌〉 서시

고산 윤선도가 막대한 재산을 가지고 들어와 13년 간 은둔 생활을 한 보길
도. 그리고 그 중심에 있는 세연정. 그는 〈오우가〉에서 수석송죽월水石松竹月을
사랑했다. 하지만 이 겨울 보길도는 온통 동백나무 천지다. 만개滿開했다고 표
현하기에는 아직 멀었지만 세연정에는 곳곳에 수많은 동백꽃이 이미 피어 있
다. 세연정 원림 입구에서 만난 작은 대나무 숲도 이미 빨간 동백꽃에 가리어
대나무가 눈에 들어오지 않을 정도이다. 송이송이 피어난 동백꽃 위에 하얀
눈송이가 소리도 없이 덮인다. 윤선도가 살았던 그 당시 아름다운 무희들이
춤을 추었다고 전해지는 동대東臺와 서대西臺, 이제 그 무대도 동백나무가 차
지하고 있다. 때 이른 동백꽃의 빨간 꽃송이가 날리는 눈송이와 함께 화려한
군무를 연출하는 가운데, 세연정 앞의 낙락장송은 무거운 눈덩이를 머리 위에
얹고서도 여전히 그 위세가 당당하다. 이런 날씨에도 세연정을 찾은 사람들이
제법 많다. 설경에 취해 바람 속에서 흔들리며 걸어가는 기행단의 모습과 하
얀 눈을 뒤집어쓰고 누운 세연지의 고요함, 그 위에 가지가지 드리운 붉은 동
백꽃의 단아함은 그대로 한 폭의 동양화이다.

　'세연洗然'이란 주변의 경관이 물에 씻은 듯 깨끗하고 단정하여 기분이 상

눈 내리는 세연정
눈이 내리는 세연정에 동백꽃이 피었다. 그내도 시산이 넘춘 채 서기에 살고 싶었다.

쾌해지는 곳이라는 의미이다. 개울에 보를 막아 논에 물을 대는 원리로 인공 조성된 연못 '세연지洗然池'는 윤선도가 빚어낸 최고의 작품이다. 고산은 이 초록빛 맑은 물 위에 배를 띄우고, '세연정洗然亭'이란 이름의 정자를 지어 품격이 높은 풍류를 즐겼다. 아마 스스로도 '세연洗然'의 꿈을 이루기 위해 그런 삶을 택했을지도 모르겠다.

세연정 주변에는 윤선도의 또 다른 벗인 다양한 돌들이 저마다 제 위치를 지키고 서 있다. 이른바 '칠암七岩'이라 불리는 일곱 개의 바위. 고산이 나름의 계산을 가지고 배치했을 이 바위에 숨은 뜻은 알 길이 없다. 300년이 넘는 시간의 거리뿐 아니라 어리석기만 한 속인과 시대를 풍미한 시인이라는 그릇의 차이 또한 엄연히 존재하지 않겠는가. '뛸 듯하면서 아직 뛰지 않고 못에 있다'는 뜻의 '혹약암惑躍岩' 정도가 눈에 띄는데, 속인의 눈에는 뛰기엔 너무 둔하고 무거워 보이는 평범한 바위일 뿐이다. 역시 우리는 여러모로 부족한 속인俗人들이다. 아름답고 맑은 풍경에 취해 즐기는 것도 잠시, 내리치는 눈발이 만들어내는 지독한 한기寒氣에 발을 동동 굴렀다.

낯선 도시에서 온 속인들도 이제 남은 흥이 다한 듯하다. 이토록 아름다운 보길도 바다에 낚싯대 한 번 드리워 보지 못하고 내일은 다시 바쁜 일상이 숨쉬는 뭍으로 돌아가야 할 터이다. 고산의 낙원은 그가 죽은 뒤에도 이리도 아름답게 남아 우리를 불러들이고 있건만, 나의 낙원은 지금 어느 바다 위를 떠돌고 있는 것일까.

고산 윤선도는 시대를 앞서간 인물이었다. 앞서서 나아가는 이의 '고독함[孤]'을 달래줄 벗은 누구였던가. 어쩌면 그는 홀로 우뚝 솟은 '산山'처럼 외로웠기에 역설적으로 이토록 화려한 원림을 만들고 호사스러운 연회를 즐겼는지도 모른다. 우리는 〈오우가〉를 읊조리면서 타고 왔던 카페리호를 다시 타고 천천히 아름다운 섬 보길도를 빠져 나왔다.

1. 당신의 삶을 조사해 보니, 광해군 때는 이이첨의 횡포를 탄핵하는 등 강직한 성격을 드러냈다. 이로 인해 여러 차례의 유배 생활을 할 수밖에 없었는데, 그러한 삶에 대해서 후회하지 않는가? 그리고 이러한 삶을 바탕으로 하여 오늘날 정치인들이 지녀야 할 신념과 의지에 대해서도 언급해 주었으면 하는 바람이다.

물론 후회하지 않는다. 그게 바로 내 삶이기 때문이다. 나는 정치인이기도 하지만 문인이기도 하다. 어쩌면 그러한 유배 생활이 내 문학의 아름다움을 창조하는데 무척 많은 도움을 주었다고 생각한다. 나에게 있어 유배란 결국 현실과 유리되어 자연과 함께 살아가는 그것이 아니었던가? 오늘날 정치인들에게 하고 싶은 말은 사실 없다. 왜냐하면 이미 말을 해줄 단계가 넘었다는 느낌이 들기 때문이다. 그래도 한 마디 한다면 이 세상에는 다른 생각을 지닌 많은 사람들이 살아가지만 거기에는 '옳은' 것과 '그른' 것은 반드시 존재한다고. 그 '옳은' 것의 중심에 백성들을 위하는 마음이 담겨 있다고.

2. 당신의 은거지를 크게 현산면 금쇄동과 완도 보길도로 나눌 수 있다. 이 두 장소는 현산은 첩첩산중 육로를 거쳐야 찾을 수 있는 산수 자연이고, 보길도는 배를 타야 갈 수 있는 해중 자연이라는 점에서 대조를 이룬다. 이러한 삶의 공간이 당신의 문학에 어떠한 영향을 끼쳤는가?

현실의 질곡이 영향을 미치는 곳은 아무래도 그 지배에서 자유로울 수 없을 것이다. 내가 바라는 세계는 자연 속에서 물아일체物我一體를 즐기는 이상적인 공간이다. 그런 장소는 아무래도 현실과 거리가 존재해야 하지 않겠는가? 내가 쓴 작품 속에 자연과 하나가 되어 숨을 쉬는 내용이 많은 것은 당연한 귀결이다. 하지만 오해하지 말라. 내 문학에는 그러면서도 현실에 대한 욕망이 곳곳에서 숨을 쉬고 있다는 사실을. 그런데 사실 다들 그렇지 않은가?

3. 교과 수업을 들으면서 당신의 작품을 많이 접한다. 특히나 〈어부사시사〉가 가장 익숙한데, 이 시조는 후렴구를 지니고 있다는 점이 큰 특징이었다. 기본적인 음수율을 지키면서도 후렴구가 들어가 다른 평시조들에서는 볼 수 없는 독특함을 자아냈다. 이러한 형태적 특징을 나타낸 이유는 무엇인가. 나아가 어부라고 칭한 이들의 실체에 대해 밝혀 달라.

내가 시도한 시조는 아무래도 살아 숨 쉬는 시조일 터이다. 아무래도 어부의 삶과 연결되기 위해서는 그들이 함께 부르는 후렴이 필요했을 터이다. 아주 위대한 정신을 담으려는 의도보다는 있는 사실을 그대로 담아내는 과정에서 나타난 결과일 뿐이다. 대부분 민요에서 후렴이 존재하는 것은 당연한 것 아닌가? 하지만 이율 배반적인 부분이 있다. 그것은 내 스스로 어부들의 삶이 실재하는 문학을 시도했지만 이미 내 노래에 등장하는 어부는 진정한 어부가 아니다. 그들에게 있어 자연은 생활과 생계를 위한 공간이 아니라 즐기고 완상하는 공간일 뿐이다. 궁극적으로 그들은 진정한 어부들의 고혈로 살아가는 사대부일 뿐이다.

찾지 못한 마음의 한 자락

도종환의 〈미황사 편지〉

보길도를 떠나 완도를 거쳐 다시 해남으로 들어섰다. 완도에서 해남 방향으로 보면 바다 건너 아름다운 산자락이 나타난다. 바로 남도의 금강산이라 불리는 달마산이다. 눈은 그쳤지만 길은 더욱 질퍽하다. 차는 위태롭게 달마산을 오른다. 달마산 자락에 우리들 삶의 모습마냥 위태롭게 들어선 아름다운

해남 달마산
달마산 올라가는 길은 내린 눈으로 질퍽했다.
땅을 지키면서 바다를 향해 손을 내미는 진취적인 산이다.

절집, 미황사로 가는 길이다. 미황사는 위도상 우리나라 최남단에 위치해 있는 절이다. 1692년(숙종 18)에 건립된 〈미황사사적비美黃寺事迹碑〉에 기록된 창건 연기 설화에 의하면 신라 경덕왕 8년(749)에 사찰이 창건되었다고 하니 천년고찰千年古刹이라 할 수 있는 매우 유서 깊은 사찰이다.

신라 경덕왕 8년(749) 홀연히 한 석선石船이 달마산 아래 사자포구獅子浦口에 와 닿았다고 한다. 배 안에서 천악범패天樂梵唄의 소리가 들리자 어부가 살피고자 했으나 배가 번번이 멀어져 갔다. 의조화상義照和尚이 이를 듣고 장운張雲 · 장선張善 두 사미沙彌, 촌주村主 우감于甘, 향도香徒 100인과 함께 목욕재계하고 경건하게 기도를 올렸다. 그러자 비로소 석선이 해안에 닿았는데, 그 곳에는 주조한 금인金人이 노를 잡고 서 있었다. 향도들이 경전과 부처님 상을 해안에 내려놓고 봉안할 장소를 의논할 때 흑석이 저절로 벌어지며 그 안에서 검은 소 한 마리가 나타나더니 문득 커졌다. 이날 밤 의조화상이 꿈을 꾸었는데 금인金人이 말하기를, "나는 본래 우전국優塡國(인도) 왕으로서 여러 나라를

두루 다니며 경상經像을 모실 곳을 구하고 있는데, 이곳에 이르러 산 정상을 바라보니 1만불—萬佛이 나타나므로 여기에 온 것이다. 마땅히 소에 경을 싣고 소가 누워 일어나지 않는 곳에 경經을 봉안하라.”고 일렀다. 이에 의조화상이 소에 경을 싣고 가는데 소가 가다 처음에 누웠다가 다시 일어나 산골짜기에 이르러 다시 누운 곳에 사찰을 창건하니 곧 통교사通教寺요, 뒤에 누워 죽은 골짜기에는 미황사를 짓고 경과 상을 봉안했다. 미황사의 ‘미’는 소의 아름다운 울음소리를 취한 것이고, ‘황’은 금인金人의 황홀한 색을 취한 것이다.

주차장에 차를 세우고 산길을 올랐다. 눈이 내린 산자락에 때 이르게 피어난 들꽃 몇 송이가 고개를 내밀고 있다. 바위가 병풍처럼 늘어선 달마산 구비가 가장 먼저 눈에 들어왔다. 기대했던 것보다 더욱 아늑한 절집, 풍경 소리가 경내에 가득했다. 대웅전 앞에서 바라보는 다도해의 모습도 절경이었다.

지난 해 도종환 시인이 시 배달 이야기를 위해 대구에 오셨기에 강연을 들으러 갔다. 자필 사인이 담긴 시집도 한 권 선물로 받았다. 《해인으로 가는 길》, 화려하지 않은 표지가 더 깊이 가슴을 파고들었다. 몇 년 전, 지병으로 삶의 터전인 교단을 떠나 주위를 안타깝게 했던 시인이 산속에 지은 집인 구구산방龜龜山房에서 세 해째 ‘세상으로부터 생략되어’ ‘지워지는 시간’ 속에서 마치 ‘망명정부’를 세우듯 써내려간 작품들을 모은 시집이 바로 《해인으로 가는 길》이다. 아픈 몸과 지친 마음을 이끌고 시인은 삼 년 전 아무 말 없이 산으로 올라갔다. 세상으로부터 버려진 듯 가끔은 스스로가 측은해졌지만 이내 다시 익숙한 고요함이 찾아왔다.

시집의 처음을 지키고 서 있는 시 〈산경〉은 그저 하루 동안의 일을 말하고 있으나 그 동안 시인이 일구어온 시간의 내부를 정직하게 보여준다. ‘하늘 아래 허물없이 하루가 갔다.’ 이게 시인이 궁극적으로 하고 싶었던 말이다. 오랜 만에 지켜본 시인은 이미 삶의 전부를 알아 버린 듯 깨달은 자의 모습이었다. 갑자기 다가온 몸의 정지 신호 때문에 꼬박 1,000일을 산에서 혼자 지낸 시간의 흔적이었을 게다.

퍼붓는 눈발처럼 다 쏟아 부었던 한 시대는 진창이 되어 질척거리고,

절규도 그만 눈 속에 묻혀 지워지고,

절절하게 울어야 할 것들은 오지 않아

바람이 대신 나뭇가지를 붙잡고 우는 거겠지요.

자기가 알던 사람들의 귀를 잡고 진종일 우는 거겠지요.

_시인의 말, 〈산방에서 보내는 편지〉 부분

마음은 사라지고 언어만 남은 요즘의 시들, 독자들을 위한 시가 아니라 시인들의 시가 되어버린 요즘의 시편들과는 달리 퍼붓는 눈발처럼 쏟아 부었지만 진창이 되어버린 진실에 대한 시인의 아픔을 담은 시편이 절절히 가슴으로 다가왔다.

혼자 있는데도 더불어 살아간다는 걸 깨달은 시인. 이미 시인은 해인海印의 세계에서 화엄華嚴의 세계로 건너가고 있었다. 그렇다고 시인이 현실을 버린 것은 아니다. 진정한 화엄의 세계는 현실에 존재한다는 깨달음을 얻은 것이다. 시집에 담긴 시인의 시편들 중에서 해남 미황사에서 보낸 편지가 가장 가슴으로 다가왔다. 그해 겨울 어렵게 들렀던 미황사에서 풍경에 취해 걸음을 옮기지 못했던 내 모습이 겹쳐졌기 때문이다. 달마산 그림자가 영혼에 스며들 즈음 나는 사실 아무것도 얻지 못하고 마음의 공허만 얻은 채 미황사를 떠났더랬다. 다시 그곳에 간다면 그때 찾지 못한 내 마음의 한 자락이나마 찾을 거

겨울 미황사
미황사는 절집도 예쁘지만 거기서 바라보는 풍경이 아름답다.
멀리 다도해 섬들이 조각처럼 떠 있었다.

라는 작은 희망으로 시인의 〈미황사 편지〉를 다시 읽었다.

언제쯤 무명의 밤이 지나고

적멸의 새벽을 맞이하게 될까요

새도 달마산도 별도 사람도 맑고 고요해져

자기 자리를 찾아가게 될까요

그대 먼저 길을 찾아가시면

부디 발자국 하나라도 남겨주세요

그대 발에 밟혔다 누운 풀잎을 흔들며

그 뒤를 따르겠습니다

_ 도종환, 〈미황사 편지〉 부분

1. 〈접시꽃 당신〉은 여전히 말이 많은 작품이다. 죽은 아내를 그리는 시집으로 엄청난 호응을 얻은 당신이 재혼을 했기 때문이다. 이에 대해 사람들의 의견이 갈리고 있다. 어떤 사람은 '사랑 없이는 살 수 없는 시인이라 새로이 사랑하는 사람을 만난 것'이라며 옹호하기도 하고, 또 다른 사람은 '죽은 아내 팔아먹고, 그 돈으로 새 살림 차린 것 아니냐.'며 날카롭게 바라보기도 한다. 본인의 사생활에 대한 대중들의 다른 시각에 대해서 어떻게 생각하는가?

사생활에 대해선 누가 자유로울 수 있겠는가? 하늘을 우러러 한 점 부끄럼 없는 삶은 꿈이지 않겠는가? 아픈 아내, 죽은 아내를 그린 시는 가슴 아픈 그 시간을 살아갔던 나의 진실이다. 아내 팔아 새 살림 차렸다는 표현은 그런 점에서 지나친 표현이다. 재혼한 것도 같은 맥락이다. 어쩌면 그것이 바로 진실이다. 아주 사소한 상황에 대해 바라보는 시선도 이질적일 수 있는데 민감한 부분에 대한 시각이 다른 것은 당연한 것 아닌가? 왜 그랬느냐고 물으면 사실 대답할 말은 없다. 그냥 그랬기 때문이다.

78

2. 산으로 들어갔었다고 들었는데 그 이유는 무엇인가? 다시 세상에 나온 이후에는 시 배달을
   하였는데 그 일을 하게 된 계기에 대해서도 말해 달라.

갑자기 몸에 이상이 왔다. 그래서 모든 현실과 결별하고 자연과 함께 허물없이 살았다. 외로
운 느낌이 없진 않았지만 나름대로 의미 있는 시간이었다. 문학을 하는 사람으로서 늘 대중
과 함께 있지 않았나?…… 그리고 대중들의 말 속에서 불편하게 살지 않았나? 아프지 않았다
면 경험할 수 없는 삶이었지만 오히려 아픔이 나에게 지금까지와는 다른 삶과 다른 생각을
가져다 준 셈이다. 그런 새로운 체험이 시 배달을 하게 된 계기라고 할 수 있다. 많은 사람들
에게 좋은 시를 소개하고 배달하는 그 시간들이 아주 행복했다. 시를 읽는다는 건 꿈을 읽는
것이니까. 난 사람들에게 꿈을 배달한 셈이다.

길은 아프다

이젠 겨울이 되기만 하면 이 모항이 그리울 게다.
모항 둥근 백사상을 뚫고 쏟아지던 달빛만큼이나
내 모항에 대한 그리움도 키가 자랄 거다.
모항 언덕 솔가지와 동백꽃잎 사이로 소복하니 쌓였던 눈송이만큼이나
내 그리움도 자랄 거다.
그렇다. 난 이제 말할 수 있다.
삶에 지칠 때, 타인에 의해 상처받았을 때, 타인과의 말 걸기가 힘겨울 때,
결국은 내 자신이 초라하다고 느낄 때 이젠 모항으로 가자.
그리고 거기에서 성숙한 내 죽음과 만나자.
한 터럭도 남기지 못하고 단지 한 줌 재로 사라지는 우리네 삶의 허무를 만나자.

대흥사 지나 귀신사에서 만난 숨은 꽃

양귀자의 〈숨은 꽃〉

　동료들과 함께 전라도로 문학기행을 떠났다. 남강과 섬진강, 그리고 전라도 사람들, 낙안읍성, 윤선도 생가, 정약용 유배지, 영랑 생가 등을 만났다. 그러한 만남은 일상이다. 이미 그런 종류의 만남들을 예정하고 떠났기 때문이다. 물론 예정된 만남들에서 주어지는 의미만 해도 아주 크다. 거기에 살았던, 그리고 살고 있는 사람들을 만날 수 있기 때문이다. 그래도 그것은 일상에 불과하다. 그런데 난 그런 일상과는 다른 만남을 가졌다.

　여행 이틀날 새벽 6시, 숙소에서 가까운 대흥사로 떠났다. 다른 동료들은 아직 자고 있었지만 고찰古刹이 보고 싶어 박선배와 함께 떠난 것이다. 10분 정도의 거리라고 한 대흥사는 절 입구를 지나 40분을 걸어도 나타나지 않았다. 새벽비가 축축이 내리고 있었다. 우장雨裝도 없이 길을 나섰기 때문에 온 몸이 빗물로 흠뻑 젖었다. 괜히 길을 나섰다는 후회도 있었지만 대흥사 계곡은 호젓했다. 키 큰 전나무들이 도열해서 내리는 빗줄기를 막으며 나를 내려다보고 있었다. 그것으로도 이미 길을 나선 의미를 충분히 확보한 셈이었다.

　거의 한 시간이 경과한 다음 아스팔트 길이 사라졌다. 그리고 나타난 돌다리, 거기에는 피안교彼岸橋라는 이름이 새겨져 있었다. 비 내리는 새벽길, 동백꽃, 소나무, 계곡, 그리고 나타난 피안교, 다리를 건너는 순간 나도 모르게 지금과는 다른 세계로 들어간다는 환각이 나를 지배하고 있었다. 그런데 난 그것을 보고야 말았다. 피안교 위에 새벽비를 이기지 못하고 떨어진 동백꽃잎을. 아직 피우지 못한 동백꽃이 대부분이었지만 피안교 양안兩岸은 양지였기에 동백꽃이 꽃을 피웠던 것이다. 떨어진 꽃잎은 모두 일곱 개였다. 난 발을 옮길 수가 없었다. 무어라고 형언할 수 없는 감동이 가슴 밑둥에서부터 올라왔다. 그렇다. 난 저 꽃잎을 만나기 위해 여기까지 온 것이다. 그렇다고 해서 그 꽃잎을 주울 수도 없었다. 내 뒤에 오는 누군가를 위해 아름다움과 신비로움을 그대로 남겨둘 필요가 있었던 것이다. 대흥사 피안교 위에 떨어진 동백꽃잎 일곱 개, 그것은 우리가 일상에서 만날 수 없는 피안의 세계였다. '숨은 꽃'이었다.

중요한 것은 그때, 그 자리에 떨어져 있던 동백꽃잎은 그냥 그렇게 떨어진 것이 아니라 나를 위해 떨어져 있었다고 내가 확신했다는 점이다. 그러한 만남이 없었다면 그저 그런 절을 구경하고 돌아오는 일상에 불과했을 것이다. 동백꽃잎은 나의 그러한 사고를 꾸짖으면서 나를 만나기 위해 거기에 존재하고 있었던 것이다. 그리고 내가 새벽에 그 빗길을 떠나지 않았다면 동백꽃잎의 의미는 존재하지 않았을 것이다. 내가 이렇게 이야기하면 사람들은 비웃을지도 모르겠다. 하지만 그런 일이 있을 수 있느냐 없느냐가 아니라 그렇게 말할 수 있느냐 없느냐가 중요한 것이라 할 수 있다. 난 분명 그렇게 말할 수 있는 것이다. 난 피안교에서 그렇게 말할 수 있다는 것을 배웠다. 김제 귀신사라는 곳에서 나는 다시 그 '숨은 꽃'을 만났다.

소설을 팔아 밥을 먹는다구요? 아니, 아직도 그런 것을 읽는 사람이 있답니까? 대체 무슨 소리를 늘어놓는 것이 소설인가요? 작가 선생님, 이런 말은 어떤지 한번 들어보세요. 하나님이 인간의 눈을 만들 때 흰자위와 검은자위를 동시에 만들어 놓고도 왜 검은자위로만 세상을 보게 만들었는지, 그거에 대해서 선생님은 혹시 아십니까? 아, 이거야 나도 어디서 주워들은 이야긴데, 그게 말예요, 어둠을 통해서 세상을 보라는 신의 섭리라는 거예요. 세상을 보는 일이야 우리 같은 떠돌이들 말고 선생님 같은 분들한테 떠맡겨진 숙제 아닙니까. 그러니 애시당초 편하게 헤드라이트 비춰 놓고 들여다보듯 그렇게 수월한 일은 아닐 거라 이 말씀이죠. 흰자위 놔두고 검은자위로 세상을 보랄 적에는 다 그만한 이유가 있어서 그랬을 것입니다.

검은자위와 흰자위, 어둠을 통해서 세상을 보라. 그것이 작가의 운명이다. 난 과연 숨은 꽃을 찾을 수 있을까? 이런 것들을 확인하기 위해 길을 떠난다. 과연 그것들을 주워 담아 돌아올 수 있을까?

김제 귀신사歸信寺로 간다. 믿음으로 귀의하는 절, 귀신사. 오랫동안 그리워했던 장소다. 그리워했던 시간만큼이나 내 마음 안에서 크게 자란 장소다. 그렇다. 의미는 그리워하는 마음의 크기이다. 모든 대상은 그리워하는 마음의 크기만큼만 나에게 의미를 지닌다. 귀신사는 나를 삶에 대한 진지한 감동으로 몰고 갔던 양귀자의 〈숨은 꽃〉의 배경이다.

〈숨은 꽃〉은 1992년 제 16회 이상문학상을 받은 작품이다. 그녀의 소설은 대체로 일상을 모티프로 삼는다. 연작 소설집 《원미동 사람들》이 그 대표적인 결과물이다. 그러면서도 작품은 일상에 그치지 않고 더 높은 꿈을 추구한다. 그 꿈을 우리는 희망이라는 언어로 표현한다. 〈숨은 꽃〉에서 양귀자는 여로의 구조, 즉 '떠남과 만남, 그리고 돌아옴'이라는 일상적인 등식으로 나름대로의 희망을 우리에게 제시한다. 나아가 〈숨은 꽃〉은 일종의 소설 쓰기의 고통과 그 과정을 가감 없이 보여주는 소설이기도 하다. 우리의 삶이 힘들다고 삶을 포기할 수가 없듯이 미로가 가로놓여 있다고 해서 글쓰기를 중지할 수가 없다. 그 이유는 바로 거기에 희망이 존재하기 때문이다. 소설 쓰기란 그 자체가 이미 미로 찾기이며 희망 찾기이다. 〈숨은 꽃〉은 그러한 문제를 특유의 내면화된 부드러운 필치로 전개시키고 있다.

그는 귀신사歸信寺에 있었다. 나는 그를 귀신사에서 만났다. 십오 년 만이었다. 물론 나는 그 십오 년의 세월을 첫눈에 걸어 내지는 못하였다. 그가 먼저 나를 알아보지 못했다면 이 돌연한 만남이 십오 년의 시간을 경과한 후에 비로소 일어났다는 사실조차 확인되지 않았을 터였다. 그랬다면, 만약 그와 나 두 사람 중의 어느 누구도 세월의 두께를 젖히고 상대를 알아보지 못했다면, 우리는 서로 스쳐 지나갔을 것이었다. 하늘 향해 키를 겨누고 서서 연초록 잎을 피워 올리고 잎사귀나 한번 더 만져 보고, 나는 그만 돌아섰을 것이다.

_ 양귀자, 〈숨은 꽃〉 부분

경부고속도로를 지나 호남고속도로로 들어섰다. 경부고속도로에 비해서 호남고속도로는 다소 지루하다. 아마 높낮이의 변화가 적어서 그런 느낌을 자아내는지 모른다. 분명 경상도에 비해 높은 산이 적다. 아직 금산사 인터체인지는 멀기만 하다. 아이들도 꾸벅꾸벅 졸기 시작한다. 이들은 내 인연 만들기의 가장 소중한 손님이다. 이렇게 의미를 부여하고 나니까 다소 어색하다. 하지만 의미란 부여하기 나름이니까. 그렇게 의미를 부여하지 않았다면 우리들

86

의 인연도 그냥 스쳐가는 인연, '하늘 향해 키를 겨누고 서서 연초록 잎을 피워 올리고 잎사귀나 한번 더 만져 보고, 그만 돌아섰을' 그런 인연으로 끝났을지도 모르는 것이다. 그랬다면 이런 문학기행은 없었을 것이다.

만약 그랬다면 이 소설은 쓰여지지 않았을 것이다. 나는 한 거인의 목소리를 채집하는 행운을 영원히 놓쳐 버릴 수도 있었다. 그뿐만이 아니었다. 행여 하고 갔다가 역시 하고 돌아오는 허망함을 어떻게 가누었을지 생각만 해도 막막한 일이었다. 어쩌면 그는 내가 거기에 가야만 했던 까닭을 미리 알고 먼저 그곳에 와 있었는지도 모르겠다. 예전 같으면 이렇게 말하는 사람들을 비웃었겠지만 지금은 그럴 생각이 전혀 없다. 중요한 것은 그런 일이 있을 수 있는지 없는지를 말하는 것이 아니라, 그렇게 말해 버릴 수 있느냐 없느냐의 태도일 것이다. 그리고 나는 그렇게 말해 버렸다. 귀신사에서 나는, 그렇게 말해 버리는 법도 있다는 것을 배웠다.

그렇다. 모든 인연은 이미 예정된 무엇인지도 모른다. 중요한 것은 그런 일이 있을 수 있는지 없는지가 아니라 그렇게 말할 수 있느냐 없느냐는 것이다. 어느 겨울날, 대흥사 피안교 위에서 깨달은 사실, 그렇게 말하는 법, 그걸 다시 확인하기 위해 귀신사로 가는 것이다. 금산사 인터체인지에서 고속도로를 빠져 나왔다. 도로 표지판을 보고 금산사 방향으로 향했다. 금산사와 가까운 곳에 귀신사가 있다는 내 기억을 믿을 수밖에 없었다. 도로 옆 시골 담장 위에는 곳곳에 능소화가 예쁘게 피어 있었다. 접시꽃도 많았다. 금산사에 도착했다. 그래도 귀신사는 없었다. 금산사 매표소에 내려 아저씨에게 귀신사를 물었다. '길을 잘못 드셨네요. 금산사 주차장으로 들어가셔서 뒤로 다시 나가시면 귀

귀신사
귀신사에 귀신은 없다.
아직 사람의 손때가 덜 묻은 조용한 절집을 원하면 귀신사로 가라.
가서 숨은 꽃을 만나라.

신사 표지판이 나와요.' 금산사 주차장은 사람들로 붐비고 있었다. 금산사에도 가볼까 했지만 일정이 바빠 다음으로 미룰 수밖에 없었다. 금산사 뒤쪽 도로로 500미터쯤 나왔을 때 귀신사 표지판이 보였다. 반가웠다. 수를 헤아리기 어려운 식당을 오른편으로 끼고 고개를 하나 넘었다. 작은 마을이 나타났다. 그 마을이 청도리였다.

금산사를 지나 만난 작은 마을 청도리. 마을 중간쯤 나무 판자로 '귀신사 500미터'라는 표지판이 마련되어 있었다. 아이들과 함께 마을 앞 쉼터에서 준비한 도시락으로 점심을 먹었다. 이슬비가 소리 없이 내리고 있었다. 귀신사로 들어가는 길은 아주 좁았다. 시골 마을길 그대로였고, 담장 위 감나무가 터널을 만들고 있었다. 유명한 절로 들어가는 길이 아니라 시골 고향집으로 들어가는 느낌이었다. 마을을 지나치는 순간, 도라지꽃이 지천으로 피어 있는 밭이 나타났고, 그 위에는 대나무가 수를 헤아릴 수 없이 하늘을 향해 뻗어 있었다. 밭 두덩 위에는 나리꽃이 만발해 있었다. 여기가 귀신사로구나. 귀신사 들어가는 문은 너무나 초라했다. 아니, 문이라고 할 게 없었다. 조금도 손을 보지 않은 절집이었다. "유명한 절이라는 데가 왜 이래요?" 애들의 물음에 선뜻 대답하지 못했다.

그렇다. 나조차도 나도 모르게 겉을 보고 판단하는 데 익숙해져 있었던 것이다. 당연히 그래야 한다는 편견, 그런 걸 지니고 있다면 중요한 건 전부 땅에 묻어 버리고 아무짝에도 쓸모없는 것을 건져갈지도 모른다는 생각이 들었다. 편견을 버려야 한다면서도 다 버릴 생각은 추호도 없고, '이게 아닌데……' 하고 중얼거리면서도 욕심을 포기하지 않는 〈숨은 꽃〉의 주인공이 지닌 마음의 모순을 나도 느끼고 있었다. 과연 내 속에 들어 있는 정체는 무엇일까? 하지만 그런 마음은 사실 잠시였다. 제일 먼저 눈에 들어온 것은 보물 826호로

90

지정된 귀신사 대적광전이었다. 대적광전은 앞면 5칸, 옆면 3칸의 맞배지붕 형태로 지어졌다. 자연석으로 초석을 썼으며 그 위에 세워진 기둥은 두리기둥이었다. 기둥 위에 평방을 걸쳐놓고 다포 양식의 공포를 얹었다. 지붕의 처마가 두 겹으로 돼 있는 것도 이채로웠다. 아름다움은 화려한 겉모습에 있는 것이 아니라 그 속에 담겨 있는 것이구나. 일단 마음을 열고 보니 정말 많은 것이 보였다. 대적광전 앞에 피어 있는 목백일홍이 아름다웠다. 봉숭화, 채송화가 어린 시절을 되새기게 했고 수국이 반갑게 맞았다. 만약 절집 건물이 화려함으로 가득 차 있었다면 이런 아름다움은 보이지 않았을 게다. 아이들과 함께 목백일홍 앞에서 기념사진을 찍었다. 이슬비가 내리는 고즈넉한 절집. 대적광전 뒤 언덕 위에는 시도 유형문화재 제 63호인 귀신사 부도, 전라북도 유형문화재 제 62호 귀신사 석탑, 시도 유형문화재 제 64호인 귀신사 석수가 다듬어지지 않은 풍경으로 자리를 지키고 있었다. 귀신사 석탑을 둘러싼 느티나무도 눈에 보였다. 그렇구나. 어느 절보다도 귀신사에는 높은 키, 푸른 잎을 가진 나무가 많았다. 전혀 다듬어지지 않은 뜰에는 갖가지 들꽃이 피어 있었다.

　이제 귀신사도 추억이다. 난 여기 귀신사에 영원히 머물 수 없기 때문이다. 돌아 나오는 길이 고즈넉했다. 다시 기억으로 저장되는 귀신사는 온통 아름다움뿐이다. 왜? 이미 추억이니까. 비록 그 기억이 현실이라는 장벽에 부딪쳐 상처를 입기도 하지만 기억은 여전히 아름답다. 추억이니까. 말 그대로 돌아오는 길, 어렵게 찾아온 길이 이젠 눈에 익숙했다. 정겨웠다. 산다는 건 참 신비롭다. 담장 위의 능소화가 더욱 정겹게 다가온다. 언젠가는 나도 삶의 의미를 찾을 때가 올까? 다시 귀신사를 찾는 날이 있다면 그때쯤은 이 세상살이가 돌아가는 이치의 끝자락이나마 만져볼 수 있을지 모른다.

1. 교과서를 통해서 만났던 〈원미동 사람들〉이라는 글이 인상 깊다. 연작 소설이라는 것을 거의 처음 접했던 지라 신선하기도 했고, 특히 '원미동 시인'에서 어린이의 시선으로 어른들의 세계를 표현한 것도 기억에 남는다. 이 글은 60~70년대 우리 서민들의 이야기가 고스란히 녹아 있어, 그 당시 어려웠던 평범한 이웃을 느낄 수 있었다. 당신은 이 글을 쓰면서 '원미동'이라는 세계를 어떻게 인식하고 있었을지 궁금하다. 답변해 달라.

작품에 등장하는 사람들은 모두 우리들의 이웃이다. 어쩌면 이 세상을 살아가고 있는 바로 옆 사람들의 평범한 이야기를 '원미동'이라는 작은 공간에 꼭 맞게 그려 넣은 셈이다. 하지만 내가 그리고 싶었던 세계는 원미동이라는 공간이 아니다. 오히려 60년대, 70년대라는 시간이다. 나는 그 시간 속에서 오늘이 단순히 오늘이 아니고 어제의 시간들 속에서 만들어진 오늘이라는 말을 하고 싶었다. 그런 점에서 오늘만이 중요한 것이 아니고 어제도 중요한 것 아닌가? 결국 원미동은 원미동이 아니라 바로 평범한 60년대, 70년대 대한민국의 자화상이다. 너무 거창하게 말했나?

2. 당신에게 있어 '숨은 꽃'은 진정 무엇이라 생각하는가?

사람들은 나름대로의 아픔을 안고 하루를 살아간다. 그럼으로 인해 자신의 시대에 대해 모두 나름대로의 아픈 의미를 부여한다. 그런데도 우리가 오늘을 살아가는 이유는 희망이 있기 때문이다. 그 희망을 소설에서는 자식이라는 대상에서 찾는다. 아주 가까운 일상으로 돌아가 버렸다는 슬픔은 있지만 그것은 부인할 수 없는 진실일지도 모른다. 내가 〈희망〉이란 제목의 장편을 발표했을 때 사람들은 제목의 미미함을 지적했다. 이해할 수 없는 일이었다. 희망이라는 언어가 미미하다면 그러면 무엇이 대체 강렬한 것인가? 결국 나에게 있어 '숨은 꽃'은 희망이다.

비 내리는 청구원

신석정의 〈바다에게 주는 시〉

　　부안으로 버스가 향했다. 고속도로를 이용할까 생각했으나 호젓한 시골길
이 더욱 흥취가 있을 것 같아 국도를 택했다. 고속도로만큼이나 국도도 변화
가 거의 없었다. 김제평야 넓은 들판이 푸른 벼로 가득 차 있었다. 작은 야산
(언덕이라 해야 옳겠다)을 몇 개 넘자 머리 위로 서해안 고속도로가 지나갔
다. 곳곳에 도로 공사가 이루어지고 있어 조금씩 개발이 되고 있음을 느낄 수
있다. 개발은 또 다른 슬픔이다. 동신상 휴게소가 왼편에 보이면서 부안이라
는 표지판이 곳곳에 나타났다. 갑자기 바다 비린내가 코를 스쳤다. 큰 다리(동
진대교) 건너편에는 검은 갯벌이 펼쳐 있었다. 여기가 부안이로구나. 여기가
신석정의 고장이로구나. 바다가 속삭이는 이야기에 지쳐 해안선의 바위가 귀
먹은 것처럼 부안이라는 이름에 취해 나 역시 귀가 먹고 있었다.

바다여

날이 날마다 속삭이는

너의 수다스런 이야기에 지쳐

해안선海岸線의 바위는

'베—토벤' 처럼 귀가 먹었다.

지구地球도 나같이 네가 성가시면

참다못해

너를 벌써 엎질렀을 게다.

저 언덕에서

동백꽃은 네가 하 우스워

파란 이파리 속에 숨어서

너를 웃고 있지 않니?

동백꽃이

자꾸만 웃어대는

고 빨간 입술이

예뻐 죽겠다.

_신석정, 〈바다에게 주는 시詩〉 전문

시간이 12시를 넘고 있었다. 배가 고팠다. 점심을 먹기 위해 부안읍을 헤맸
지만 마땅하게 먹을거리가 없었다. 부안읍을 거의 지날 무렵 어느 수퍼 아주
머니에게 물었다. "신석정 생가 가는 길이 어딘가요?" "선생님 생가 말인가
요? 계속 나가시면 고창 가는 길이 나와요. 계속 가시면 줄포 삼거리가 나오고
거기에서 좌회전하시면 고창이구요, 우회전하면 곰소 가는 길인데 곰소 가는

94

길로 가다보면 길 가에 선생님 생가가 있어요." 자세한 아주머니의 안내를 받으면서 신석정 시인에 대한 부안 사람들의 사랑을 가슴으로 느끼고 있었다. 그러면서도 인터넷의 소개에는 생가가 부안읍내에 있었음을 상기하면서 다시 한 번 물었지만 아주머니는 분명히 맞다고 했다. 어쨌든 고창으로 가는 길에 접어들었다. 그런데 먼저 배고픔을 해결해야 했다. 길가에 한식집이 커다랗게 자리 잡고 있었다. 한정식은 너무 비싸서 냉면을 시켰다. 애들은 정말 잘 먹는다. 아무래도 부안읍내에 신석정 생가가 있다는 인터넷의 기록이 마음에 남았다. 고창 가는 길도 물어볼 요량으로 식당 사장님께 다시 신석정 생가를 물었다. 사장님은 내 질문을 무척 반가워하셨다. 부안읍 전체 관광지도도 주시면서 부안 자랑을 시작했다. "부안은 정말 좋은 곳이지요. 산과 바다가 함께 존재하니까요. 그런데 신석정 시인님의 생가는 부안읍내에 있지요. 김제 쪽에서 오셨다면 지나오는 길목에 있었을 텐데요." "어떤 아주머니께서 줄포에서 곰소 가는 길목에 있다고 하던데요?" "아마 착각하셨던 것 같네요. 거기는 반계 유형원 선생의 생가가 있어요. 신석정 시인님의 생가는 부안으로 들어오는 길목에 있어요. 아마 돌아가시면 생가 표지가 있으니까 찾을 수 있을 거예요. 여기서도 멀지 않아요." 주인 아저씨의 부안 자랑은 계속되었다. 점심을 어떻게 먹었는지 모를 만큼 내 신경은 온통 거기에 쏠려 있었다.

　점심을 먹고 차를 다시 뒤로 돌렸다. 시내를 벗어날 무렵 '삼거리 수퍼'에서 다시 신석정 생가를 물었다. 아주 가까운 곳에 생가가 있었다. 동진마을로 들어가는 길목에 생가 표지판이 작은 모습으로 서 있었고, 생가는 마을 한복판에 자리 잡고 있었다. 생가 들어가는 길목에는 마을 사람들의 쉼터도 멋진 모습으로 마련되어 있었다. 아이들과 쉼터에 앉아 음료수와 간식을 먹었다. 전북 기념물 84호, 안내판에는 신석정이 26세 때 이 집을 직접 지었다는 설명

부안 청구원
시인 신석정의 생가인 청구원은 일상 그대로의 풍경을 지닌다. 텃밭에는 콩, 팥, 오이, 호박, 깨들이 잡초와 나란히 자라고 있었다.

이 있었다. '청구원靑丘園'. 집은 아담했다. 생가를 방문할 때마다 느끼는 것이지만 자연스러움은 덜했으나 청구원 주위를 둘러싼 풍경은 자연스러웠다. 방문객은 한 사람도 없었다. 우리가 전부였다. 넓은 마당을 가득 메운 콩, 들깨 주위에는 하얀 나비가 날아다니고 있었다. 시인이 직접 심었다고 하는 마당 오른편에 자리 잡은 오동나무도 눈에 밟혔다. 새로 꾸민 듯한 초가를 제외한다면 고향의 모습 그대로였다. 방 안은 깨끗한 벽지와 함께 전형적인 신석정의 사진이 전면을 차지하고 있었다. 하늘을 향하고 나무처럼 두 팔을 드러내고 사는 것에 만족했던 신석정의 모습을 그리고 있었다.

96

작은 짐승이었다

신석정의 〈작은 짐승〉

해방 후 혼란했던 역사의 격류를 겪으면서도 끝내 신석정은 고향을 버리지 않았다 오직 향토에 머물러 향토에 이바지하고 향토에 묻힐 것을 다짐하곤 하였다. 한때는 편집 고문으로 지방 신문사의 일을 보기도 하였으나 주로 중·고등학교에서 교편을 잡고 국어 교육에 이바지하였다. 시인의 생활은 참담한 가난의 연속이었다. 하지만 시와 더불어 살려는 그의 의지에 변함이 없었고, 오히려 날로 불붙는 열정을 시에 쏟았다. 제4시집《산의 서곡》발문에 다음과 같은 글이 있다.

시와 더불어 이순이 넘었다. 그동안 역사의 흙탕물 줄기가 무참하게도 내 정신 세계를 여러 번 짓밟고 달아났다 그러나 아직까지 허튼 속정에 국척하거나 한눈 팔기에 나를 크게 소모한 적이 없음을 자위한다. 시가 잘 되고 못 됨은 공정에 앞서 오로지 선천적 천분에 맡길 일이요, 나대로 저 큰 산의 의연한 모습으로 시에 임하는 자세는 예나 다름 없다.

_신석정,《산의 서곡》발문 부분

다시 찾으리란 약속과 함께 생가를 뒤로 하고 신석정 공원으로 향했다. 동진면사무소, 계화면사무소를 거쳐 계화리 봉수대가 눈에 들어오면서 드디어 바다가 보이고 왼편에는 내변산 산자락이 나타났다. 아마 신석정은 저 산자락에서 바다를 바라보는 걸 좋아했으리라.

란이와 나는
산에서 바다를 바라다보는 것이 좋았다
밤나무
소나무
참나무
느티나무
다문다문 선 사이사이로 바다는 하늘보다 푸르렀다

란이와 나는
작은 짐승처럼 앉아서 바다를 바라다보는 것이 좋았다
짐승같이 말없이 앉아서
바다같이 말없이 앉아서
바다를 바라다보는 것은 기쁜 일이었다

란이와 내가
푸른 바다를 향하고 구름이 자꾸만 놓아가는
붉은 산호와 흰 대리석 층층계를 거닐며
물오리처럼 떠다니는 청자기빛 섬을 어루만질 때

떨리는 심장같이 자즈러지게 흩날리는 느티나무 잎새가

란이의 머리칼에 매달리는 것을 나는 보았다

란이와 나는

역시 느티나무 아래에 말없이 앉아서

바다를 바라다보는 순하디순한 작은 짐승이었다

_ 신석정, 〈작은 짐승〉 전문

란이가 혹시 어린 시절 신석정의 소꿉친구가 아닐까 하는 생각으로 이 시를 읽었다. 최근에 안 바로는 신석정의 둘째 딸의 이름이란다. 신석정은 바다에 살면서도 산을 진정 좋아했던 시인이다. 바다를 아주 가까이에 두고도 밤나무, 소나무, 참나무, 느티나무 보는 걸 즐겼다. '푸른 바다를 향하고 구름이 자꾸만 놓아가는 / 붉은 산호와 흰 대리석 층층계를 거닐며 물오리처럼 떠다니는 청자기빛 섬을 어루만질 때 / 떨리는 심장같이 자즈러지게 흩날리는 느티나무 잎새가 / 란이의 머리칼에 매달리는 것을 나는 보았다.' 얼마나 감각적인 표현인가. 바닷바람이, 느티나무 잎새가 가슴 속에서 바르르 떠는 그런 환상에 사로잡혔다.

바다를 오른쪽에 두고 한참을 달렸다. 해창쉼터를 지나 신석정 공원이 나타났다. 작은 언덕배기 위에 자리 잡은 작은 공원이었다. 눈 앞에는 새만금 방조제가 끝이 보이지 않게 뻗어 있었다. 이슬비에 바람이 심했다. 공원 안 신석정 시비에는 〈파도〉가 새겨져 있었다. 아주 작은 공원이었다. 아름다움과는 거리가 먼 모습으로 곧게 뻗은 해안도로, 거기에 비해 공원의 규모는 조그만 바람에도 바다를 향해 무너질 듯한 모습이었다. 그래도 대단한 것 아닌가. 그 지방

시인의 이름으로 공원을 만들었다는 것. 수많은 들꽃들로 장식된 공원의 작은 뜰, 파도 소리가 유난히도 강하게 가슴으로 다가왔다.

아, 신석정……. 하늘은 회색빛으로 어둡고 바다는 쌀뜨물을 푼 것 같이 희끄무레하다. 서해 바다는 그것만으로 이미 슬프다. 바람이 심하게 분다. 비가 내린다. 바람과 비에 내 마음이 가볍게 부서진다. 부서진 마음이 조각조각 바다에 내려앉는다. 여전히 시인의 시비는 외롭게 바람을 맞으며 바다를 내려다보고 있다. 신석정 공원 앞에는 군산까지 33km의 새만금 간척이 이루어지고 있었다. 대쪽같이 곧은 시인께서 살아계셨다면 과연 어떤 독설을 내뱉으셨을까?

1. 신문 기사를 참고하여 말하자면, 당신은 현실이 허락하지 않는 이상세계에 대한 지향이 뚜렷한 인물이었다고 한다. 그러한 이상세계에 대해 열망하는 이유는 무엇인가?

나는 타협을 싫어한다. 그런 점에서 바로 아랫마을에 살았던 미당이 아주 싫다. 그런데 현실 속에서는 타협하지 않고서는 견딜 수 없는 경우가 많다. 당연히 내 문학이 이상세계를 갈망하는 모습으로 나타나지 않겠는가? 결국 나에게 있어 이상세계를 그리는 것은 부조리한 현실 세계를 향한 저항의 한 방식이다.

2. 〈꽃덤불〉이라는 시의 3연에서는 애국 투사의 죽음, 유랑, 변절, 전향에 대한 안타까움이 드러난다. 이러한 사람들이 꽤 많던 시대를 살아가며 느낀 점은?

꽤 많던 시대라기보다 대부분이 아니었던가? 해방 후 전국의 문인들이 모인 자리에서 권두언 시로 낭송했다는 것을 상상해 보라. 대부분의 문인들이 죽음을 통한 투쟁보다는 타협을 택했기에 살아남았지 않았겠나. 나름대로 부끄러웠을 것이라 생각하고 싶다. 하지만 현실은 그렇지 않았을 게다. 타협을 선택함에도 분명 자신들만의 명분이 있었을 테니까. 진정 부끄러움을 안다면 그런 선택을 애초에 하지 않았을 것이다.

죽음을 생각해도 죄스럽지 않는 바다, 모항

안도현의 〈모항으로 가는 길〉

서해안 고속도로를 따라 변산으로 들어섰다. 하늘은 온통 회색으로 짙어져 있었고, 배들은 작은 항구에 정박해 있었다. 동해 바다가 시원하고 남해 바다가 정겹다면 서해 바다는 다소 쓸쓸했다. 곰소항을 지났다. 항구 북쪽으로는 넓은 천일 염전이 펼쳐져 있는데, 반듯하게 정리된 염전이 이국적인 풍경을 연출했다. 바다를 보면서 얼마를 달렸을까? 차창으로 눈이 보이기 시작했다. 처음에는 산에 내린 눈이 비람에 날리는 것이라 생각했다. 눈이 내린다는 기상 예보는 없었으니까. 그런데 그게 아니었다. 눈발은 더욱 거세지고 있었다. 앞이 보이지 않을 정도의 눈발, 그렇다. 지금 눈이 내리고 있는 거다. 내변산에서 쏟아져 내리는 눈은 서해 바다를 적시고 있었다. 4시가 가까워지고 있었다. 눈이 계속 내리고 있었다.

너, 문득 떠나고 싶을 때 있지?

마른 코딱지 같은 생활 따위 눈 딱 감고 떼어내고 말이야

비로소 여행이란,

인생의 쓴맛 본 자들이 떠나는 것이니까

세상이 우리를 내버렸다는 생각이 들 때

우리 스스로 세상을 한번쯤 내동댕이쳐 보는 거야

오른쪽 옆구리에 변산 앞바다를 끼고 모항에 가는 거야

_ 안도현, 〈모항 가는 길〉 부분

4시, 숙소인 모항 레저타운에 도착했다. 변산에서 가장 아름답다는 여기에 숙소를 정할 수 있었던 것도 우리 기행단의 복이라는 생각이 들었다. 눈은 약속이나 한 듯 모항 해수욕장을 공격하고 있었다. 이렇게 아름다울 수가. 모두 아무 말이 없었다. 단지 대자연의 위대함에 가슴이 막힐 수밖에 없었다. '모항에 도착하기 전에 풍경에 취하는 것은 그야말로 촌스럽다'는 표현이 가슴에 와 닿았다. 모항은 그랬다. 분명 바다를 껴안고 하룻밤을 잘 수 있는 곳이었다.

모항이 보이는 길 위에 서자 이미 모항은 내 몸 속에 들어와 있었다. 분명히 모항이라는 이름을 지닌 항구가 거기 있었다. 해가 뜨고 해가 지는 곳, 시작과 끝 · 삶과 죽음 · 낮과 밤이 공존하는 곳, 밀물과 썰물이 공존하는 곳, 여름과 겨울이 공존하는 곳.

신기한 일이다. 하늘에는 눈이 내리고 있었다. 낯선 이들의 방문을 환영이라도 하듯이 하얀 눈이 내리고 있었다. 바다에 내리는 눈이 뭐가 신기하냐구? 그래. 바다에 눈이 내리는 건 일상이라고 하는 사람도 있겠지. 7시, 눈이 그치는가 싶더니 다시 내렸다. 하늘 한 편에서는 보름을 갓 지난 둥근 달이 구름 사이로 이따금 얼굴을 내밀고 있었다. 이런 상황도 일상이라고 할 수 있을까? 그렇다. 내변산 너머에서 눈송이가 날려오는데 모항은 달빛으로 가득했다. 밀려나간 바닷물이 만든 금빛 백사장엔 달빛과 눈빛이 조화롭게 빛나고 있었다.

언어로는 도저히 표현할 수 없는 아름다움이었다. 바람에 날리는 눈발에 어디
선가 동백꽃이 떨어지고 있으리란 엉뚱한 생각도 들었다. 소주에 취하고 세발
낙지에 취하고 바다 내음에 취하고 있었다. 모항의 밤이 그렇게 깊어가고 있
었다.

저 잘난 세상쯤이야 수평선 위에 하늘 한 폭으로 걸어 두고

가는 길에 변산 해수욕장이나 채석강 쪽에서 잠시

바람 속에 마음을 말려도 좋을 거야

그러나 지체하지는 말아야 해

모항에 도착하기 전에 풍경에 취하는 것은

그야말로 촌스러우니까

조금만 더 가면 훌륭한 게 나올 거라는

믿기 싫지만, 그래도 던져버릴 수 없는 희망이

여기까지 우리를 데리고 온 것처럼

모항도 그렇게 가는 거야

_ 안도현, 〈모항 가는 길〉 부분

죽음이 숨을 쉬고 있는 바다, 죽음을 생각해도 전혀 죄스럽지 않는 바다, 난
이 모항을 만나기 위해 40년을 기다렸는지도 모른다. 아마 이젠 겨울이 되기
만 하면 이 모항이 그리울 게다. 모항 둥근 백사장을 뚫고 쏟아지던 달빛만큼
이나 모항에 대한 내 그리움도 키가 자랄 거다. 모항 언덕 솔가지와 동백꽃잎
사이로 소복하니 쌓였던 눈송이만큼이나 내 그리움도 자랄 거다. 그렇다. 난
이제 말할 수 있다. 삶에 지칠 때, 타인에 의해 상처받았을 때, 타인과의 말 걸

비 내리는 모항
모항은 죽음을 생각해도 죄스럽지 않은 바다다.
비 내리는 모항에는 슬프게 얼굴을 내민 싸리꽃이 빗줄기에 젖었다.

기가 힘겨울 때, 결국은 내 자신이 초라하다고 느낄 때 이젠 모항으로 가자. 그리고 거기에서 성숙한 내 죽음과 만나자. 한 터럭도 남기지 못하고 단지 한 줌 재로 사라지는 우리네 삶의 허무를 만나자. 모항은 그런 곳이다. 모항은 소리 지르지 않는다. 내가 여기에 있다고 자랑하지도 않는다. 그래서 모항을 진실로 아는 사람은 드물다. 아는 사람이 드물기에 모항은 아직도 아름답다. 모항은 아직도 변산의 이방異邦이다.

그리고 8개월이 지났다. '속도를 낮추시면 변산반도의 아름다움이 보입니다.' 변산반도로 가다 보면, 이런 글귀가 보인다. 느낌이 참 좋다. '과속은 곧 죽음', '잘하면 5분 빨리 가고, 잘못되면 50년 빨리 간다.', '5분 빨리 가려다 가 50년 빨리 간다.' 이런 유형의 끔찍한 표현이 아니기에 그런가보다. 산다는 거 참 사소하다. 해가 뜨고 해가 지고 바람이 불고 비가 오는 일처럼 사소하다. 그 사소함 속에 내가 산다. 사소함의 다른 표현은 일상이라는 것일 게다. 그건 또 무의미함을 의미하는 것일 수도 있다. 반복되는 시간들, 그 너머에 널부러져 흩어진 삶들…… 가을이다. 가을이 아니지만, 이미 가을이다. '가을 아닌 가을'을 맞는 역설. 배롱나무꽃이 여전히 진홍빛 피를 흘리는 모습, 코스모스가 하늘거리는 모습, 다른 계절이 공존하는 시간, 이건 정말 가을 아닌 가을이다. 여름이면서 가을인 이 계절에 여행할 수 있다면…… 그래, 그렇게 떠날 수 있는 시간이 있다면, 그리고 떠나고 싶은 생각이 있다면 뒤돌아보지 말고 바로 모항으로 가자.

지금 모항에는 비가 내린다. 비 내리는 모항. 지난 겨울, 삶에 찌들고 너무나 지쳤을 때 눈 내리는 모항을 만났었다. 다시 만나는 모항에는 비가 내리고 있었다. 그때보다는 많이 편안해진 것일까. 눈이 아니라 비가 내리고 있는데도 불구하고 마음이 편안하다. 이제는 내가 우는 것이 아니라 모항이 운다. 그래.

울고 싶으면 모항으로 오라. 무너지는 슬픔을 만나려면 모항으로 오라. 그리하여 끝내 죽음을 만나려면 모항으로 오라. 만조였기에 바다는 해변 끄트머리까지 나와 있었다. 겨울에는 볼 수 없었던 수많은 부유물들, 비가 내려서 떠내려 온 것, 혹은 관광객들의 쓰레기, 혹은 내 마음 속의 쓰레기. 거기에도 슬픔이 있었다. 그렇구나. 이 세상 살아가는 모든 게 슬픔이로구나. 모항은 그런 슬픔을 퍼내는 곳이로구나. 과연 모항이 그런 곳인가 하는 의심은 하지 말기를. 삶은 그런 것으로 가득 채워져 있는 것이 아니라 그렇게 생각하는 것으로 채워져 있으니까.

반달처럼 누운 해변, 조개껍데기처럼 누워 있는 해변, 바다가 해변에서 점점 멀어지고 있었다. 바다가 멀어지면서 바다 소리도 멀어지고 모항은 이제 사람들의 소리로 가득 찬다. 모항이라는 이름에 취해 내 귀가 먹고 있었다. 내 육신의 귀만이 아니라 영혼의 귀도 먹을 수 없을까. 그래서 존재하는 모든 대상에 대해 무심할 수 없을까. 모항은 저렇게 무심하게 바다를 보내고 새로운 손님들을 맞이하고 있는데. 그렇게 보내고 싶은 것, 버리고 싶은 것을 모두 모항에 던져버릴 수는 없을까.

모항에 어둠이 내렸다. 이제 모항은 보이지 않는다. 보고 느낄 수만 있다면 모항에는 무한한 크기의 아름다움과 그리움이 있다. 하늘에서 천둥과 번개가 터졌다. 살짝 얼굴을 보였다가 사라지는 모항. 언덕배기에 자리 잡은 숙소의 베란다 곳곳에서 탄성과 함께 불꽃이 피어오르고 있었다. 멀어졌던 바다가 다시 해변으로 조금씩 다가오고 있었다. 빗줄기가 강해지면서 바다 소리와 겹쳐졌다. 바다는 무거운 몸을 이끌고 서서히 밀려들고 있었다. 귀를 어지럽히는 빗소리, 바다 소리. 바다를 껴안고 잠깐 잠이 들었다. 모항은 이미 내 몸에 들어와 있었다. 하지만 바다는 날 오랫동안 재우지는 않았다. 베란다에 나가 바다를 바라보았다. 가로등 불빛에 비치는 해변은 이미 바다로 가득 차 있었다. 새벽 3시, 사위는 침묵으로 가득했지만 여전히 바다는 밀려오고 있었다. 모두가 잠든 시간, 바다만이 살아서 대화를 하고 있었다. 그렇다. 바다가 무엇보다 슬프도록 아름다운 건 거기에 소멸될 수 없는 그리움이 숨 쉬고 있기 때문이다. 바다 냄새, 싸리꽃 냄새, 비 냄새, 그리고 그리움 냄새. 여름 모항에는 싸리꽃이 많았다. 아주 작은 꽃잎들이 바르르 빗속에서 떨고 있었다. 하지만 그리움의 진정한 실체는 여전히 아무도 모른다.

바다 소리와 빗소리에 취해 잠을 이루지 못하는 하룻밤이 지났다. 숙소의 창이 희끄무레 밝아올 즈음 일출을 만나기 위해 밖으로 나갔다. 모항은 정말 신기한 곳이다. 일출과 일몰을 함께 만날 수 있는 곳. 모항의 일출 또한 장관이었다. 아직 완전히 걷히지 못한 구름으로 인해 바다에서 오르는 해는 보지 못했지만 구름 사이에서 장엄하게 떠오른 태양은 신비로움 그 자체였다. 급하게 세수를 하고 유명한 백합죽으로 아침을 먹은 다음 내소사로 향했다.

1. 당신이 상업적으로 변하였다며 비판하는 사람들도 많다. 당신의 글이 후기로 접어들수록 현실에 대한 관심이나 비판보다는, 예쁘고 따스한 감성을 담는 경우가 많다고 생각하기 때문이다. 전봉준을 통해 광주로 일컬어지는 민주항쟁 의식을 고취하던 초심이 왜 따뜻한 감성 쪽으로 흐르는가? 거기에 대해 궁금해 하는 독자들에게 한 마디 해주기를 바란다.

작가도 한 사람의 개인일 뿐이다. 시대의 흐름과 사고의 변화에 반응하는 개인일 뿐이다. 현실에 대한 비판을 담은 시가 나온 이유는 그 시대가 그런 시대였기 때문이다. 반면에 따뜻한 감성을 담은 시를 쓴 이유도 그런 시대였기 때문이다. 민족이니, 이념이니 하는 거대담론이 사라진 자리에는 개인적인 '사람'만 남는다. 내가 쓰는 시는 사람에게 향하는 시다. 사람에게 사랑을 말하고 사람에게 배려를 말하고 사람에게 꿈을 말하는 시다. 그것이 단순히 상업적인 것으로 재단되는 것은 그것이 오히려 일방적인 재단일 뿐이지 않을까?

108

2. 대중들에게 가장 유명한 시 중에 하나가 〈너에게 묻는다〉가 아닐까. 짧은 시이지만 그 여운
   은 깊었다. 일상적인 소재를 이용하여 삶의 가치와 깨달음에 대해서 이야기했는데, 그러한
   소재를 이용할 수 있었던 배경이 궁금하다.

시에서 사용하는 소재가 일상적이지 않음이 나는 오히려 이상하다. 시를 쓴다는 것은 비일상
적인 것을 표현하는 것이 아니라 일상적인 것을 자신의 언어로 만들어 타인에게 감동을 주는
행위이다. 나는 연탄을 좋아한다. 연탄 자체를 좋아하기보다는 자신의 몸을 태워 타인에게 배
려하는 그 크고 깊은 사랑을 좋아한다. 이기주의와 속물주의에 물들어가는 현대인들에게 그
러한 사랑과 배려를 말하고 싶었다. 당신들도 스스로에게 질문을 던져 보라. 정말 단 한 번만
이라도 누군가에게 뜨거운 사람이 되어 본 적이 있느냐고.

겨울 내소사

장하빈의 〈내소사 단청〉

모항을 끼고 남쪽으로 차를 몰면 작은 만이 나온다. 서해 하면 떠오르는 것이 갯벌이다. 특히 줄포, 위도, 법성포를 연결하는 해역은 예로부터 연평도와 함께 조기잡이로 유명했었다. 영광군 백수면 앞바다에 일산도, 이산도, 삼산도, 사산도, 오산도, 육산도, 칠산도의 일곱 개의 크고 작은 섬들이 모여 있다. 이곳을 칠뫼라고 하는데 여기서 시작하여 법성포 앞바다를 거쳐 위도, 곰소만, 고군산군도의 비안도에 이르는 해역을 칠산바다라 부른다. 이 해역에 형성된 어장을 칠산어장이라 하며 조기떼가 몰려들 때면 포구에 배를 댈 수 없을 정도로 전국에서 조기잡이 배들이 몰려들던 곳이었다.

그렇다. 이런 어장에는 반드시 기쁨과 슬픔의 양면이 존재한다. 풍부한 어장이 주는 부富의 기쁨이 있고, '바다 밑길을 걸어 들어간 사내들은 / 아직 아무도 돌아오지 않는' 슬픔이 있다. '이 땅의 어둠들 제 각기 불을 밝히고 / 청솔 같은 사내 목숨 바다에 묻고서도 / 달리 제 목숨 부릴 곳 없어 / 파도 위에 잠을 펴는 섬들의 이마엔 / 아침이면 어김없이 / 짠물에 절은 바람꽃이 피었다 (김용재, 〈법성포〉 부분)' 는 김용재의 표현이 슬프다. 칠산어장은 육지와 아주 근

110

접한 어장으로 변산과 선운산을 배경으로 한 넓은 갯벌이 있어 어족이 다양할 뿐만 아니라 그 양도 쉽게 고갈되지 않아 오늘날도 갯골을 따라 발달한 포구를 중심으로 연안어업이 시들지 않고 있다.

'세월아 봄아 가지를 마라 아까운 청춘 다 늙는다'는 배치기 노래를 흥얼거리며 칠산바다를 가까이 두고 내륙으로 조금만 들어가면 내소사 표지가 고즈녁하게 나를 맞는다. 내소사의 주차장에서 약 3분을 올라가면 멋진 자태의 일주문을 만날 수 있다. 일주문은 후대의 것이나 후면의 자연과 자연스럽게 일치되어 단아한 자태를 뽐낸다. 내소사는 유구한 역사 못지않게 사람들에게 큰 감동을 주는 일이 또 하나 있다. 바로 사찰의 일주문으로부터 천왕문에 이르는 약 600여 미터의 전나무 숲길이 그것이다. 변산의 절경과 어우러져 마치 터널과 같이 좌우를 덮은 전나무들의 강직하면서도 부드러운 자태, 겨울임에도 불구하고 은은한 전나무 향은 우리의 공해에 찌든 우리의 후각과 뇌를 정제시키는 것만 같았고, 군데군데 뛰노는 청설모들은 사람을 두려워하지도 않는 듯 가까이 다가가도 도망가지 않고 먹이를 찾아 바삐 움직인다. 눈이 내린 전나무 숲길은 불어오는 바람만큼이나 상큼했다. 무릉도원이 여기가 아닐까 하는 생각이 들 정도로 겨울의 전나무 숲은 은은한 안개와 더불어 현세에서 벗어나 부처님의 세계로 들어가는 입구를 형상화시킨 것 같다.

천왕문까지 이르는 길목은 전나무 숲과는 달리 잘 닦여진 정원길이다. 양옆으로 왕벚나무, 단풍나무들이 아기자기하게 서있고, 바로 정면에 천왕문과 그 옆으로 낮은 담이 둘러쳐져 있다. 천왕문을 들어서면 널찍한 정원이 한눈에 펼쳐진다. 높지 않은 석축단이 대웅전까지 펼쳐져 있고, 매표소 일주문 앞에 있던 할머니 당산과 쌍을 이루는 할아버지 당산목이 큼직하게 바로 앞에 자리잡고 있다. 석축단이 높았다면 아마도 답답해 보였을 것이다. 얕은 석축단인 관계로 사찰 전경이 한눈에 들어와 보기만 해도 가슴이 후련하고 마음이 넉넉해짐을 느낀다. 봄에는 싱그러운 녹음 속에 있어 좋고, 가을은 아름다운 낙엽 속에 있어 좋은 내소사 정원이다. 하지만 고즈넉한 겨울 내소사는 더욱 좋다.

내소사 대웅전은 못 하나 쓰지 않고 깎은 나무를 모두 끼워 맞춘 건물로 그 노력과 공이 대단한데 거기에 얽힌 전설이 매우 신비롭다. 대웅전을 지키고 있던 보살님이 찬찬히 설명하길 마다하지 않는다.

청민선사가 이 절을 중건할 때 목수를 불렀는데 그 목수가 3년 동안을 말 한 마디 않고 건물에 들어갈 나무만 깎고 있었나 보다. 법당보살님은 이를 목수가 묵언 수양을 하고 있다고 표현했다. 어찌 되었건 간에 말 한마디 안하고 나무만 깎고 있으니 사미승이 장난기가 발동했던 모양이다. 목수가 깎고 있는 나무 토막 중에 하나를 몰래 숨겨놓고 모른 체했다. 마침내 모든 나무를 다 깎았다고 생각한 목수는 드디어 나무를 헤아렸고 부족한 것을 안 목수는 자신의 수양이 아직 부족한 것으로 생각해 청민선사에게 절을 지을 수 없다고 했단다. 그러자 선사가 그 부족한 한 토막은 이 절과 인연이 안 되는 것 같으니 그만 생각을 바꿔 절을 지어달라고 사정했다. 목수가 할 수 없어 남은 토막만 가지고 절을 지어 지금도 법당 안에 오른쪽 윗부분 내 5출목의 한 부분이 비어 있다.

절을 지었으니 단청을 해야 할 것이 아닌가. 어느 날 한 화공이 찾아와 단청을 해주겠다고 선사에게 이야기하면서 조건을 달았다. 100일 동안 누구도 건물 안을 들여다보아서는 안 된다는 것이었다. 선사와 목수는 교대로 그 건물 앞에서 누구도 얼씬 못하게 지켰다. 99일이 지나도록 인기척도 없고 먹을 것도 안 들어가니 사미승이 얼마나 궁금했겠는가. 사미승은 주지스님이 부른다고 거짓말을 하고 기어이 안을 들여다보았다. 그러자 하얀색 새가 입에 붓을 물고 날갯짓에서는 화려한 물감을 만들어내면서 그림을 그리고 있지 않은가.

겨울 내소사
내소사는 고즈넉하다. 소리 내어 자랑하지 않는다. 하루를 살아가는 우리네 모습 같다.

이에 너무 놀란 사미승은 자세히 보고자 문을 살짝 열었다. 그러자 삐걱하는 소리가 나고 놀란 새는 그만 날아가 버리고 말았다. 단청을 완성하지 못한 것이다. 그래서 대웅전 안에 좌우 한 쌍으로 그려져야 할 그림이 좌측 창방 위는 바탕 면만 그려져 있고 내용은 그려져 있지 않다. 그 새를 사찰에서는 관음조라고 한다. 지금도 새벽녘에 새 울음소리가 난다고 한다.

33배를 올렸다. 문학기행단 동료들은 나에게 허리가 아프다더니 꾀병이라고 놀린다. 덕분에 대웅전 부처님 뒷벽 면에 있는 우리나라에서 제일 큰 백의 관음보살님의 벽화를 볼 수가 있었다. 대웅전에서 또 우리의 관심을 끄는 것 중에 하나가 연꽃, 국화꽃, 해바라기꽃 등 가지 각색의 꽃들이 문살의 문양을 이루면서 문 자체가 하나의 거대한 꽃밭이 되어버린 것이다. 지금은 채색이 다 지워지고 나무결 무늬만 남아 있는데 조각된 본 모습을 그대로 볼 수 있어 더 느낌이 좋다. 수백 년간 비, 바람, 눈보라를 맞으며 지금에 이르고 있으니 그것만으로도 감회가 남다를 수밖에 없다. 만져보면 그 감촉이 참 좋다.

동행했던 장하빈 시인이 벌써 펜을 굴리고 있었다. 내소사는 생의 굴곡이 많은 하빈과 무척 닮았다. 그래서 이런 시가 나왔다.

전나무 캄캄한 숲길 지나

벗나무 화안한 마당 지나

능가산 내소사 들어서면

저 높은 곳, 둥지 튼 비탈진 삶도

따사로운 봄 언덕에 기대었습니다

대웅보전 들러 합장하는 순간

수수꽃다리 훔쳐보던 사랑

부처님한테 그만 들키고 말아

붓을 물고 관음벽화 속으로 날아갔습니다

요사채 뒷마당 우물가 돌아가 보면

붉은 깃털 하나 빠져 울고 있었습니다

_장하빈, 〈내소사 단청〉 전문

114

금호강에서 그에게 편지를 썼다

장하빈 시집 《비, 혹은 얼룩말》

하빈은 꼬장꼬장하다. 야윈 몸 이상으로 영혼도 꼬장꼬장하다. 하지만 여리고 맑은 영혼을 지녔다. 10년이 넘는 그와의 인연. 그렇게 꼬장꼬장함으로 옹이 박힌 하빈을 진정 이해하는 데는 적지 않은 시간이 필요했다. 그 숱한 시간 속에서 하빈과 동행한 수많은 상처들을 이해했다. 상처 없는 영혼이 어디 있겠냐 하겠지마는 하빈의 상처는 의외로 넓고 깊다. 아마도 그것이 하빈이 지닌 꼬장꼬장함을 만들어낸 진실인지도 모른다. 그래야 견딜 수 있었으니까. 그에게는 시가 구원이요, 생명이다. 난 그의 시를 좋아한다. 《비, 혹은 얼룩말》(만인사, 2004). 처음 시집을 만났을 때 반가움에 목이 메이고 코 끝이 아려왔다. 나도 모르게 다시 목이 메이고 코 끝이 아려서 죄송하다.

자전거 타고 달리다가 철길 건널목에 멈추었습니다

차단기 내려지고 종소리 땡땡땡땡 울려와

꼬리에 꼬리를 문, 검은 물체가 획 지나갔습니다

훈장처럼 어깨에 꽂혀 나부끼던 개망초꽃

바람에 날리어 검은 바퀴에 깔리고 말았습니다

스무 해를 개망초꽃으로 떠돌았지요
등 뒤로 덤프트럭 언제 덮칠지도 모르는 길섶에서
나의 페달은 자꾸 헛돌았지요
차단기 굳게 내려진 가슴 속, 종소리 울려 퍼질 때마다
검은 물체에 대한 기억을 벼랑 끝으로 밀쳐냈습니다

실어증 앓던, 개망초 같은 시절이었습니다

_장하빈, 〈개망초꽃〉 전문

얼굴을 푹 숙이고 한참이나 훔쳐봤다. 10킬로그램이나 빠진 당신 얼굴이 가슴으로 다가왔다. 무슨 말부터 시작해야 할까? 수없이 많은 말을 연습해 왔는데도 정작 당신 앞에 서니 아무런 언어도 떠오르지 않았다. 내 언어는 어느 틈엔가 차단기가 내려진 철도 건널목이었다. "피이, 끄떡 없네. 아프긴 한 거야?" 농담으로 모든 감정을 대신했다. 춘천 문학기행 도중이었다. 김유정 생가로 출발하기 직전, 갑자기 달려온 당신의 병마에 잠시 당황했더랬다. 지난 시절, 무던히도 당신이 원망스러울 때도 있었다. 걷잡을 수 없는 당신의 고집스러움이 나를 힘들게 할 때도 있었다. 이제야 당신의 작은 일부분이나마 짐작할 수 있다고 말할 수 있다. 아무리 지천으로 널려 있어도 볼 수 없는 대상이 많다. 그 중의 하나가 바로 개망초꽃이었다. 당신의 시에서 만난 개망초꽃. 알고 나니 개망초꽃은 지천으로 널려 있었다. 고향 가는 길섶에도 있었고, 문학기행 도중 만났던 신동엽 시비 옆 공터, 정지용 생가 앞 실개천에도 있었고, 아

116

담장에 핀 능소화
팔공산 자락 하빈의 집 마당에서 바라본 능소화. 능소화 붉은 꽃잎처럼 그의 삶도 생명으로 가득하기를.

내와 아이들과 함께 갔던 시냇가에도 개망초꽃은 지천으로 널려 있었다. 흔하기 때문에 오히려 소중한 그것. 개망초꽃은 나에게 그걸 가르쳐 주었다. 아니, 당신이 나에게 가르쳐 주었다. 당신이 고맙다. 이제 당신에겐 실어증 앓던 시절이 결코 다시 오지 않을 것이다. 다시는 검은 물체에 대한 기억으로 돌아가지 않을 것이다.

겨울 금호강에서 그에게 편지를 썼다
등에 업혀 새록새록 잠들다가
어두운 강물 속으로 사라져간 개밥바라기

하얗게 얼어붙은 강어귀에서

모닥불 지펴놓고 그를 기다렸다

한참 뒤, 폭설 내려와

강의 제단에 바쳐지는 눈발 부둥켜안고

모래톱 돌며 재齋를 올렸다

눈 그친 서녁 하늘에 걸린 호롱불 하나

_ 장하빈, 〈개밥바라기 추억〉 전문

처음 이 시를 읽으면서 한 줄기 눈물을 쏟았다. '등에 업혀 새록새록 잠들다가 하얗게 얼어붙은 강어귀에서 어두운 강물 속으로 사라져간 개밥바라기'를 기다리는 하빈의 굽은 등이 가슴으로 다가왔기 때문이다. 이젠 개밥바라기가 나에게는 자연적인 대상이 아니다. 하빈의 슬픔이다. 하빈의 그리움이다. 나아가 내 슬픔이자 그리움이다. 평생을 안고 살아가는 그리움은 존재하는 법이다. 이미 내 곁에는 내가 사랑하고 내가 가장 사랑하던 그 분은 없다. 어머니……. 하지만 아직도 그 부재의 느낌은 실체가 보이지 않는다. 몇 해가 훌쩍 지났지만 여전히 내가 힘들다고 보채면 어디선가 불쑥 나타나 나를 안아줄 것만 같다. 하빈도 지금 그럴 게다. 그것도 강물에다 영혼의 재를 흩뿌린 자신의 피붙이가 아닌가? '눈 그친 서녁 하늘에 걸린 호롱불 하나……'

천둥산 끝자락에서

118

가서 오지 않는 너를 기다린다

박하 향기 아득한 시간의 터널 지나
푸른 기적 달고 숨가삐 달려 와서
내 생의 한복판 관통해 간
스무 살의 아름다운 기차여!
_ 장하빈, 〈첫사랑〉 전문

고등학생이었던 하빈. 그에게는 정말 좋아하던 고향 여자 친구가 있었다. 겨울날, 하얀 눈이 대지를 덮던 날, 하빈은 그 아이가 보고 싶어 고향에 갔다. 사위는 어두워오고 하빈은 그 아이의 집 주위를 돌았다. 여전히 하늘에는 송이송이 눈송이가 날리고 그 아이는 마루를 지나 댓돌에 신발을 벗고는 자신의 방으로 들어갔다. 불러야 하는데 아이의 이름은 하빈의 목에 걸려 밖으로 넘어오지 못했다. 한 시간… 두 시간… 시간은 자꾸 흘렀다. 그 아이의 집 주위 골목길은 온통 하빈이 썩어놓은 발자국만 어지러웠다. 그리고 어디선가 새벽닭이 울었다. 닭의 모가지를 비틀어버리고 싶었다던 하빈. 그 아이의 방 불빛도 밤새도록 꺼지지 않았었다. 하빈과 함께 그 아름다운 이야기를 들으며 충북 제천 영화 〈박하사탕〉의 촬영지를 찾았다. 그때 만들어진 하빈의 시, 〈첫사랑〉. 내 생의 한복판을 관통해 간 스무 살의 아름다운 기차.

"형, 형 시집 낙서 한번 해도 되나요?" 난 하빈에게 거의 예의를 차리지 않는다. 모르겠다. 속으로는 이 무례한 후배에게 할 말이 많을지도. "그냥은 안 돼. 값은 지불해야지." "얼마?" "천 원." "그럼 그래야지요." 그렇게 천 원을 지불하고 시작한 낙서. 주옥 같은 시를 이렇게 난잡한 낙서로 채울 수밖에 없는 나의 한계. 그래도 어쩔 수 없지. 난 하빈의 시를 좋아하니까.

하빈은 요즘 참 열심히 산다. 몸의 이상 신호 때문에 학교를 그만뒀다. 그리고 팔공산 자락에 나무로 된 아름다운 집을 얻었다. 집 뒤에는 아름다운 팔공산이 드리워져 있고, 앞에는 아름드리 소나무 숲이 펼쳐진 집이다. 정원은 잔디를 깔고 쉼터까지 만들었다. 텃밭에는 고추와 상추가 자란다. 새벽이나 해설 피 즈음이면 멀리서 뻐꾸기가 운다. 요즘은 눈만 뜨면, 동편재와 서편재로 이름 붙인 그의 다락방으로 출근한다. 열심히 산행도 하고 창작 활동도 하고 마음으로 사람들을 만나면서 즐겁게 살아간다. 여전히 그 특유의 꼬장꼬장함이 나타나기도 하지만. 이젠 그 꼬장꼬장함조차도 나에겐 정겹다. 언젠가 하빈과 했던 두 가지 약속. "형, 얼른 시집 내요. 형 시집 내면 나 소설 한 권 낼 게." 하빈은 약속을 지켰는데 난 여전히 낙서질이다. 또 하나. 청산도靑山島로의 여행. 아마 이건 조만간에 지켜질 수도 있겠다. 하빈이 이젠 시간이 많으니까.

책을 낸다니까 하빈이 시를 한 편 보내주었다. 고맙다.

아름다운 인생의 주인공인 청소년들이여!

집을 무작정 뛰쳐나와 완행열차를 타라.

차창 밖 풍경들 경이롭게 바라보기도 하고

의자에 기대어 꾸벅꾸벅 졸기도 하다가

동해의 푸른 바다가 보이걸랑 고래고래 소리치며

뜨거운 백사장을 맨발로 뛰어가

깊은 바닷물 속에 풍덩풍덩 뛰어들어라.

한동안 허우적대다가 기필코 살아 돌아와

차가운 여관방 구들에 엎드려

머리 싸매고 밤새워 한 권의 책을 읽어라.

_ 장하빈, 〈바다로 가는 기차를 타라〉 전문

1. 가까운 곳에서 당신의 가르침을 받고 있는 입장에서 당신에게 질문을 한다는 것이 다소 죄
   송스럽다. 당신의 시편들에는 아름답지만 아픈 정서들이 묻어난다. 당신에게 있어 시는 무
   엇인가?

   현재를 살아가는 존재들은 모두 상처를 지니고 있다. 단지 상처를 상처로 인식하지 못하거나
   인식하더라도 그것을 언어로 표현하지 못할 뿐이다. 단지 나에게 그런 상처를 표현할 수 있
   는 작은 재능을 신이 부여했다고 하면 대답이 될까? 드러내고 싶지는 않지만 내 개인사와 가
   족사는 많은 상처들로 이루어져 있다. 내 감성들이 그 상처를 이겨내지 못하고 절망할 때 시
   는 나에게 그것을 이길 수 있는 힘을 주었다. 시는 나에게 삶을 영위할 수 있게 도와주는 본질
   적인 힘이다.

2. 당신의 시는 가까운 곳을 보는 듯하지만 늘 먼 곳을 응시한다는 느낌이 있다. 시를 쓸 때의
   마음에 대해 말해 달라.

   내 시의 본질은 일상이다. 그것은 지나간 과거일 수도 있고 지금 현재일 수도 있다. 내 삶의
   모습이기에 가깝다. 하지만 근본적으로 시란 양식은 꿈의 양식이다. 있는 그대로를 담는 것이
   문학은 아니다. 허구라는 말을 구태여 쓰고 싶지는 않지만 먼 곳을 바라본다는 것은 시란 양
   식의 본질을 지적한 것이 아닐까? 여전히 나에게 시는 어렵다. 고통스러운 작업이다. 그런데
   왜 쓰는 것일까? 거기에 내 마음을 담을 때 내 안의 상처들조차 이미 날개를 달고 날아가기
   때문이다.

질마재 가는 길

서정주의 〈질마재 신화〉

　'질마재'를 다녀왔다. 길게 이어진 줄포만의 갯벌, 갯벌 너머 높게 솟아 있는 변산반도, 그리고 바지락을 싣고 오는 경운기 소리, 그리고 정겨운 사람들. '질마재'는 차라리 추억이었다. '질마재'란 이름을 처음 들은 건 아마 고등학교 2학년 때였을 게다. 하얀 얼굴에 노란 손가락을 지니고 계셨던 국어 선생님께서 미당의 시를 설명하셨다. 아마 〈꽃밭의 독백 — 사소단장〉이란 시였던 것 같다.

노래가 낫기는 그 중 나아도

구름까지 갔다간 되돌아오고,

네 발굽을 쳐 달려간 말은

바닷가에 가 멎어 버렸다.

활로 잡은 산돼지, 매[鷹]로 잡은 산새들에도

이제는 벌써 입맛을 잃었다.

꽃아, 아침마다 개벽開闢하는 꽃아.

네가 좋기는 제일 좋아도,

물낯 바닥에 얼굴이나 비취는

헤엄도 모르는 아이와 같이

나는 네 닫힌 문에 기대섰을 뿐이다.

문 열어라 꽃아. 문 열어라 꽃아.

벼락과 해일海溢만이 길일지라도

문 열어라 꽃아. 문 열어라 꽃아.

_ 서정주, 〈사소단장〉 전문

　'네가 좋기는 제일 좋아도 물낯 바닥에 얼굴이나 비취는 헤엄도 모르는 아이와 같이 나는 네 닫힌 문에 기대섰을 뿐이다.' 라는 표현을 무척 좋아했었다. 당시 나에게 삶이란 닫힌 문이었고 난 그 앞에 서 있는 형국이었으니까. 그때 선생님께서는 미당의 시 세계를 몇 개로 나누시고 '질마재 신화 시대' 라는 표현을 사용하셨다. '질마재' 란 이름은 그때부터 내 머리에 새겨졌다. 이상스럽게도 정감이 가는 명칭이었나. 그러다가 얼마간의 시간이 흐른 뒤 '질마재' 라는 이름이 미당의 고향 마을 이름이라는 걸 알게 되었다. 대부분의 문학 작품이 그렇듯이 어쩌면 만들어진 이름일지도 모른다는 생각이 들기도 했다. 나는 미당의 시가 좋았다. 그건 아마 '질마재' 라는 이름 때문이었는지도 모른다. 친일로 인해 많은 사람으로부터 비난의 대상이 되어도 '죄인의 민족' '해방은 도둑처럼 왔다' 는 학자들의 말을 인용하면서 어쩔 수 없었을지도 모른다고 미당을 합리화하곤 했다. 그러면서도 정작 내가 좋아했던 시는 '질마재' 와 관련이 없는 〈자화상〉, 〈문둥이〉, 〈귀촉도〉, 〈동천〉 등이었다. 특히 '나를 키운 건 팔 할이 바람이다' 는 〈자화상〉의 시구를 좋아했다. '질마재' 를 만나기에는 아직 시간이 필요했다.

　지난 겨울, 미당의 고향을 방문했을 때조차도 ‘질마재’는 내게 멀었다. 그런데 만나야 할 사람, 아니 만나야 할 대상은 반드시 만나게 되는 것이 섭리인 모양이다. 6개월 만에 다시 차를 몰고 찾아간 미당의 고향, 쉽게 찾긴 어려웠다. 왜냐하면 부안을 거쳐 고창으로 들어간 내 여정은 겨울 여정과는 반대 방향이었으니까. 제법 오래 차를 몰았지만 미당의 고향이 나오지 않아 지나가는 할아버지께 물었다. ‘질마재가 아직 먼가요?’ 왜 미당 생가나 미당 문학관을 묻지 않고 ‘질마재’를 물었을까? 나는 나도 모르게 가슴 속에 오랫동안 ‘질마재’를 품고 있었던 것이다. 무거운 삽을 어깨에 지고 가시던 할아버지 왈, ‘여기서 멀지 않아요. 저 구비만 돌면 질마재이지요.’ 그렇구나. ‘질마재’는 추상적인 명칭이 아니라 아직도 실재하고 있는 구체적인 곳이구나. 잠깐 놀라웠다.

　그러면서 도착한 미당시문학관 앞, 마을 사람에게 다시 ‘질마재’를 물었다. ‘질마재’ 마을은 다섯 곳으로 갈려 있어, 소요산 상봉 바로 밑에 자리하고 있는 서당물, 서당물에서 바다 쪽으로 내려오다가 대여섯 그루의 수백 년씩 된 느티나무 사는 데를 지나면 웃돔, 그 밑에 아랫돔, 웃돔과 아랫돔 사이의 조그마한 개울을 건너 북쪽으로 가면 송현, 그리고 거기서 동으로 얼마쯤이나 논둑길을 사이에 두고 있는 신흥리. 그렇게 이루어져 있다고 했다. 미당의 삶은 바로 ‘질마재’와 결부된 것이었다. ‘질마재’는 미당의 슬픔이기도 했고 자부심이기도 했다. 부친이 마름이었고, 아마도 일본에 우호적이어서인지는 모르지만(결국 미당도 그러한 길을 걷게 되지만) 미당의 시에는 외가에 대한 묘사가 많다. 미당의 눈에는 ‘아비는 종’이었던 것이다. 당연히 그러한 친가 쪽보다는 자신은 ‘갑오년甲午年이라든가 바다에 나가서는 돌아오지 않는다 하는 외할아버지의 숱 많은 머리털과 그 커다란 눈이 나는 닮았다’고 하면서 외가와의

혈연적 관련을 강조했다. 친가를 부정하고 외가를 찾는 거기에 미당의 슬픔, 외할머니의 슬픔, 아니, 질마재의 슬픔이 있었다.

바닷물이 넘쳐서 개울을 타고 올라와서 삼대울타리 틈으로 새어 옥수수밭 속을 지나서 마당에 흥건히 고이는 날이 우리 외할머니네 집에는 있었습니다. 이런 날 나는 망둥이 새우 새끼를 거기서 찾노라고 이빨 속까지 너무나 기쁜 종달새 새끼 소리가 다 되어 앞발로 낄낄거리며 쫓아다녔습니다만 항시 나만 보면 옛날 이야기만 무진장 하시던 외할머니는, 이때에는 웬일인지 한 마디도 말을 않고 벌써 많이 늙은 얼굴이 엷은 노을빛처럼 불그레해져 바다 쪽만 멍하니 넘어다보고 서 있었습니다.

그 때에는 왜 그러시는지 나는 미처 몰랐습니다만, 그분이 돌아가신 인제는 그 이유를 간신히 알긴 알 것 같습니다. 우리 외할아버지는 배를 타고 먼 바다로 고기잡이 다니시던 어부로, 내가 생겨나기 전 어느 해 겨울의 모진 바람에 어느 바다에선지 휘말려 빠져 버리곤 영영 돌아오지 못한 채로 있는 것이라 하니, 아마 외할머니는 그 남편의 바닷물이 자기 집 마당에 몰려 들어오는 것을 보고 그렇게 말도 못하고 얼굴만 불거져 있었던 것이겠지요.

_ 서정주, 〈해일海溢〉 전문

뭐랄까, 말로는 표현할 수 없는 그런 슬픔이 이 시에서 느껴졌다. '이때에는 웬일인지 한 마디도 말을 않고 벌써 많이 늙은 얼굴이 엷은 노을빛처럼 불그레해져 바다 쪽만 멍하니 넘어다보고 서 있었습니다.' …… '아마 외할머니는 그 남편의 바닷물이 자기 집 마당에 몰려 들어오는 것을 보고 그렇게 말도 못하고 얼굴만 불거져 있었던 것이겠지요.' 무슨 설명이 더 필요한 것일까? '질마재'엔 바로 그런 슬픔이 존재한다.

유명한 풍천 장어로 점심을 먹고 산딸기로 만든 복분자술로 목을 축인 후 식당 할머니의 구수한 입담을 뒤로 하고 미당 문학관으로 향했다. 작은 시골 마을에 아무런 색채도 지니지 못하고 우뚝 선 높은 건물, 왠지 문학관으로는 전혀 어울리지 않는 현대식 모습을 한 채 미당 문학관이 먼 바다를 바라보며 서 있었다.

아직 건물만 이루어졌지 안에 비치된 자료는 미당을 되새기기엔 부족한 점이 많았다. 하지만 문학관 옥상에서 바라본 산과 바다의 모습은 절경이었다. 이런 곳이라면 어찌 시가 나오지 않으랴 싶었다. 멀리 '질마재' 위에는 미당의 묘소가 한 눈에 들어오고 있었다. 이런 곳을 마음 한켠에 담아 두고 미당은 오랜 시간을 타인들이 사는 곳을 전전했다. 어쩌면 바보 같은 삶의 과정이었다. 앞과 위, 그리고 양지만 바라보고 살았던 긴 세월들. 미당의 삶은 오히려 부끄러움의 연속이었다. 이렇게 살아 숨 쉬는 아름다운 고향의 이야기는 접어 둔 채 〈귀촉도〉, 〈신라초〉, 〈동천〉 등 오히려 경상도의 지난 날 영광들만 들먹였다. 어쩌면 그것들조차 경상도의 본질이 아니라 지워버려야 하는 껍데기들이었을지도 모른다. 고향 '질마재'로 회귀한 것은 그래도 미당의 삶에서 가장 아름다운 일이었다.

미당교라는 다리를 건너자 미당의 생가가 눈에 들어왔다. 여전히 깊은 우물, 그리고 장독대, 초가집. 그러나 미당 문학관에서 느낀 부족함이 여기서도 그대로 느껴졌다. 살아 있는 것이 아니라 이미 화석화되어 버린 듯한 느낌. 그것이 나만의 느낌은 아니었다. 어쩌면 미당에 대한 상반된 평가가 만들어낸 그런 미비함일지도 모른다는 생각이 들었다. 우뚝 선 현대식 미당시문학관, 깨끗하게 단장된 미당 생가, 오히려 슬픔이 느껴졌다. 하지만 문학관 전망대에서 바라본 줄포만의 아름다움, 변산의 절경, 그리고 '질마재' 고개. 가슴 한켠이 뜨거워져 옴은 인위적인 건물 때문이 아니라 그것 때문이었다. 그것은 나름대로의 파격이었다. 겉으로 나타나는 미당에 대한 타인의 평가와 미당이 가슴에 담고 살았던 '질마재'의 내면적 슬픔, 내가 미당에게 느끼는 파격과 미당이 '질마재'를 보며 느꼈던 파격, 어쩌면 그 동선動線 속에 〈질마재 신화〉가 생성된 것이다. 파격의 민간 신화적 산문시집인 〈질마재 신화〉는 한국의 여느 농촌과 마찬가지로 범속한 가난이 세습되어오는 한 마을을 한국인의 신화가 숨 쉬는 마을로 불멸화하고 있다. 그 마을에 떠도는 간통 소문, 오줌발 소리, 죽어 해일이 되어 돌아온 온갖 설화와 풍문들은 그 신화 속에서 혼백과 육신을 얻고 현실의 공간 속에서 실재와 뒤섞인다. 문학이 현실과 다르지 않고 신화가 현재적 사실과 다르지 않는 파격, 나는 사실 그 동선 속에 존재하고 있었다. '질마재'가 신화이고 미당이 신화인 것처럼 나도 잠시라도 신화이고 싶었으니까.

1. 당신이 기분 상할 수도 있는 질문을 시작하겠다. 사람들은 당신을 대표적인 친일파라고 칭한다. 반면에 당신을 옹호하는 사람들은 일제의 억압 때문에 생존을 위해 어쩔 수 없었다고 말한다. 당신은 그 당시 등단 3년생인 무명 신인이었다. 그런 당신이 동원을 강요받았다는 것이 실제적으로 가능할까? 어느 한 칼럼에서는 이러한 이유들로 억압 속에서 살아남기 위해 친일했다고 감싸주는 것은 기만이거나 문학사에 대한 무식의 소치라고 표현했다. 여기에 대한 당신의 생각은 어떠한가?

'일본이 그렇게 쉽게 항복할 줄은 꿈에도 몰랐다. 못 가도 몇 백 년은 갈 줄 알았다.'고 고백한 적이 있다. 다시 말하면 단순히 일제의 억압 때문에, 살아남기 위해 그런 선택을 하지는 않았을 게다. 살아남기 위해 친일을 했다는 감싸주기는 기만이라는 비판에 대해서는 할 말이 없다. 하지만 살아남았기에 그 이후의 한국 문학을 풍요롭게 하지 않았나? 내 문학을 사랑하고 아껴주는 독자도 많은 것으로 안다. 그 분들이 내가 친일을 했다고 좋아하는 것은 아니지 않는가? 그냥 내 시가 좋은 것 아니겠는가? 그렇게 봐줬으면 좋겠다.

2. 당신의 시에 대해 당신 스스로 평해 달라.

어렵다. 하지만 한 마디로 표현한다면 절실하게 살았던 내 삶의 전부였다고 말하고 싶다. 나름대로 한국적인 정서와 전통적인 언어와 율격의 아름다움을 드러내기 위해서 최선을 다했다고 자부하고 싶다. 다시 말하지만 내 작품과 내 삶은 분리해서 이해해 주었으면 좋겠다. '반공을 국시로 한 이승만 정권과의 관계, 80년 신군부 등장 이후 전두환 대통령 후보의 찬조연사, 대통령 당선축하 축시 헌사, 광주 민주화 운동과 전두환 정권 수립 와중에 방송에 출연하여 행한 전두환 군사파쇼 정권에 대한 지지 발언' 등에 대한 비판도 같은 맥락에서 이해해 줬으면 한다. 오히려 절실하게 살았던 삶의 흔적이다.

길은 아득하다

겯국 우리가 애써 찾고자 하는 소가
우리의 일상 속에서 우리와 함께 숨을 쉬며 살아가고 있을지도 모른다는 그것.
나아가 그것이 윤대녕의 눈에 포착된
90년대 우리들의 '지금-여기'의 일그러진 모습과
그 속에 감추어진 내밀한 욕망이 아닐까? 하는 생각.
그러면서 윤대녕은 물음을 던진다. 우리는 지금 어디에 있는가? 라고.
나는 그 여행에서 정말 소설 속의 인연처럼
청평사 스님으로부터 '해우海牛'라는 소중한 이름을 얻었다.

님이 침묵하는 시대의 노래

한용운의 〈독자에게〉

　이번 문학기행의 여정은 멀고 길다. 아득했다. 홍성 한용운 생가를 거쳐 남당항을 지나 무창포에서 하룻밤을 묵고 공주 우금치 기념탑, 부여 부소산성, 신동엽 시비, 신동엽 생가를 지나 마지막으로 옥천 정지용 생가를 둘러오는 여정이다. 대구에서 먼 곳이라서 일정이 다소 버겁더라도 모두 들르기로 했다. 점심을 긴단하게 먹고 토요일 2시에 출발했다. 경부고속도로를 지나 공주에서 홍성으로 가는 지방도로를 택했다. 정말 멀다. 한용운의 시비는 홍성에 둘이 있다고 한다. 하나는 홍성 읍내에서 광천으로 3km 정도 나가다 보면 교도소 지난 길 옆 언덕에 동상과 함께 〈님의 침묵〉을 새긴 시비이고, 다른 하나는 홍성 읍내 남산 공원에 〈알 수 없어요〉를 새긴 시비가 그것이다. 만해 한용운의 생가는 홍성군 결성면 성곡리에 있다. 먼 곳인 관계로 사전 답사를 미리 할 엄두도 내지 못했다. 단지 버스에 있는 네비게이션과 지도를 활용하여 결성면 성곡리를 찾았다.

　광천에서 결성으로 들어서 결성 농협 앞에서 우회전 후, 결성공고를 거쳐 1km쯤 가면 두 갈래 길이 나오고, 여기서 왼쪽 길로 접어들어 원무량 정류장을 지나 2km 지점에 생가가 있다. 문학사에 일정 부분을 차지하고 있는 다른 작가들의 생가터, 또는 생가를 방문했을 때와는 느낌이 다소 다르다. 주차장 부터 새롭게 조성되어 아주 넓다. 주차장을 지나자마자 오른편에는 생가 안내 문이 있고, 왼편에는 관리사무소가 있는데 초가로 지어져서 이채롭다. 관리사 무소에서 지방문화해설사를 만나 만해의 일생을 들을 수 있었다. 30대 초반 인 듯한 해설사님의 홍성 자랑과 만해 사랑은 각별하다. 아이들은 관리사무소 마루에 걸터앉아 2시간 가까이 만해의 이야기를 들었다. 설명하시는 분의 열 정도 대단하지만 눈과 귀를 모으고 듣고 있는 아이들도 대단하다.

　취재를 담당한 몇몇 아이들과 함께 생가를 먼저 둘러보기로 했다. 관리사무 소 오른쪽으로 가면 싸릿대 울타리로 복원된 만해의 생가가 나타난다. 생가는 초가지붕을 얹었으며 방 2칸, 부엌 1칸으로 되어 있고, 한용운이란 문패가 걸 려 있어 생전의 만해가 마치 그곳에 아직도 살고 있는 듯한 느낌이 든다. 댓돌 이며 툇마루, 부엌의 사기그릇이 한없이 정겹다. 부엌에도 장작이 있어 여전

만해 한용운 생가
작지만 엄숙한 느낌을 주었던 만해의 생가. 그분이 기다렸던 새벽종은 아직도 울리지 않았다는 느낌이 슬펐다.

히 사용하고 있는 듯했고 무쇠 솥도 걸려 있다. 우물이 있는데 두레박으로 물을 퍼서 사용하였던 것 같다. 장독대를 돌아 집 뒤 야산 언덕배기를 올려보면 적송과 조릿대가 자란다. 부엌 옆은 장작을 쌓아두는 헛간이고, 사랑방 옆은 절구통과 맷돌이 보관된 헛간이 있었다. 어렸을 때 보았던 바로 그런 모습이어서 정겹게 느껴졌다. 슬쩍 방안을 기웃거리자니 만해의 영정과 앉은뱅이책상 하나가 쓸쓸히 방랑자를 맞아준다. 만해의 〈독자에게〉가 떠올랐다. 비록 설악산 오세암은 아니지만 만해의 마음이 다르지는 않았으리라.

독자여 나는 시인으로 여러분의 앞에 보이는 것을 부끄러워합니다.

여러분이 나의 시를 읽을 때에 나를 슬퍼하고 스스로 슬퍼할 줄을 압니다.

나는 나의 시를 독자의 자손에게까지 읽히고 싶은 마음은 없습니다.

그때에는 나의 시를 읽는 것이 늦은 봄의 꽃수풀에 앉아서 마른 국화를 비벼서 코에

대이는 것과 같을는지 모르겠습니다.

밤은 얼마나 되었는지 모르겠습니다.

설악산의 무거운 그림자는 엷어 갑니다.

새벽종을 기다리면서 붓을 던집니다.

　_ 한용운, 〈독자에게〉 전문

언덕 위에는 만해 사당이 건립되어 있었다. 안에는 만해의 영정이 있어 건물 안으로 들어가 절을 올렸다. 사당 밖에는 배롱나무가 빨간 꽃을 매달고 있었고, 잘 정돈된 사당은 보기가 좋다. 사당 앞에서 바라보는 풍경도 무척 아름답다. 여전히 아이들은 이야기 듣기에 한창이었다.

기룬 것은 다 님이다

한용운의 〈나룻배와 행인〉

비가 오려는지 하늘 한켠이 어두워지고 있었다. 어차피 서해의 일몰은 볼수 없을 것이라는 생각이 들었다. 멀리 관리사무소 앞에는 여전히 만해 이야기가 한창이었다. 바람에 흔들리는 배롱나무 가지를 물끄러미 바라보다가 작년에 문학기행을 다녀왔던 백담사 만해 기념관이 영상처럼 떠올랐다.

백담사로 떠난 건 5월이었다. 오후 늦게 출발했기 때문에 오색 약수로 유명한 숙소까지 도착했을 때는 이미 밤이 깊어 있었다. 밤새도록 계곡을 흘러내리는 물소리, 이슬 내리는 소리와 풀벌레 소리에 잠을 뒤척여야 했다. 문학기행단은 아침 일찍 백담사로 향했다. 백담사로 가기 위해서는 한계령을 넘어야한다. 오색에서부터 구불구불 오르기 시작한 고갯길은 한계령 정상에서 멀리푸른 동해와 날카롭게 하늘을 찌르는 바위 봉우리의 전망 속에서 잠시 숨을고른다. 정상 가까운 곳에 있는 휴게소에서 모두 커피를 한 잔씩 마시면서 양희은의 〈한계령〉을 함께 불렀다. '저 산은 내게 오지 마라 오지 마라 하고 발아래 젖은 계곡 첩첩산중' 낮새도록 거기에 앉아 노래를 흥얼거리고 싶다는 생각에 우린 오랫동안 발길을 옮길 수가 없었다. 하지만 결국 우리는 나그네가 아니던가. 남겨둘 것은 남겨두고 떠날 줄도 알아야 하지 않던가.

만해 기념관이 있는 백담사까지는 험한 길이었다. 하지만 왼쪽 창가로 보이는 백담계곡의 풍경은 할 말을 잃을 정도로 시린 빛의 맑은 물과 흰 암석들이 어우러져 옥색으로 빛나고 있었다. 버스에서 내려 3km의 계곡길을 걸어 닿은 곳이 백담사. 길게 뻗은 수심교修心橋를 건너자 금강문이 나오고 곧바로 오른편에 보이는 것이 만해 기념관이었다. 만해 기념관 앞에는 〈나룻배와 행인〉이 커다란 바위에 새겨져 있었다.

나는 나룻배
당신은 행인行人.

당신은 흙발로 나를 짓밟습니다.
나는 당신을 안고 물을 건너갑니다.
나는 당신을 안으면 깊으나 얕으나 급한 여울이나 건너갑니다.

만일 당신이 아니 오시면 나는 바람을 쐬고 눈비를 맞으며 밤에서 낮까지 당신을 기다리고 있습니다.
당신은 물만 건너면 나를 돌아보지도 않고 가십니다그려.
그러나 당신이 언제든지 오실 줄만은 알아요.
나는 당신을 기다리면서 날마다 날마다 낡아갑니다.

나는 나룻배

당신은 행인.

_ 한용운, 〈나룻배와 행인〉 전문

나는 '나룻배'이다. 나룻배는 강을 건너기 위해 필수적으로 필요한 도구이다. 물론 당신은 만해가 생각하는 '님'이다. 님은 나의 존재를 알지 못한다. 그래서 님은 나를 '흙발'로 짓밟기도 한다. 그럼에도 나는 님을 안고 아무리 급한 여울이라도 건넌다. 나룻배처럼 행인의 흙발도 견디면서, 행인이 없으면 바람과 눈비를 맞으며 밤에서 낮까지 행인을 기다린다. 그러한 행위가 어떤 목적을 지니고 하는 것은 아니다. 왜냐하면 님은 강을 건너고 나면 나를 돌아보지도 않기 때문이다. 그럼에도 불구하고 나는 계속 님을 기다리면서 낡아간다. 그것이 바로 만해의 마음이다. 시비 옆에는 만해의 흉상이 우뚝 서 있다. 흉상 밑에는 '님만 님이 아니라 기룬 것은 다 님이다'라는 만해의 말이 새겨져 있었다. 그래. 기룬 것은 다 님이다. 만해 기념관을 둘러본 일, 계곡에서 물장난하던 일, 돌탑을 세웠던 일. 모두가 추억이다.

일정이 바쁘다는 것을 눈짓으로 전달하고 나서야 긴 이야기가 끝이 났다. 몇 번이고 감사하다는 말씀을 드리고 아이들과 함께 다시 생가와 만해 사당을 돌면서 만해에 대한 이야기를 나누었다. 홍성군에서 민족시비공원을 건립한다는 이야기를 들었으나 아직 착공하지 못해 아쉬움은 있었지만 만해를 되새기기에는 부족함이 없는 시간이었다. 아이들의 눈에는 이미 민족시인 만해의 마음이 가득 담겨 있었다.

1. 당신의 작품을 교과서에서 볼 때면 부끄러움을 감출 수 없었다. 당신의 글이 부족해서가 아니다. 친일 작가들의 글과 함께 당신의 글이 한 책 속에 엮여 있다는 사실이 너무나 부끄러웠다. 친일 작가들의 글이 아무렇지 않게 교과서에 실려 있고, 그들의 삶도 마치 민족적인 것이었다는 식으로 표현하는 프로필이 기재된 현실에 대해서 어떻게 생각하나?

부끄러워할 필요가 없다고 충고하고 싶다. 현실에 야합하지 않고 저항한 나나 현실에 야합하면서 살아간 그들이나 현실에 대응하면서 살았다는 점에서는 동일하다. 다만 생각이 다르고 가치관이 달랐을 뿐이다. 당연히 교과서에는 그 둘이 함께 실려야 하지 않겠는가? 부끄러운 역사도 이미 우리의 역사이기 때문이다. 판단은 작품을 읽는 사람들의 몫이다. 분명한 것은 이 세상에 '바람직한 삶'은 존재한다는 점이다. 거기에 대해서도 사람마다 생각이 다르겠지만 이 세상은 '있는 것'보다는 '있어야 할 것'이 훨씬 소중할 수도 있지 않은가? 나아가 어떤 사실도 축소되거나 왜곡된 형태로 독자들에게 다가가서는 안 된다는 점은 강조하고 싶다. 삶을 왜곡하여 교과서에 기재한다면 바람직한 교육이 될 수 있겠는가? 사실 왜곡이 판단 왜곡으로 가는 것은 분명 잘못이다.

2. 당신의 시 〈알 수 없어요〉와 〈님의 침묵〉은 귀결점은 같더라도 출발점이 다르다. 〈님의 침묵〉은 님과의 이별을 인식하고 그 이별이 또 다른 만남을 준비하는 것을 자각하는 것으로 시작한다면, 〈알 수 없어요〉는 아름다운 자연 현상을 통하여 님의 존재를 파악하는 데서 출발한다. 이렇게 같은 귀결점을 가진 시라도 다른 출발로 표현한 이유는 무엇인가?

나에게 있어서 님은 다면적이다. 님은 고정된 무엇이 아니다. 늘 운동한다. 하늘로 오르기도 하고 땅으로 사라지기도 한다. 이별이 영원한 이별이 아니라 다른 만남과 결부되어 있다는 것도 그러한 운동의 한 양상이고, 아름다운 자연의 움직임 속에서 님의 본질을 찾아가는 것도 그러한 운동의 한 양상일 뿐이다. 귀결점이 비슷한 것으로 연결되는 것은 아마도 과정과 양상은 많이 다르지만 궁극적으로 향하는 지향점은 하나여서가 아닐까? 모든 진리는 궁극적으로 서로 통하는 것이니까.

산에 언덕에 가득한 개망초꽃

신동엽의 〈산에 언덕에〉

　멋진 무창포 해수욕장에서 하룻밤을 지내고 서해안 고속도로를 따라 부여로 향했다. 가는 길에 우금치 기념탑이 있어 버스를 세우고 아이들과 함께 묵념을 올렸다. 비가 추적추적 내리고 있는데도 아무런 군소리 없이 기행의 여정을 소화하는 아이들이 정말 대견하다. 대전을 기점으로 하여 서쪽은 우리 역사에서 소외받은 지역이다. 곳곳에 아픔이 살아 숨쉰다. 그 아픔의 본질에 금강과 무등산이 존재한다는 말에도 아이들은 고개를 끄덕인다. 이 지역의 역사와 문학에 대한 학습은 답사를 오기 전에 아이들이 스스로 조사하고 탐구해야 하는 필수적인 과정이기 때문이다. 우금치 기념탑에도 여전히 그런 아픔이 존재하고 그 아픔이 비가 되어 내린다. 우금치와 금강이 안고 있는 아픔을 노래한 민족 대서사시 〈금강〉의 작가 신동엽을 만나기 위해 부여로 간다.

　먼저 부소산성에 올랐다. 제법 먼 길을 걸어 낙화암과 고란사에 이르렀다. 부소산성, 낙화암, 고란사. 이 모든 것도 여전히 아픔으로 다가온다. 금강의 천리 물길은 동학군의 함성이 깃들어 있는 곰나루를 스쳐 옛 백제 땅의 한복판을 가로질러 이곳에 이른다. 부소산 건너편 상류쪽 천장대 앞 범바위에서 남쪽 하류인 파진산에 이르는 강이 곧 백마강이다. 낙화암 절벽 밑으로 강은 깊고 강 건너편으로 흰 모래톱이 여기저기 쌓여 있는 것이 눈에 들어온다. 백마강은 백제의 한이 맺힌 강이다. 678년이나 이어져 온 백제가 나당 연합군에 의해 무너지는 순간을 목격했으며, 적에게 몸을 더럽히지 않으려고 삼천 궁녀가 꽃처럼 떨어졌다는 이야기가 전해져 오는 곳이 이 강이었다. 마한, 백제의 세월을 거쳐 수천 년 흘러온 강은 그 자체로 살아 있는 역사였다. 낙화암과 고란사에서 바라보는 백마강의 물줄기는 여전히 막힘없이 흘러간다. 아픔은 아픔대로, 슬픔은 슬픔대로 안으면서 강물은 흐른다. 그렇게 역사도 흐른다. 아마 신동엽도 여기에서 백마강을 바라보면서 대서사시 〈금강〉을 구상하였으리라. 고란사에 들러 부처님께 정성껏 예를 올렸다. 사실 신동엽의 시비는 바로 강 건너편에 존재한다. 그의 시비는 부여로 들어가려면 반드시 넘어야 하는 다리 바로 못미처 왼쪽 소나무숲 사이에 있다. 일찍이 시인이 작고한 후 1주기를 맞아 그의 유족과 친구들이 신동엽을 기리기 위해 조그만 시비를 백마강에 세웠다.

시비를 찾아 백마강을 건넜다. 사랑하는 아내인 인병선 여사에게 댕기머리를 땋아주며 사랑을 속삭이던 강변에 시비가 있다. 시비가 있는 곳으로 들어가는 오솔길에는 개망초꽃이 무리지어 피어 있었다. 우리나라 어디에서도 피어나는 꽃, 어떤 척박한 토지에도 무리지어 꽃을 피우는 끈질긴 생명력, 시비 근처에 개망초꽃은 신동엽이 그리도 사랑했던 우리네 민초들의 모습이기도 했다.

그리운 그의 얼굴 다시 찾을 수 없어도

화사한 그의 꽃

산에 언덕에 피어날지어이

그리운 그의 노래 다시 들을 수 없어도

맑은 그 숨결

들에 숲속에 살아갈지어이

쓸쓸한 마음으로 들길 더듬는 행인行人아

눈길 비었거든 바람 담을지네

바람 비었거든 인정 담을지네

그리운 그의 모습 다시 찾을 수 없어도

울고 간 그의 영혼

들에 언덕에 피어날지어이

_신동엽, 〈산에 언덕에〉 전문

신동엽 시비

아이들과 함께 시비에 새겨진 시를 낭송했다. 전문이 아니라 두 연만 새겨
져 있어 아쉬웠지만 그의 마음을 읽어내기엔 충분했다. 신동엽이라는 시인에
대한 석연찮은 평가들로 인해 의도적으로 만들어진 반공순국위령비도 보인
다. 시비 바로 옆에 위치한 거대한 위령비, 보기에도 위압적인 반공순국위령
비의 건립 이유가 신동엽 깎아 내리기의 한 양상일지도 모른다는 이야기에 얼
굴을 찡그리는 아이들이 많다. 이미 기행을 떠난 아이들 영혼의 키는 그만큼
훌쩍 자라 있었다.

살고 가는 것이 아니라 살며 있는 것이다

인병선의 〈생가〉

이제 신동엽의 생가로 간다. 1950년대의 우리 시단은 모더니즘의 물결과 전통 지향적 보수주의의 조류로 크게 나뉘어 대립하는 듯한 양상을 보였으나 역사와 현실의 진정한 문제를 피해 가고 있다는 점에서는 거의 모든 시인이 이에 해당된다. 하지만 신동엽은 이런 풍조를 철저히 배격하면서 스스로의 시 세계를 출발하였다. 당대 시단의 양대 주류를 거부한 채 처음부터 민중적 지식인으로 시를 익히고 발표하기 시작했다. 신동엽의 시는 대개 민족적 동일성을 훼손시키는 모든 반민족적 세력에 대한 거부와 저항이 기조를 이루며, 민중에 대한 자기 긍정을 노래하고 있다. '껍데기'와 '쇠붙이'라는 비본질적인 것을 부정하고, '향기로운 흙가슴'과 '알맹이'와 같은 민족의 본질을 강조한 그의 시는 민족적 순수성의 회복과 민족적 동질성의 확인에 가장 높은 가치를 두고 있는 것은 분명하다. 나아가 이 땅에 사는 민중들에 대한 깊은 신뢰와 사랑, 앞날을 꿰뚫어보는 예리한 안목에 바탕하고 있음을 쉽게 알 수 있다.

도로변에 버스를 세우고 부여 시민들에게 묻기도 하고 지도를 참고해 가면서 주택가 작은 골목길을 걸었다. 여전히 비가 추적추적 내린다. 드디어 나타

난 아담한 기와집, 기와를 머리에 인 작은 대문 위에 '신동엽 생가'라고 적혀
있었다. 이 생가는 한때 남의 소유가 되어버린 것을 아내인 인병선이 다시 사
서 옛날의 모습으로 복원했다고 한다. 원래 초가였는데 관리상의 이유로 기와
를 얹었다. 방안에는 신동엽의 사진, 다른 가족들의 사진, 그리고 많은 책들이
책장에 자리하고 있었다. 마루에 걸터앉아 신동엽의 생애와 시의 세계, 그리
고 부인인 인병선 여사와의 사랑 이야기를 했다. 신동엽이 가난 때문에 친구
의 도움으로 돈암동에서 헌 책방을 꾸려나가다가 이화여고 3학년이던 인병
선을 처음 만난 이야기, 너무나 큰 빈부의 격차 때문에 도망치듯 함께 부여로
내려온 이야기, 보수적인 신동엽 부모들에게 잘 보이기 위해 백마강 강가에
앉아 신동엽이 인병선의 긴 머리를 손수 땋아주고 토끼풀로 묶어주던 이야기,
결혼한 직후 신동엽은 군대에 가고 손에 물도 묻히지 않고 살아왔던 인병선이
시부모를 봉양하던 이야기, 생계를 위해 양장점을 하던 이야기, 독재의 시퍼
런 칼날 아래 끝까지 남편을 믿고 따랐던 이야기 등을 아이들은 귀 기울여 들
었다. 병마 때문에 손이 마비되어 병실에서 신동엽이 구술을 하고 인병선이
받아 적어 완성한 시가 바로 대서사시 〈금강〉이라는 대목에서는 눈시울을 붉
히는 아이들도 있었다. 그가 지녔던 반외세적, 민족주의적, 민중적인 삶의 방
식에도 관심을 보였지만 아이들은 역시 시인 부부의 아름다운 사랑 이야기에
감동을 한다. 마루 위 처마에 걸린 시 한 편을 아이들과 함께 읽었다. 아이들은
이미 신동엽과 인병선이 되어 있었다.

    우리의 만남을

      헛되이

    흘려버리고 싶지 않다

있었던 일을

늘 있는 일로 하고 싶은 마음이

당신과 내가 처음 맺어진

이 자리를 새삼 꾸미는 뜻이라

우리는 살고 가는 것이 아니라

언제까지나

살며 있는 것이다

_인병선, 〈생가〉 전문

신동엽을 위해 생가를 꾸미고 나서 인병선이 지은 시이다. 그녀에게는 신동엽과의 만남이 이미 있었던 일이 아니라 항상 존재하는 일이었던 게다. 살고 가는 것이 아니라 언제까지 함께 살며 있었던 게다. 투사인 신동엽과는 너무나도 대조적인 숨은 사랑 이야기, 신동엽이 진정 아름다운 것은 오히려 이면에 담긴 따뜻함 때문일지도 모른다.

우리 집이 그 책방 근처여서 자주 들렀는데 내가 《타임》이나 《뉴스위크》와 같은 잡지들을 사니까 유심히 보아두었던 것 같았어요. 자연히 이야기가 오고가는 사이 목까지 여민 군인 잠바에 큰 눈밖에 보이지 않는 그분에게서 뿜어져 나오는 체온과 시가 다섯 살이나 연하인 나의 마음을 강하게 사로잡았다고 할까요.

_인병선의 말

1. 당신의 작품 〈금강〉은 갑오농민전쟁을 다룬 서사시이다. 당신은 갑오농민전쟁을 통해서 우리 민족 운동의 정통성을 찾았는데, 이 당시 농민들이 주장한 투쟁 정신이 3·1운동과 4·19 혁명으로 이어져 내려왔다고 여기는 듯하다. 그러한 시각으로 본다면, 당신의 역사 의식은 민중적 입장을 지니고 있다고 생각하는데, 역사 인식을 당대의 사실만을 바라보는 데서 그치지 않고 하나의 연결된 민중 의식의 흐름으로 바라본 이유가 있다면?

역사는 기본적으로 연속되는 과정이라고 생각한다. 현재는 단순한 현재가 아니라 과거와 연결된 현재이다. 당대의 시각으로 바라보는 것은 당연히 단편적인 시각이다. 역사의 주체를 판단하는 기준도 물론 다양하다. 나는 역사의 주체가 당연히 민중이라고 생각한다. 왕조사적인 관점(또는 지배층 관점)에서 본다면 역사는 단절되는 경우도 허다하다. 하지만 역사는 어떤 경우에도 이어진다. 민중들이 항상 투쟁적인 것은 아니다. 단지 그래야 할 때 그럴 뿐이다. 그래서 민중은 위대하다. 내 시의 배경이 된 갑오농민전쟁, 그 이후의 3·1운동이나 4·19혁명, 5·18민주항쟁, 6·10민주항쟁, 나아가 최근의 촛불 대행진까지 민중들은 부조리한 역사를 바로 세우는 역할을 수행해 왔다. 그들이 저항한 대상의 실체는 조금씩 다를 수 있지만 부당한 권력의 횡포에 대항했다는 점에서는 동일하지 않은가?

2. 〈껍데기는 가라〉라는 시는 가장 잘 알려진 시 중 하나이다. 이 시에서 '껍데기'는 1960년대 우리나라가 지니고 있던 남북 분단의 현실을 말할 뿐 아니라, 그 당시의 자본주의 사회 체제의 기본적 모순과 독재, 외세의 억압 등을 표현하기도 했다. 오늘날의 사회를 보았을 때 가장 문제가 심한 '껍데기'는 무엇이 될 수 있겠나?

어려운 질문이다. 사람마다 다를 수 있지 않겠나? 하지만 나의 기준으로 본다면 아직도 잔존하고 있는, 아니 오히려 더욱 기세를 올리고 있는 식민지 친일 세력들, 뉴라이트라는 그럴 듯한 논리로 포장된 수구 세력들, 국민을 위한다는 명분으로 오히려 국민을 힘들게 하는 정치 집단들, 최근 들어 더욱 극심해지고 있는 양극화 현상, 정치적으로 이용당하면서 진실이 왜곡되는 지역 갈등, 여전히 해결되지 못한 분단 현실 등을 지적하고 싶다.

그곳이 차마 꿈엔들 잊힐리야

정지용의 〈향수〉

    지용을 찾아가는 길은 멀었다. 충청북도 옥천군 하계리 40번지. 잠시 주춤했던 비가 다시 내린다. 모두 우산을 들고 정지용이 노래한 실개천 위 다리를 건너 지용의 집을 찾았다. 대문 앞에는 지용의 〈향수〉가 돌에 새겨져 있었다. 지용은 "나는 소년적 고독하고 슬프고 원통한 기억이 진저리가 나도록 싫어진다."고 회고한 바 있다. 4대 독자로서 느껴야 했던 숙명적 고독감과 부친의 방랑과 실패, 가난 등으로 어린 지용은 불행했다. 어린 시절 고독과 빈곤 속에 성장한 지용은 현실과는 다른 아름다운 꿈과 동경의 내면 세계를 가지려고 노력했다. 그 결과물이 바로 〈향수〉이다.

정지용 생가 사립문

넓은 벌 동쪽 끝으로

옛 이야기 지줄대는

실개천이 휘돌아 나가고

얼룩백이 황소가 해설피

금빛 게으른 울음을 우는 곳

−그곳이 차마 꿈엔들 잊힐리야

질화로에 재가 식어지면,

비인 밭에 밤바람 소리 말을 달리고

엷은 졸음에 겨운 늙으신 아버지가

짚벼개를 돋아 고이시는 곳

−그곳이 차마 꿈엔들 잊힐리야

흙에서 자란 내 마음,

파란 하늘빛이 그리워

함부로 쏜 화살을 찾으러

풀섶 이슬에 함추름 휘적시던 곳

−그곳이 차마 꿈엔들 잊힐리야

전설바다에 춤추는 밤물결 같은

검은 귀밑머리 날리는 어린 누이와,

아무렇지도 않고 예쁠 것도 없는

사철 발 벗은 아내가 따가운 햇살을

등에 지고 이삭 줍던 곳

―그곳이 차마 꿈엔들 잊힐리야

하늘에는 성근별,

알 수도 없는 모래성으로 발을 옮기고,

서리 까마귀 우지짖고 지나가는

초라한 지붕 흐릿한 불빛에

돌아앉아 도란도란 거리는 곳

―그곳이 차마 꿈엔들 잊힐리야

_정지용, 〈향수〉 전문

〈향수〉가 그리는 풍경은 무척 아름답다. 고독과 빈곤 속에 살았던 지용의 현실적인 시선 속에 이렇게 아름다운 풍경이 존재했다고 보기는 어렵다. 여전히 실개천이 휘돌아나가고 얼룩백이 황소가 해설피 울음을 우는 곳이지만 지용이 살았던 일제 탄압기의 그 참혹한 시간을 그리기에는 이질적으로 다가온다. 엷은 졸음에 겨운 아버지, 파란 하늘빛, 사철 발 벗은 아내, 귀밑머리 날리는 어린 누이. 그렇다. 지용은 〈향수〉에서 본질적인 의미의 '향수'를 그렸는지도 모른다. 현실에서는 존재할 수 없는 이상적인 풍경. 하지만 그곳도 역시

정지용 생가 앞 실개천
개망초꽃이 피어난 실개천에는 아이들이 잠자리를 잡고 있었다.
어디에서도 옛이야기는 들려오지 않았다.
어디선가 황소 울음소리, 가족들의 도란거리는 소리가 들리는 듯했다.

'알 수도 없는 모래성'이고 '서리 까마귀 우는 초라한 지붕'이 있는 곳일 뿐이다. 시의 대부분을 차지하는 아름다운 풍경으로 인해 묻혀 버렸지만 지용의 내면은 여전히 어둡다.

　작은 사립문을 통해 생가 안으로 들어섰다. 마주보고 있는 두 채의 아담한 초가집, 박덩굴이 올라가는 낮은 돌담, 거기에는 지난 날 지용의 일상이 고스란히 담겨 있었다. 처마에는 낙숫물이 떨어지고 있었다. 사실 정지용은 1988년 해금되기 전까지 우리의 공식적인 문학사에서 지워졌던 인물이다. 1980년대 우리는 '정○용'이라는 왜곡된 이름으로 지용을 만나야 했다. 지용은 일제의 탄압이 극에 달했던 1930년대, 우리 시문학사의 근본적 흐름을 바꿔놓은 사람이다. 그러나 1930년대부터 해방 전후까지 문단의 독보적인 위치를 차지하던 정지용은 한국전쟁 초기, 홀연히 사라져버렸다. 세상은 사라진 그를 두고 좌익이라는 꼬리표를 다는 것은 물론, 월북했다는 허위 기사를 대대적으로 보도했다. 당연히 그의 작품을 읽거나 가르치는 일은 금지되었다. 그러나 지난 2001년, 3차 이산가족 상봉 현장 때 신기한 일이 벌어졌다. 북한에 살고 있던 정지용의 셋째아들이 상봉 대상자에 지용을 포함시켜 세상을 놀라게 한 것이다. 정지용의 두 아들 모두 아버지의 생사를 물었다. 월북했다는 정지용의 흔적은 북에도 남아 있지 않았던 것이다. 지금 지용은 어디에선가 '산중에 冊曆도 없이 三冬이 하이얗(정지용, 〈忍冬茶〉 부분)'게 인동차를 마시며 지내고 있을지도 모른다.

꼬리 치날리어 세운 산새 걸음걸이

정지용의 〈비〉

지용은 우리 현대시사에서 언어에 대한 자각을 각별하게 드러낸 시인이다. 1920년대까지의 대다수 시인이 감정의 분출에 의거하여 본능적인 시를 썼다면 지용은 다양한 감각적 경험을 선명한 심상과 절제된 언어로 포착해 내는 시를 썼다. 다음은 지용의 감각적 표현의 극단을 보여준다.

돌에
그늘이 차고

따로 몰리는
소소리바람.

앞서거니 하여
꼬리 치날리어 세우고

종종 다리 까칠한
산山새 걸음걸이

여울 지어
수척한 흰 물살,

갈갈이
손가락 펴고.

멎은 듯
새삼 듣는 빗낱

붉은 잎잎
소란히 밟고 간다.
_ 정지용, 〈비〉 전문

〈비〉는 정서의 주체인 화자가 작품의 표면에 드러나지 않은 채 자연 현상의 묘사로만 그친다. 완벽한 이미지시다. 시 어디에도 감정과 정서의 표현은 보이지 않는다. 전체가 8연으로 되어 있는데, 의미를 중심으로 다시 나누면 1·2연, 3·4연, 5·6연, 7·8연으로 묶을 수 있다. 그러한 묶음은 시간의 흐름에 따라 구분했다. 1·2연은 비 내리기 직전의 모습이다. 비가 내리기 직전, 돌에 그늘이 내리는 모습과 따로 몰리는 소소리 바람을 드러낸다. 비 내리기 전의 모습을 이 이상으로 묘사하는 것은 이미 사족이다. 3·4연은 빗방울이 떨어지는

152

모습을 그렸다. 비가 내리는 모양을 그대로 그리지 않고, 꼬리 치달리어 세우고 종종 걸음을 걷는 산새 걸음걸이라고 묘사한 것은 이미 시의 경지를 넘어서 있다. 빗방울이 땅에 떨어져 튀는 모양을 산새 걸음걸이와 같다고 했다. 이미지를 사용하여 묘사하는 시작詩作의 극치를 볼 수 있다. 5·6연은 빗물이 모여 여울이 되어 흘러가는 장면을 묘사했다. 수척한 흰 물살이라 했고 그 물살의 모습을 손가락을 갈갈이 편 모습이라고 했다. 물이 흘러내리는 모습을 손가락이라 표현한 것은 놀라울 정도이다. 7·8연은 비 내린 다음 다시 비가 내리는 장면이다. 멎은 듯하다가 다시 떨어지는 비는 이미 내린 비 때문에 떨어져 내린 잎을 밟는다. 이미지시의 끝을 보여주는 멋진 작품이 아닌가.

여전히 비가 내린다. 모두 생가 앞마루에 걸터앉아 안내하시는 분의 이야기를 들었다. 생가를 방문하는 사람들을 위해 모든 방의 문은 항상 열려 있다. 곳곳에 정지용의 시를 걸어놓아 시를 감상할 수 있도록 배려한 것도 흐뭇하다. 〈향수〉에 나오는 풍경을 위해 방안에 배치된 소품 질화로와 등잔도 보인다. 마당 한켠엔 옛날 우물이 그대로 남아 있다. 사용하지 않아서인지 우물 안쪽에는 거미줄로 가득하다. 우물 옆 돌담에는 돌담을 타고 오른 박꽃이 한창이다. 박 줄기는 지붕에까지 오르고 있다. 작은 박도 몇 개 달려 있다. 비에 젖은 박꽃이 예쁘다 못해 애처롭기까지 하다. 안채와 사랑채는 마주 보고 있으며, 그 사이의 마당은 작고 아담하다. 부슬부슬 내리는 비를 맞으며 사랑채 뒤로 난 사립문으로 텃밭에 나갔다. 이슬비 속에 가지각색의 들꽃이 피어 있고 작은 물레방아도 보인다. 물레방아 아래에는 아주 작은 실개천을 만들었는데 다소 인공적인 느낌이 들어 어색하다. 텃밭 한켠에는 지적인 얼굴을 하고 책을 든 지용의 동상이 자리 잡고 있다. 대리석으로 높게 단을 만들어 그 위에 동상을 놓았다. (지금은 동상 뒤로 정지용 문학관이 건립되었다고 하나 방문 당시에는 공사가 시작되지도 않았다.) 실개천으로 난 사립문을 통과하여 실개천으로 나갔다. 실개천은 도심을 흐르고 있는데도 여전히 맑다. 실개천 가에는 달개비꽃과 개망초꽃이 만발해 있었다. 어디선가 얼룩백이 황소가 해설피 금빛 울음을 우는 소리, 흐릿한 불빛 아래에서 지용이 가족과 함께 도란거리는 소리가 들리는 것 같아 몇 번이고 걸음을 멈추고 뒤를 돌아보았다.

1. 1948년 4월《문학》의 지면을 빌어 '국토와 인민에 흥미가 없는 문학을 순수하다고 하는 것이냐? 남들이 나를 부르기를 순수 시인이라고 하는 모양인데 나는 스스로 순수 시인이라고 의식하고 표명한 적이 없다.' 라고 의사를 밝혔는데 그 의미가 무엇이었나?

나는 순수 시인이라는 표현이 합당하지 않다고 생각한다. 자신의 정서와 사고를 표현하는 것이 문학이라면 순수하지 않은 문학이 어디 있겠는가? 그런 점에서는 모두가 순수 시인이다. 모든 개인은 역사적인 인물이다. 단지 표현하는 방식의 차이가 있을 뿐이다. 현실과 괴리된 문학을 추구한다고 현실에 대해 무관심한 사람이라고 볼 수는 없다. 소극적이긴 하지만 그것이 부조리한 현실에 대응하는 방식이기도 할 것이니까. 그런 점에서는 모든 시인이 소위 참여 시인이기도 하지 않겠는가? 분명 내 시에도 '국토와 인민' 에 대한 관심과 사랑이 담겨 있다. 일방적인 잣대를 가진 사람이 재단하여 만든 틀일 뿐이다.

2. 〈향수〉에서는 고향에 대한 절실한 그리움을 읊었지만, 〈고향〉에서는 그리움 속의 고향과는 다른 상실감을 느끼고 있다. 자연의 모습이 여전히 변함이 없음에도 고향에서 상실감을 느끼는 이유는 무엇일까?

질문에 이미 대답이 존재한다. 〈향수〉는 고향에 대한 그리움을 읊었지만 〈고향〉은 변해 버린 고향의 실체를 노래한 것이다. 고향에 대한 그리움이 어찌 자연에 대한 그리움뿐이겠는가? 그곳에 살고 있는 사람들, 그곳에서 묻어나는 정서, 그리고 그곳과 관련된 기억들에 대한 그리움이 더욱 의미를 지니는 것이 아닐까? 〈고향〉에서도 밝히지 않았는가? '흰점 꽃이 인정스레 웃고 / 어린 시절에 불던 풀피리 소리 아니 나고 / 메마른 입술에 쓰디 쓰다.' 고. 내 상실감의 근원은 자연이 아니라 삶에 있다.

실레마을의 알싸한 동백꽃 향기

김유정 문학촌

김유정과 청평사를 만나러 떠난 춘천 문학기행. 부슬부슬 내리는 봄비에 기행단의 마음까지 흠뻑 젖었다. 춘천은 안개의 도시다. 춘천 톨게이트 앞에서 만난 산자락의 환상적인 비안개에 가슴이 먹먹했다. 유명한 닭갈비로 저녁을 먹고 반주도 한잔씩 했다. 맛있다. 의암 호반에 자리 잡은 숙소에서 의암호 안개 냄새를 맡으며 밤을 새웠다.

새벽에 만나는 의암 호수는 온통 새벽안개다. 어제 내린 비로 땅은 촉촉하게 젖었다. 호수 표면에서 피어오른 안개가 호수 너머 산등성이로 기어오른다. 호수가 보이는 숙소 베란다에 나가 연신 카메라 셔터를 눌렀다. 이제 김유정의 실레마을로 간다.

몇 구비의 산허리를 돌아 실레마을에 들어섰다. 작고 고즈넉한 마을이다.

나의 고향은 강원도 산골이다. 춘천읍에서 한 20리 가량 산을 끼고 돌아 들어가면 내닫는 조그만 마을이다. 앞뒤 좌우에 굵직굵직한 산들이 빽빽이 들어섰고 그 속에 묻힌 아늑한 마을이다. 그 산에 묻힌 모양이 마치 옴팍한 떡시루 같다고 하여 동네 이

김유정 문학촌 안의 생가
폐결핵과 깊은 우울증에서도 유정의 글쓰기는 멈추지 않았다. 밥이 사람을 잡아먹는 시대를 살았던 유정의 삶이 슬펐다.

름을 실레라 부른다. 집이라야 대개 쓰러질 듯한 헌 초가요, 그나마도 50여 호밖에 못되는, 말하자면 아주 빈약한 촌락이다. 그러나 산천의 풍경으로 따지면 하나 흠잡을 데 없는 귀여운 전원이다. 산에는 기화이초로 바닥을 틀었고, 여기저기 졸졸거리며 내솟는 약수도 맑고, 그리고 우리의 머리 위에서 골골거리며 까치와 시비를 하는 노란 꾀꼬리도 좋다. 주위가 이렇게 시적이니만치 그들의 생활도 시적이다. 어수룩하고 꾸물꾸물 일만 하는 그들을 대하면 딴 세상을 보는 듯하다.

_김유정 기념비의 〈내가 그리는 신록향〉 부분

김유정은 1908년 1월 11일 춘천 실레마을에서 태어났다. 어려서부터 몸이 허약하고 자주 횟배를 앓았다. 또한 말더듬이어서 휘문고보 2학년 때 눌언교 정소에서 고치긴 했으나 늘 그 일로 말수가 적었다. 김유정은 천석지기의 지주 집안 출신이었고, 서울에도 백여 칸 되는 집을 가지고 있을 정도로 부유했지만 일곱 살 때 어머니를, 아홉 살 때는 아버지를 여읜 뒤로 가세가 기울기 시작했다. 더욱이 집안을 책임지고 있던 큰형의 방탕한 생활로 말미암아 가세는 급격히 기울어갔다.

특히 김유정은 어린 나이에 잃은 어머니에 대한 그리움이 남달랐다. 자신이 말하는 그리움은 모두 어머니에 대한 환상이었다고 훗날 고백할 정도였다. 세상의 그늘을 모르고 풍족한 환경에서 자라온 어린 김유정에게 어머니의 상실은 그만큼 충격적이었던 것이다. 연이은 아버지의 죽음과 가세의 급속한 쇠락은 어린 김유정을 자신만의 내성적 세계로 빠져들게 만들었다. 이후 폐결핵에까지 시달리며 김유정은 깊은 우울에서 헤어날 수 없었다.

어머니에 대한 집요한 그리움과 숙명적 우울, 이러한 상태에서 김유정은 두 여인(박녹주, 박봉자)을 향해 일방적으로 사랑을 갈구한다. 마치 어린아이가 어머니의 사랑을 무작정 바라듯이. 하지만 그의 이러한 우울과 깊은 그리움은 어떤 여인에게서도 보상받지 못한다. 수많은 편지를 두 여인에게 보냈지만 응답이 없었다. 첫 번째 여인 박녹주는 평범하게 사랑할 수 없는 연상의 기생이었고, 두 번째 여인 박봉자는 유정의 구애를 멀리하고 다른 사람과 결혼해 버린다. 사랑에 실패한 김유정이 택할 수 있는 유일한 선택은 문학 창작이었고, 기댈 곳은 고향인 실레마을이었다. 그런 점에서 소설 〈동백꽃〉에 나오는 배경은 실레마을이며, 어리숙한 '나'는 김유정의 자화상일지도 모른다. 하지만 김유정은 그 아픔에 함몰되지 않고 웃음으로 풀어낸다. 어디선가 알싸한 동백꽃 향기와 함께 '점순이'와 '나'가 벌이는 닭싸움 소리가 들리는 것 같아 미소를 머금으며 김유정 문학촌 앞에 당도했다.

김유정 문학촌. 기대했던 것보다 넓고 잘 꾸며져 있었다. 기차역을 김유정역이라고 고쳐 부를 정도니까 당연한 일인지도 모르겠다. 정문을 들어가면 연못이 있고 그 너머에 정자를 만들었다. 그 주변에는 갖가지 봄꽃이 만발하다. 외양간과 뒷간도 복원해 두었다. 생가 앞. 예쁘게 단장된 초가 처마 아래에서 잠시 앉아 쉬었다. 정면에는 김유정의 동상이 보였다. 동상 옆에는 전시관이 마련되어 있었다. 김유정의 삶과 작품 세계, 나아가 김유정이 보여주고 싶었던 30년대의 식민지 농촌의 실상을 다양하게 지켜볼 수 있는 곳이었다. 다시 생가 앞. 처마 아래에서 김유정의 동상을 바라보며 나도 모르게 달려 나오는 생각 자락들.

김유정의 작품에는 가슴에 와 닿는 한국인의 정서와 언어가 있다. 그의 언어는 단순히 언어라기보다는 살아 있는 목소리다. 실제로 이루어지는 대화를 그대로 녹음하듯 김유정은 현장의 목소리와 정서를 정확하게 포착한다. 가난하지만 푸근한 삶에서 우러난 특유의 정서들, 그 속에 슬픔을 감추고 있는 웃음과 원수처럼 싸우면서도 떨어지지 못하는 끈끈한 정, 죽음 앞에서도 나타나는 천진난만함을 자연스럽게 그려낸다. 따라서 김유정의 소설은 방금 뽑아 올린 흙 묻은 무처럼 싱싱하다. 그의 소설에 사용된 어휘들 중에서 무려 611개가 현재까지 어느 국어사전에도 들어 있지 않다는 연구 결과가 있을 정도로 그의 언어는 새롭고 신선하다.

더럽다 더럽다. 이게 장인님인가. 나는 한참을 못 일어나고 쩔쩔맸다. 그렇다 얼굴을 드니, 눈에 참 아무 것도 보이지 않았다. 사지가 부르르 떨리면서 나도 엉금엉금 기어가 장인님의 바지 가랑이를 콱 움키고 잡아나꿨다.

한 해 동안 애를 조리며 홋자식 모양으로 알뜰이 가꾸든 그 벼를 거더드림은 기쁨에 틀림업섯다. 그러나 캄캄하도록 털고 나서 지주에게 도지를 제하고, 장리쌀을 제하고 보니 남는 것은 등줄기를 흐르는 식은 땀이 잇슬 따름. 그것은 슬프다 하니보다 꿋업시 부끄러왓다. 가치 털어주는 동무들이 뻔히 보고 섯는데 빈 지게로 덜렁거리며 집으로 돌아오는 건 진정 열쩍기 짝이 업는 노릇이었다.

그냥 읽기만 해도 웃음이 나온다. 그런데 묘하게도 슬프다. 웃음과 눈물. 아니, 웃음 속에 숨 쉬는 눈물. 눈물 속에서 피어오르는 미소. 김유정은 이런 언어적 표현을 통해 식민지시대 농촌에서 아무런 탈출구도 찾을 수 없는 절망적인 농민들의 참상을 자신만의 기법으로 그려내고 있다. 따라지 인생인 농민에게 그 현실을 부정하는 방법은 결국 풍자와 해학뿐이다. 따라서 김유정이 우리에게 던져주는 웃음에는 짙은 눈물이 뒤따를 수밖에 없다.

김유정은 1937년 3월 스물아홉의 나이로 요절했다. 젊은 작가의 요절은 슬프면서도 앙금이 남는다. 그것은 그의 작품과 죽음을 떼어놓고 생각할 수 없기 때문이다. 김유정은 죽기 전 삼 년 동안 폐결핵을 심하게 앓던 상태에서 많은 작품을 쏟아냈다. 채만식은 이때의 김유정을 '사백 자 원고지 한 장에 오십 전의 원고료를 바라고 그는 피 섞인 침을 뱉어가면서 써야 했던 것이다. 이렇게 해서 받은 원고료를 가지고 그는 밥을 먹었다. 그러다가 유정은 죽었다. 그러나 이것이 어디 사람이 밥을 먹은 것이냐? 밥이 사람을 잡아먹은 것이지.'

라고 했다. 김유정 문학촌을 터벅터벅 걸어 나오면서 코끝이 시려왔다. 밥이 사람을 잡아먹는 절박한 시대를 살아야 했던 유정의 아픈 영상이 자꾸만 내 허리춤을 당겼기 때문이다.

1. 당신의 문학을 배울 때면 항상 언급되는 단어가 '해학'이었다. 당대의 암담하고 비참한 현실에도 불구하고 웃음의 수단을 이용한 까닭은 무엇인가?

당신은 내 웃음에서 웃음만을 읽었나? 잘 들여다보라. 그 질펀한 웃음 이면에는 땅에 붙박여 처절하게 살아가는 농민들의 애끓는 울음이 있다. 그런 점에서 나 스스로는 내 작품의 본질이 울음이라고 말하고 싶다. 식민지라는 비극적인 현실과 수탈에 의한 농촌의 몰락이라는 사회적인 비극만이 아니라 갑자기 기울어진 가세, 말더듬이 증상, 박녹주와 박봉자 등과의 이루지 못한 사랑, 들병이들과의 어울림, 결국 폐결핵이라는 치명적인 병마의 엄습 등 그 속에는 수많은 내 눈물이 녹아 들어가 있다. 그럼에도 불구하고 웃음으로 읽을 수 있는 것은 이미 나의 힘이 아니다. 그것은 우리 언어를 투박하게 그대로 담아낸 강원도의 힘이다.

2. 당신의 작품에 나타나는 언어의 특성에 대해서 말해 달라.

앞에서도 말했지만 내 언어의 본질은 피부에 와 닿는 한국인의 언어이다. 나의 언어는 언어라기보다는 목소리이다. 그것은 푸짐한 욕설로 나타나기도 하고, 발랄한 우스갯소리로 나타나기도 한다. 가능하면 발화 현장을 그대로 녹음하는 방식이다. 그러한 특성은 현실성을 강화하면서 현재와는 다른 언어이기에 질박한 웃음을 자아낸다.

160

청평사 가는 길

윤대녕의 〈소는 여관으로 돌아온다, 가끔〉

소양강 댐이 만들어 놓은 수려한 경관이 바로 소양호이다. 소양강 댐에서 수시로 운행하는 배를 타고 약 20분 정도 들어가면 나오는 아름다운 세계가 바로 청평사이다. 특히 청평사에서 나오는 배편이 일찍 끊겨 자칫 마지막 배를 놓치면 영락없이 하룻밤을 묵어야 하는 신세가 되기 때문에 '육지 속의 섬'이라 불리기도 한다. 이런 연유로 잊지 못할 청평사의 추억을 간직하게 된 연인들도 많다. 선착장에서부터 청평사까지 걸어 올라간다. 올라간다고는 하지만 길이 비교적 평탄해 힘들지는 않다. 배에서 내려 언덕길을 올라가면 매표소가 나온다. 매표소를 지나면 온통 식당이다. 사람이 많이 오는 곳에 식당이 생기는 것이 당연하긴 하지만 왠지 청평사와 어울리지 않는다. 오히려 고즈넉한 시골 마을 하나 정도 있었으면 좋겠다는 생각, 나그네가 쉬어가는 작은 찻집 하나 있었으면 하는 생각. 하지만 실망하긴 아직 이르다. 청평사 상가 단지의 맨 끝에 있는 오봉산장을 지나면서부터 본격적인 숲길이 펼쳐지는데, 청평사 계곡과 나란히 이어지는 정감 있는 숲길이다. 비로소 청평사의 진정한 모습과 만난다. 바람 소리, 계곡 물소리, 나뭇잎 스치는 소리, 벌레 우는 소리를 들으면서 오솔길을 걷는 것은 정말 물아일체物我一體의 경지이다.

편안하게 오솔길을 따라 오르다보면 '공주와 상사뱀'이라는 조각물을 만난다. 옛날 중국 당태종의 공주를 사랑한 평민 청년이 있었다. 신분상의 차이로 끝내 사랑을 이루지 못한 청년은 결국 상사병으로 죽었다. 청년은 홀연히 한 마리 뱀으로 환생하여 공주의 몸을 감아버렸다. 놀란 당태종은 의원들을 불러 갖가지 처방을 해보았지만 상사뱀은 꼼짝도 하지 않았고 공주는 점점 야위어만 갔다. 신라의 영험한 사찰을 순례하며 기도를 드려보라는 권유에 공주는 사찰을 순례하다 청평사에 오게 되었다. 해가 저물어 계곡의 작은 동굴에서 노숙을 한 다음날 범종 소리가 들려오자 "절이 멀지 않은 듯합니다. 밥을 얻어오려고 하니 제 몸에서 내려와 주실 수 있는지요. 너무 피로하고 걷기가 힘겨워 드리는 말씀이니 잠시만 기다리시면 곧 다녀오겠습니다." 하니 전혀 말을 들어주지 않던 상사뱀이 웬일인지 순순히 몸에서 내려와 주었다. 공주는 계곡에서 목욕재계를 하고 법당으로 들어가 기도를 하였다. 한편 상사뱀은 공주가 늦어지자 혹시 도망간 것이 아닐까라는 생각에 공주를 찾아 나섰다. 그런데 절에 도착하여 절문을 들어서는 순간 맑은 하늘에서 천둥소리와 함께 폭우가 쏟아지며 벼락이 떨어져 상사뱀은 죽어버렸다. 죽은 뱀은 빗물에 떠내려갔다. 공주가 밥을 얻어 가지고 돌아오다 폭포에 둥둥 떠 있는 상사뱀을 발견하였다. 공주는 자신을 사모하다 죽은 상사뱀이 불쌍하여 정성껏 묻어주고 청평사에서 머무르다 구성폭포 위에 석탑을 세우고 귀국했다. 그때부터 상사뱀이 돌아나간 문을 회전문, 공주가 노숙했던 작은 동굴을 공주굴, 그가 목욕한 웅덩이를 공주탕, 삼층석탑이 공주탑이라고 불린다.

'사랑 이야기는 왜 모두 슬픈 걸까?' 하는 이야기를 나누면서 길을 재촉했다. 아홉 개의 다른 소리가 난다는 구성폭포에서 발을 담그고 잠깐 쉬었다. 사실 어리석은 속인의 귀에는 하나의 소리밖에 들리지 않는다. 공주굴, 공주탕도 구경했다. 산 그림자가 비치는 영지를 지나니 이제 청평사이다. 청평사에 들어서면서 회전문을 만난다. 회전문은 불교의 윤회사상에서 따온 이름을 붙인 문인데 옛날에는 천왕문 기능을 담당했다고 한다. 청평사의 창건 시기는 고려 광종 24년(973년)으로 알려져 있으니 천년사찰인 셈이다. 오래된 사찰임을 증명하듯 기와 윗부분에는 이끼가 자라고 있었다. 대웅전을 거쳐 언덕배기에 자리 잡은 극락보전에 오르면서 나도 모르게 내 속에서 울려나오는 소 울음소리를 듣고 있었다. 내가 사실 긴 기다림 끝에 이렇게 먼 청평사를 찾은 것은 바로 극락보전 벽에 그려진 십우도를 만나기 위해서다. 아직도 알 수 없는 내 마음의 한 자락이나마 만나기 위해 여기에 왔다.

청평사 대웅전 뒤편에 놓인 극락보전에는 십우도가 그려져 있다. 십우도는 어리석은 인간이 자신의 진면목에 대해 알아가는 과정이다. 그것은 자신의 본래면목을 찾는 심우尋牛 단계에서 출발하여, 수행하고 정진하여 비로소 자신의 존재 자체가 이 우주와 그물망처럼 연결되어 있음을 알아차리고, 거기서 오는 깨달음으로 인간의 삼독을 해소하여 일체의 무명無明을 깨는 과정을 그림으로 표현한 것이다.

"십우도는 선을 닦아 마음을 수련하는 과정을 뜻하는 그림이에요. 불교에서는 사람의 진면목을 소에 비유해요. 십우는 심우尋牛, 즉 소를 찾아 나선다로 시작해요. 다음엔 견적見迹, 즉 소의 자취를 보았다는 뜻이에요. 견우見牛, 소를 보았다는 뜻이구요. 득우得牛, 소를 얻구요. 그 다음은 목우牧牛, 소를 길러요. 기우귀가騎牛歸家, 소를 타고 집으로 돌아와요…… 이 그림은 팔상성도라고 해서 조계사 대웅전 벽화에도 있어요. 피리를 불며 흰 소를 타고 산에서 내려오는 그림이죠. 그리고 다음 것은 망우존인忘牛存

청평사 가는 길에서 만난 구성폭포

人, 소를 잊고 자기만 존재해요. 인우구망人牛俱忘, 자기와 소를 다 잊어요. 반본환원返本還原, 본디 자리로 돌아가요. 입전수수入鄽垂手, 마침내 궁극의 광명 자리에 드는 거예요. 결국 십우도는 마음을 찾고 얻는 순서와 얻은 뒤에 회향할 것을 말하고 있지요."

_윤대녕, 〈소는 여관으로 돌아온다, 가끔〉 부분

사실 청평사를 찾은 가장 중요한 이유는 윤대녕의 〈소는 여관으로 돌아온다, 가끔〉이란 소설의 배경이기 때문이다. 윤대녕은 1988년 대전일보 신춘문예를 거쳐 1990년 《문학사상》 신인상을 받으면서 문단에 나왔다. 어쩌면 평

164

범하다고 생각되는 거기에 윤대녕의 문학사적 위치가 있다. 사회주의의 몰락이라는 세계사적 변천과 오랜 군부 통치의 종식이라는 국내적 요인이 어우러지면서 열린 1990년대는 1980년대적 세계관과의 결별을 가져왔다. 역사와 현실, 모순과 변혁으로 오로지 이야기되던 문학적 담론은 내면 심리의 묘사라든가 언어와 형식의 새로움, 미적 즐거움의 추구와 같은 새로운 덕목들을 떠받들기 시작했다. 새로운 시대는 새로운 문학을 요구했던 것이다. 윤대녕은 바로 그 같은 시대 정신에 정확히 부합하는 작가였던 셈이다. 작가는 민족이니, 이념이니, 통일이니 하는 사회적인 문제는 조금도 드러내지 않는다. 그냥 그대로의 일상에서 소설 쓰기를 시작한다.

"흐린 봄철 어느 오후의 무거운 일기日氣처럼, 그만한 우울이 또한 필요하다. 세상을 속지 않고 걸어가기 위하여 나는 담배를 끄고 누구에게든지 신경질을 피우고 싶다."(김수영, [바뀌어진 지평선地平線]) 전국이 대체로 흐리고, 중서부 지방에는 낮부터 한두 차례 비가 조금 오겠다. 남부 지방은 오후 늦게나 밤에 비가 조금 오겠다.
_ 윤대녕, 〈소는 여관으로 돌아온다, 가끔〉 부분

〈소는 여관으로 돌아온다, 가끔〉은 이렇게 시작된다. 출발부터가 무겁지 않다. 나아가 글자 한 자, 한 문장, 한 단락의 표현에도 심혈을 기울이는 세밀한 언어 표현에 관심을 가진다. 1990년대도 지나고 2000년대도 많이 흐른 시점에서 보자면 지겨운 되풀이가 될지도 모르겠지만, 이른바 1990년대적 특성을 말하면서 1980년대에 대한 언급을 생략할 수는 없는 법이다. 그것은 1990년대가 어쩔 수 없이 앞선 연대인 1980년대에 대한 반동으로 형성되었으며, 따라서 1990년대를 제대로 이해하기 위해서는 1980년대의 본질과 한계를 정확

히 짚고 넘어가야 하기 때문이다. 그것은 나아가 2000년대의 문학의 출발과
도 관련이 있다. 간단히 말해서 1980년대란 변혁을 위한 열기로 가득 찼던 연
대였으며, 1980년대 문학은 변혁을 향한 열망을 표현하고 구체적인 행동을
촉발하는 것을 자신의 주요한 임무로 삼았었다. 1980년대 문학의 성과는 문
학이 현실과 동떨어진 어떤 것이 아니라 역사와 현실에 굳건히 뿌리박고 있는
것임을 확인시킨 것이었다. 그러느라고 문학의 폭을, 나아가 그를 통한 인간
이해의 폭을 지나치게 좁혀버린 것은 1980년대 문학에서 부인할 수 없는 한
계였다. 그렇다고 해서 윤대녕이 1990년대의 주류를 형성했던 후일담 소설,
일상담 소설과 동궤를 형성하는 것은 아니다. 윤대녕의 문학에는 정신적인 깊
이가 있다. 불교적인 세계관을 내면에 깐 채 우리 삶의 본질적인 잃음과 찾음
을 묘파하고 있다.

    남루한 승복에 바랑을 걸머진 행색으로 그녀는 대문을 밀고 슬쩍 들어섰다. 갸웃이
열린 문 틈으로 꽃수레가 덜렁덜렁 지나가고 있었다. 그때 마루에 앉아 있던 그녀의
어머니가 무엇을 먼저 목격했는지는 알 수 없었다. 다만 정신을 차리고 보니 웬 새파
란 비구니가 마당에 들어와 합장을 하고 서 있었다. 이내 마루에서 뛰어내리려 했으
나, 그녀의 어머니는 웬일인지 옴짝도 못 한 채 그저 몸만 덜덜 떨고 있었다. 마음이
너무 앞서갔던 모양이다. 비구니는 태연한 얼굴로 마루에 와 걸터앉으며 전생의 제
어미를 보고 말했다.
    "그냥 지나는 길에 들렀습니다."
_윤대녕, 〈소는 여관으로 돌아온다, 가끔〉 부분

    남루한 승복, 바랑, 문 틈으로 보이는 꽃수레, 새파란 비구니, 합장, 전생의

제 어미 등이 일상적인 것은 아니다. 문제는 그러한 일상적이지 않음이 결국 일상으로 되돌아오고(환속) 다시 그 일상으로부터 탈출한다는 것이다. 말 그대로 윤대녕에게 있어 일상은 '그냥 지나는 길에 들른' 곳일 수도 있다. 그의 모든 소설은 30대 초중반 남자를 주인공 겸 화자로 내세우고 있다. 그들은 글을 쓰거나 도서관 또는 출판과 광고 관련 회사에 근무하거나 한다. 완벽한 일상이다. 대부분 독신이며 결혼했더라도 아내와의 사이에 문제가 생겨 사실상 혼자 생활하고 있기 십상이다. 소설에서는 그들의 생업과 관련된 묘사를 최소한으로 제한하여, 이상문학상 수상작인 〈천지간〉에서처럼 주인공이 무얼 하는 사람인지조차 전혀 알 수 없는 경우도 있다. 그러기에 일상적이지만은 않다. 나아가 그러한 일상적임과 일상적이지 않음을 공유하고 있는 주인공들은 거의 동일하게 떠남과 찾음의 반복으로 소설의 구조를 형성한다.

처음 이 소설을 읽고 어쩐지 몽환적이고, 비현실적인 전설을 접한 느낌이었다. 주인공이 여관에서 새벽녘에 들은 것 같던 뿔피리 소리나 푸른 안개처럼, 그래서 주인공의 가슴팍에 대고 비벼대는 소를 닮은 그녀의 귀와 눈을 바라보는 장면은 작금의 디지털 사이버 시대에 와서도 감당키 어려울 정도이다. 소설에서는 '소와 법당, 여관, 길 떠남'이라는 말이 반복된다. 소는 어떤 의미일까. 일찍이 소는 선가에서 자신의 본래면목을 의미하는 것이라 한다. 하지만 그것이 어디 쉽게 찾을 수 있는 것이던가? 소설의 주인공은 결국 청평사에 가지 않았다. 법당과 여관의 이미지가 중첩되면서 윤대녕이 우리에게 던지는 메시지. 결국 우리가 애써 찾고자 하는 소는 우리의 일상 속에서 우리와 함께 숨을 쉬며 살아가고 있을지도 모른다는 그것. 나아가 그것이 윤대녕의 눈에 포착된 1990년대 우리들의 '지금-여기'의 일그러진 모습과 그 속에 감추어진 내밀한 욕망이 아닐까? 하는 생각. 그러면서 윤대녕은 물음을 던진다. 우리는 지금 어디에 있는가? 라고. 나는 그 여행에서 정말 소설 속의 인연처럼 청평사 스님으로부터 '해우海牛'라는 소중한 이름을 얻었다.

1. 당신은 자신이 연재에는 맞지 않는다고 생각한다면서 몇 차례의 연재 제의를 거절했다. 어
   떤 점에서 자신이 연재와 맞지 않는다고 느꼈나.

나는 하나의 단어를 선택하고 한 줄의 문장을 쓰는 것에도 어려움을 느낀다. 처음 썼던 단어
나 문장도 수없이 삭제하거나 수정한다. 결국 내 문장이 나름대로 아름다운 문장이라고 평가
받는 것은 생득적인 것보다는 각고의 산물이기도 하다. 대학과 군 시절 웬만한 시집들은 섭
렵하다시피 읽은 덕분에 시적인 표현과 이미지의 조성에 능하게 되기는 했지만 문장에 완벽
을 기하기 위한 나의 노력은 내가 생각해도 가상할 정도이다. 매일 그런 과정을 거치게 된다
면 과연 내가 생존할 수 있을까? 연재는 천재들이나 하는 창작 행위이다.

2. 당신 작품의 한계를 꼽는다면 남자 주인공들은 그들 자신의 존재론적 깨달음을 중요하게 여
   기며, 여자들은 그를 위한 수단으로서만 의미를 지닌다는 점이다. 이에 따라 여자 주인공들
   의 개성이 지워지고 추상적 성격만을 지니게 되었다는 평가가 나오는데, 이러한 평가에 대
   해 반박해 달라.

그런 말을 자주 들어왔다. 어쩌면 그것은 내 체험의 한계를 지적한 것이기도 하다. 체험이 작
품의 범위를 결정한다는 점에 나는 동의한다. 여전히 나에게 여자들은 추상적인 존재로만 기
억된다. 더 본질에 다가가고 싶지만 그럴수록 모르는 대상이 여성이다. 의도적으로 여성을 폄
하하거나 여성을 무시하기 위해서 그렇게 한 것은 아님을 알아 달라. 내가 남자가 아닌가?

길은 고단하다

겨울 바람은 더욱 매섭다.
가장 참혹한 비극의 현장이라는 과거와는 어울리지 않게
겨울 낙동강은 아름답다.
'빛나는 4월이 가져다 준 새 공화국에 사는 보람'을 부르짖었던
최인훈의 목소리가 귓가에 맴돌았다.
불행한 시대를 아프게 살았던 지식인 이명준,
'사랑하지 않는 자는 인민의 이름으로 사형에 처한다'는
명준의 절박한 목소리도 겨울 바람을 따라 들려왔다.
강 너머 산등성이 뒤 이름 모를 작은 동굴에서
명준과 은혜가 나누는 사랑 이야기가 들려왔다.

나에게는 행동의 연속이 있을 따름

이육사 생가와 문학관

아직 그의 묘소의 사진을 준비하지 못했다.

너무 깊은 산속

지금은 밤이면 소쩍새소리 가득하겠지.

그의 태어난 집은 안동시 태화동 MBC 근처의 주택가에 있다.

들르는 사람도 많지 않고

도시 속의 외로움만 느껴진다.

_이육사 공식 홈페이지에서

이슬비가 추적추적 내리는 여름날, 문학기행단 교사들은 독서 연구회 학생들과 함께 이육사 생가를 찾았다. 식민지시대 대표적 민족시인 이육사의 생가는 경북 안동시 태화동에 있다. 그리 넓지도 않는 지방도시 복판에 있는데도 주소만 달랑 들고 찾아가는 길이 쉽지는 않다. 길 입구는 물론 대문 밖에도 안내 표지 하나 없으며 사람들의 관심도 거의 없는 듯하다. 생가를 찾고 나서 다시 놀란 것은 바로 이웃길이나 아랫길에서 주민으로 보이는 사람에게 물었는데도 정확하게 이 집을 아는 사람이 별로 없었다는 점이다. 비까지 추적추적 내리는데 오가는 사람도 별로 없이 초라한 대문 앞에서 한참이나 서성거렸다. 대문 안에는 먼저 들어간 아이들의 소리로 시끄럽다. 철제 대문을 열고 들어서면 안내판이 보인다. 40명 가까운 아이들이 마당에 들어서자 빈 공간이 거의 없다. 정말 좁은 뜰. 이슬비까지 내려 풍경은 더욱 초라하다. 생가도 아닌 생가, 사실 이육사가 태어난 곳은 여기가 아니다. 태어난 집은 맞지만 태어난 장소는 여기가 아니다. 이 집은 원래 생가가 있던 곳에서 1976년 이곳으로 옮겼다. 이육사가 태어난 곳은 안동시 도산면 원촌리이다. 그런데 그 원촌리가 안동댐의 범람으로 물에 잠겼다. 수몰의 위험에서 생가를 살리고자 부리나케 옮긴 곳이 바로 이곳이다. 임시로 옮긴 모양인데 벌써 30년이 지났다.

　이육사는 1904년 4월 4일에 태어났다. 1943년 일본 형사대에 붙잡혀 해방을 일 년 남짓 앞둔 1944년 1월 북경의 감옥에서 세상을 떠나기 전까지 그는 무려 열일곱 번이나 옥살이를 했다. 그야말로 그는 '매운 계절의 채찍'과 '서릿발 칼날진 그 위'에서 평생을 살았던 셈이다. 2004년, 육사 탄신 100년이 되는 해, 생가터가 있었던 도산면 원촌리에 이육사 기념관을 지어 7월 개관했는데, 그때 이 생가를 생가터에 복원했더라면 어땠을까 하는 생각이 불쑥 들었다. 무거운 발걸음으로 이육사 생가를 나와 다시 버스를 타고 안동호로 향했다.

　안동댐 주변에는 안동 민속촌과 안동 민속박물관, 이육사 시비, 드라마 태조 왕건 촬영장, 안동호 등이 몰려 있어, 제대로 돌아보자면 한나절은 족히 걸린다. 근처에서 점심을 먹고 안동 민속박물관을 거쳐 이육사 시비 앞에 도착했다. 아이들과 시비에 새겨진 〈광야〉를 함께 읽었다. '까마득한 날에 하늘이 처음 열리'는 소리, 어디선가 '닭 우는 소리', '홀로 아득한 매화 향기', 멀리

이육사문학관 옆 '절정' 시비
한 발 재겨 디딜 곳조차 없는 거기에서 무지개를 꿈꾸었던 육사.
그를 위해 오늘만이라도 은쟁반에 하얀 모시 수건을 마련하고 싶었다.

서 '백마 타고 오는 초인'의 말발굽 소리가 내 코와 귀를 어지럽게 했다. 아이들과 〈계절의 오행〉의 한 대목을 읽었다.

나는 이 가을에도 아예 유언을 쓰려고는 하지 않소. 다만 나에게는 행동의 연속만이 있을 따름이오. 행동은 말이 아니고, 나에게는 시를 생각한다는 것도 행동이 되는 까닭이오. 그런데 그 행동이란 것이 있기 위해서는 나에게 무한히 너른 공간이 필요로 되어야 하련마는 숫벼룩이 꿇어 앉을 만한 땅도 가지지 못한 나라, 그런 화려한 필자를 가지지 못한 덕에 나는 방안에서 혼자 곰처럼 뒹굴어 보는 것이오.

_ 이육사, 〈계절의 오행〉 부분

아예 유언조차 쓰지 않고 행동으로만 살아가려고 했던 이육사가 엄한 목소리로 일상 속에서 꾸물거리며 살아가는 내 삶의 나태함을 꾸짖는 것 같아 부끄러움에 몇 번이고 고개를 숙였다.

안동 시내에서 이육사 문학관이 있는 원천리까지는 제법 먼 길이다. 구불구불 고개를 몇 개나 넘었다. 이제 비도 그쳤다. 7월의 따가운 햇살이 차창으로 스며들고 있었다. 드디어 도착한 이육사 문학관. 생가에서 느낀 쓸쓸함과 안타까움이 완전히 사라질 만큼 우람한 문학관이 마련되어 있었다. 시인의 생가터를 비스듬히 내려다보면서 병풍처럼 둘러싼 청량산을 걸쳐 흘러내린 낙동강의 기세가 한숨 돌리며 유유히 흘러가고 그 곁의 넓은 들판이 바라다보이는 곳, 거기에 이육사 문학관이 서 있었다. 가는 날이 장날이라고 월요일이어서 문학관은 굳게 자물쇠가 잠겨 있었다. 문학관 입구에 있는 전화번호로 연락해서 관리하시는 분과 통화를 하고 대구에서 학생들과 함께 왔다고 하면서 관람을 부탁했다. 금방 달려오셔서 우리들만을 위해 문학관을 개방해 주었다. 고마우신 분이다. 전시실은 2층으로 되어 있는데 1층에는 시인의 흉상과 육필 원고, 독립운동자료, 시집, 사진 등이 전시되어 있었고, 2층에는 영상실과 세미나실, 기획전시실 등이 있었다. 관리인 아저씨는 우리들을 위해 전시실 개방은 물론 이육사 관련 영상도 보여 주었고 아이들과 어울려 이육사 시 탁본까지 함께 해 주었다.

시의 순수성이 민족의 현실과 결합하여 예술로서 승화되는 것이 육사 시의 두드러진 장점이다. 그러기에 이육사의 시는 향토색 짙은 순수한 정서와 함께 민족의 수난을 채색하여 끈질긴 민족의 염원을 표현한 양면성을 지닌다. 옥고와 고난으로 이어진 삶 가운데에서 오직 조국의 독립과 광복만을 염원한 육사는 '한발 재겨 디딜 곳조차' 없는 '내 골ㅅ방'에서 항시 쫓기고 있는 불안한 마음으로 살았다. 하지만 그 속에서도 빼앗긴 조국에 대한 망국민의 비애와 조국 광복에 대한 염원을 시에 새겨놓았다.

　문학관 옆을 돌아 뒤쪽으로 가면, 바위 위에 앉아 어딘가를 바라보는 듯한 동상이 있고 그 뒤로 〈절정〉 시비가 있다. 정말 이육사가 생각하는 겨울은 '강철로 된 무지개'였을 게다. 강철로 되어 있지만 무지개처럼 사라질 것이라는 믿음의 뿌리에 이육사 문학과 삶의 본질이 있다. 시비 뒤편에는 청포도샘이라고 부르는 샘이 있는데 어디서 끌어온 것인지 알 수는 없어도 물은 지치지 않고 흐른다. 샘을 돌아 문학관 뒤편으로 가면 '육우당六友堂'이 있다. 없어진 생가를 지금의 자리에 모형으로 만든 것이다. 육우당이라는 이름은 이원기, 육사, 원일, 원조, 원창, 원홍 6형제가 태어났다 하여 붙여진 이름이다. 전체적으로 '二'자 형태로 되어 있는데 시내에 있는 생가를 여기로 옮겨왔으면 더욱 좋았을 거라는 생각이 다시 들었다.

　시인의 묘소는 문학관에서 2.8킬로미터의 만만치 않은 산길이다. 일명 '청포도 오솔길'. 한낮의 따가운 햇살은 나무들이 가려줘 좀 시원할 법도 하지만 여름의 뜨거움은 결코 이 산 속에서도 물러서지 않는다. 힘들구나 하는 생각을 할 즈음 묘소에 도착했다. 문학관보다 높은 곳인 만큼 문학관에서 봤던 풍경들이 한눈에 들어온다.

　묘소에서 내려와 문학관 아래 생가터로 향했다. 생가터에는 이육사의 청포도 시비가 인물상과 함께 있다. 시인은 죽었지만 시인이 남겨놓은 시 속에서 다시 시인을 만난다. 비碑에 새겨진 인물상이 없어도 시인은 살아 있고 청포도가 없는 지금의 고향이지만 청포도가 마치 눈앞에 아른거리듯 하는 것도 시詩 때문이다. 아이들과 함께 시를 낭송했다. '내 고장 칠월은 청포도가 익어가는 시절 / 이 마을 전설이 주저리주저리 열리고 / 먼데 하늘이 꿈꾸며 알알이 들어와 박혀' 영글고 있는 청포도가 머릿속을 가득 채운다. 힘든 여정이었던 만큼 오히려 아이들의 얼굴에는 뿌듯함으로 채워져 있다. 정말 '내가 바라는 손님'이 '청포를 입고' 찾아온다면 내 '두 손은 함뿍 적셔도 좋고' '은쟁반에 하이얀 모시 수건'을 마련하고 싶은 마음이다.

1. 당신과 다른 문인들과의 차이점을 꼽자면 글만 쓰면서 독립운동을 한 것이 아니라 온 몸을 바쳐서 독립운동을 했다는 점이다. 이로 인해서 일제 강점기의 대표적 저항시인으로 꼽히고 있는데, 이에 대해서는 어떻게 생각하나?

문인이 문학을 통해서 평가받는 것은 당연하다. 따라서 문학적 결과물로 사람들에게 좋은 평가를 받는 것이 나의 소망이기도 하다. 하지만 문인도 한 시대를 살아가면서 현실에 대해 고민하는 하나의 존재가 아닌가? 기본적으로 현실에 대해 자유롭지 못하다는 것은 분명하다. 문제는 나에 대한 평가는 문학적 결과물보다는 그것이 더 중시된다는 점일 게다. 그 점에 대해서는 할 말이 있다. 내가 살았던 시대는 문학과 현실을 분리하여 이해할 수 없는 시대였다. 주권을 빼앗긴 슬픈 나라에 살면서 그것에 대한 문학적인 고민과 그러한 현실을 극복하기 위한 현실적인 노력을 병행하는 것은 문인으로서 당연한 의무라고 생각한다. 시대가 나를 그렇게 만들었다.

2. 아이러니하게도 당신의 시 중 유명한 〈청포도〉는 가장 이육사답지 않은 시라고 평가받고 있다. 대쪽 같은 굳은 심지와 독립에 대한 열망으로 표현으로 느껴지기보다는 잔잔한 감동으로 와 닿기 때문인 것 같다. 이런 평가에 대해서 어떻게 생각하나?

이육사답지 못하다는 것이 무엇을 의미하는가? 시는 내 내면의 표현이다. 왜 〈청포도〉에 드러난 잔잔한 언어가 내 속에 없었겠는가? 모든 것이 굳은 심지와 열망으로만 채워져야 한다는 것은 당신들만의 주장일 수 있다. 나는 힘든 시간을 힘들게 보냈다. 〈청포도〉에 담긴 세계는 힘든 시간을 넘어 존재하는 세계이다. 그럼에도 불구하고 난 완전히 현실을 넘어서진 못했다. 내가 바라는 청포 입은 손님은 안타까운 현실을 극복하는 매개체이기도 하기 때문이다.

지조 위에 켠 촛불 한 자루

조지훈과 주실마을

주실마을을 찾아가는 길은 역시 멀었다. 경상도에서도 가장 오지인 영양. 영양 들어가는 입구쯤에 있는 관광농원에서 하룻밤을 묵고 서둘러 주실마을을 찾았다. 관광농원 옥상에서 이루어졌던 문학의 밤 행사도 무척 기억에 남는다. 영양은 정말 공기가 좋다. 도시의 냄새가 전혀 나지 않는 소박한 시골길. 이렇게 맑은 곳에서 이름난 문인이 태어나는 것은 어쩌면 당연하다는 생각이 들었다.

주실마을에 도착했다. 마을 안으로 버스가 들어갈 수는 있었지만 조용한 시골 마을에 실례가 될 것 같기도 하고 시골길을 걷는 것도 나름대로 흥취가 있을 것 같아 마을 입구에 버스를 세우고 걸어서 마을로 들어갔다. 주실마을이라는 표지판을 지나 제법 긴 시골길을 걸었다. 길가에 수없이 피어난 들꽃들, 이제 완전히 짙어진 볏잎의 흔들림. 그건 다름 아닌 고향 내음새였다. 다소 실망스러웠던 것은 조용한 시골길을 연상했지만 곳곳에 공사가 진행되고 있었다. 파헤쳐진 흙더미가 신발에 달라붙었다. 문화 마을로 지정되어 현재 공사 중이라는 말을 들었다.

마을 안은 고요하다. 먼 데서 찾아간 이방인의 소리만이 마을을 가득 채웠다. 우선 마을의 이장님을 찾았다. 늘 방문자들을 위해 안내해 주는 사람이 있다는 소리를 들었기 때문이다. 이미 다른 답사자들이 자주 만난 적이 있다는 조동걸 할아버지께서 우리를 반갑게 맞이하였다. 옛날 선비의 풍모가 저절로 느껴지는 발걸음을 따라 지훈의 집으로 갔다. 대문 옆에는 '호은종택壺隱宗宅'이라고 새겨진 비석이 있었다. 지훈의 생가는 보통 집이 아니라 종택宗宅이다. 호은壺隱은 주실 조씨趙氏들의 시조이자, 1629년(인조7년) 주실에 처음 들어와 이 동네를 일군 사람의 호이다. 집 주위는 온통 접시꽃이다. 대문을 들어서자 네모로 지어진 집 전체가 눈에 들어온다. 다른 지방에서는 볼 수 없는 특이한 집 구조가 눈길을 사로잡았다. 종가집의 풍모가 그대로 느껴지는 분위기였다.

아이들과 함께 마루에 걸터앉아서 조동걸 할아버지의 이야기를 들었다. 유명한 '삼불차三不借'로 이야기가 시작되었다. '삼불차'는 세 가지를 빌리지 않는다는 뜻이다. 그 세 가지는 재물과, 사람, 그리고 문장이다. 사실 알고 보면 '삼불차'는 남에게 아쉬운 소리 하지 말고 살자는 정신이다. 거기에는 모든 것을 갖추고 있다는 자신감도 내포되어 있다. 자신감은 자존심이기도 하다. 이어서 문필봉 이야기, 박사가 14명이나 배출되었다는 이야기, 지훈의 할아버지인 조인석이 6·25동란 중에 좌익의 횡포를 이기지 못해 자살한 이야기, 아버지 조헌영의 납북 이야기, 지훈의 형제들 이야기, 지훈의 사소한 가정 이야기, 지훈의 독특한 성향 이야기 등 2시간이 넘게 이어졌다. 70이 넘은 할아버지의 대단한 기억력과 열의에 놀라고 주실마을과 조씨 문중에 대한 애정과 자부심을 깊게 느낀 소중한 시간이었다.

마루에 앉아 바라보는 문필봉에는 뭉게구름 한 자락이 접시꽃 송이와 함께 절묘한 풍경을 만들고 있었다. 평생을 꼿꼿하게 지조를 지키며 살았던 지훈의 모습을 떠올리며 아이들과 함께 〈지조론〉을 읽었다.

> 지조란 것은 순일한 정신을 지키기 위한 불타는 신념이요, 눈물겨운 정성이며, 냉철한 확집確執이요, 고귀한 투쟁이기까지 하다. …… 지조가 없는 지도자는 믿을 수가 없고, 믿을 수 없는 자는 따를 수 없기 때문이다.
>
> _조지훈, 〈지조론〉 부분

'당신이 오시는 날까지는, 길이 꺼지지 않을 촛불 한 자루도 간직' 하고 살아가려 했던 지훈의 촛불은 바로 '지조志操' 그 자체였는지도 모른다.

> "내 호가 처음에는 지타芝陀였지. 마침 여학교 훈장(경기여고)으로 갔는데, 내 호를 말했더니 학생들이 얼굴을 붉히더군. 그래서 곰곰이 생각하니, '지타' 라는 호야 아주 고상하지만, 성과 합성하니까, 발음이 '조지타' 가 되는데, 개네들이 내 호에서 다른 무엇(?)을 연상했나 봐. 그래 할 수 없이 지훈으로 고쳤어."

지훈의 해학적인 성향을 읽을 수 있는 대목이다. 지훈은 천수를 다 누리지 못하고 48세에 이슬처럼 떠났다. 짧은 생애임에도 주옥 같은 시와 산문을 남겼고, 사람들의 마음속에 참 선비의 모습을 남겨 놓았다. 지훈의 언어는 산만한 듯하면서도 조리가 있었고, 우스개 소리임에도 남다른 지혜로움이 있었다.

지훈의 집 대문에서 바라보는 문필봉의 풍경도 좋다. 제법 넓은 들판 너머에 우뚝 선 붓 모양의 문필봉은 지훈의 모습이기도 하다. 다음 일정에 쫓겨 마을을 돌아 나오면서 지훈이 어렸을 때 공부를 했다는 '월록서당' 을 먼발치에서 바라보고 지훈 문학관 건립 현장도 살펴보았다. 버스가 기다리고 있는 마

주실마을 입구 지훈시비
빛을 찾아가는 길은 여전히 멀었다. 지조를 누구보다 소중히 여겼던 지훈에게 요즘의 사람들이 어떻게 느껴질까?

을 입구 소나무 숲 사이에는 지훈의 시비가 있다. '돌 뿌리 가시밭에 다친 발길이 아물어 꽃잎에 스쳐 춤과 노래를 가꾸어 빛을 찾아가는' 지훈의 아름다운 마음이 거기에 담겨 있다.

사슴이랑 이리 함께 산길을 가며
바위틈에 어리 우는 물을 마시면

살아 있는 즐거움의 저 언덕에서
아련히 풀피리도 들려오누나.

180

해바라기 닮아 가는 내 눈동자는
자운 피어나는 청동의 향로

동해 동녘 바다에 해 떠오는 아침에
북받치는 설움을 하소하리라.

돌 뿌리 가시밭에 다친 발길이
아물어 꽃잎에 스치는 날은

푸 나무에 열리는 과일을 따며
춤과 노래도 가꾸어보자.

빛을 찾아가는 길의 나의 노래는
슬픈 구름 걷어 가는 바람이 되리.

_조지훈, 〈빛을 찾아가는 길〉 전문

지훈은 1939년 《문장》에 〈고풍의상〉과 〈봉황수〉를 정지용의 추천으로 발표하면서 등단했다. 〈고풍의상〉은 그 제목에서 보이는 바와 같이 한국의 고전적 생활 문화에 담긴 여성적 품위와 의상미가 결합된 아름다움을 표현한다. 〈봉황수〉에서는 고궁의 쇄락한 모습을 통해 조선시대의 주권을 행사한 권력자들과 식민지 시대의 지식인을 대비하여 피지배자의 고통과 비장감을 토로하고 있다. 한국의 전통 의식과 민족 의식을 시적 대상으로 삼는 지훈의 시적 성과는 박두진, 박목월과 함께 펴낸 《청록집》에 집약되어 있다. 해방 공간에서 지훈은 순수한 시 정신을 지키는 사람만이 시인으로 바로 설 수 있음을 강조하면서 자유를 옹호하고 인간성의 해방을 추구하는 것이 시의 본질이라고 주장했다. 이러한 문학의 순수성과 민족적 열정은 시집《역사 앞에서》에서 지사적인 목소리로 나타난다. 당대 정치의 부패상과 사회적 부조리, 민족 분열과 동족상잔이라는 타락한 현실을 투철한 역사 의식으로 비판한다. 특히 〈다부원에서〉는 전쟁의 참상을 체험한 바탕 위에서 동족상잔의 비극적 국면을 절실하게 묘사함으로써 전쟁시의 백미로 꼽히고 있다.

결국 그의 시작품의 근원적 세계인 '자연'이란 좁게는 순수한 대상적 자연을 가리키는 것이지만, 넓게는 그가 체험한 삶 전체를 포괄하는 자연인 셈이다. 특히 이 '자연'은 그의 정신 세계를 끊임없이 괴롭혀온 자아의 문제와 결합되면서 역사 의식의 문제로 확대되기도 한다. 입에는 늘 막걸리 냄새를 풍기고 다녔지만 내면에는 이슬과 같은 맑은 향기를 품고 살았던 지훈, 아쉬움과 함께 주실마을을 떠나면서 칼날 같은 그의 목소리가 귀에 쟁쟁했다.

1. 당신은 해방 후 좌파, 독재 정치와 대결하여 '마지막 선비'라는 호칭을 얻었다. 민족의 분단과 전화戰禍, 독재 정치라는 현실과 예술의 대립 속에서 지조를 강조하며 살아간 당신의 길지 않은 생에 대해 안타까움을 느끼는 이들에게 무언가를 전해 달라.

내가 쓴 〈지조론〉에 내 마음이 담겨 있다. 지조란 역사의 개관적 상황을 냉철히 인식하고 미래를 예측하여 올바른 길을 판단하고 그것을 초지일관 밀고 나가는 것이다. 또한 세태에 따라 다소 태도를 바꾸더라도 개과천선改過遷善으로서의 변절일 때는 도리어 지조를 찾은 것이다. 이러한 관점에서 볼 때 변절은 개인의 이익을 위해 옳은 신념을 버린 것을 의미한다. 내가 '변절자를 위하여'라고 부제를 붙인 이유도 여기에 있다. 친일파들이 정치 일선에서 행세를 하고, 정치를 한다는 사람들이 지조 없이 변절을 일삼는 당대의 세태를 비판하고 싶었던 게다. 얼마나 살았느냐가 중요한 것은 아니라고 본다. 삶의 길이와 관계없이 어떻게 살았느냐가 중요한 것 아니겠나?

2. 당신 시의 특색으로 전통적 운율과 선의 미학이 결합되어 있다는 점이 일컬어진다. 이와 같은 표현을 사용한 이유는 무엇이고, 이로 인해 얻을 수 있었던 효과로는 무엇이었는가?

전통적 운율과 선의 미학은 같은 의미를 지닌다. 나에게 있어 '선'은 직선이 아니라 곡선이다. 유려한 전통적 운율과 곡선은 같은 의미를 지닌다. 〈승무〉라는 작품을 통해서 보면 손이 소매가 되고 소매가 장삼으로, 장삼이 하늘로 바뀌어 가듯이 두 볼에 흐르는 빛은 촛불이 되고 그 촛불은 다시 떨어지는 오동잎 이파리마다 지는 달빛이 된다. 그러나 외씨버선이 하늘을 향해 위로 솟아오르듯이 복사꽃 고운 뺨에 아롱지던 두 검은 눈동자는 먼 하늘의 한 개 별빛으로 향한다. 그 별빛은 촛불처럼 녹아 흐르지도 않고 달처럼 기울다가 소멸되지도 않는다. 이렇게 춤은 세사에 시달리는 번뇌와 복사꽃 육체의 들뜬 열정에서 벗어나기 위해서 조용히 그러나 치열하게 날아오르는 몸짓이다. 이러한 과정을 어찌 직선으로 표현할 수 있겠는가? 이러한 과정을 어찌 급박한 리듬으로 표현할 수 있겠는가?

'선택'한 이 시대의 이야기꾼

이문열과 두들마을

하지만 진실로 걱정스러운 일은 요즘 들어 부쩍 높아진 목소리로 너희를 충동하고 유혹하는 수상스런 외침들이다. 그들은 이혼의 경력을 무슨 훈장처럼 가슴에 걸고 남성들의 위선과 이기와 폭력성과 권위주의를 폭로하고 그들과 싸운 자신의 무용담을 늘어놓는다. 이혼은 〈절반의 성공〉쯤으로 정의되고 간음은 〈황홀한 반란〉으로 미화된다. 그리고 자못 비장하게 〈무소의 뿔처럼 혼자서 가라〉고 외친다. 어쨌거나 굳세고 용기 있는 여인들이지만 그들을 시대의 선구자로 인정하기에는 왠지 망설여진다.

_이문열, 〈선택〉 부분

한동안 담론의 대상이 되었던 이문열의 〈선택〉의 한 대목이다. 수많은 페미니스트들에게 비난의 표적이 되었던 이 작품에 대한 내 생각을 여기에 길게 담을 생각은 없다. 하지만 이 작품만큼 이문열다운 작품을 찾기 어려울 정도로 소설에는 이문열의 냄새가 곳곳에 담겨 있다. 자신도 많은 논란거리가 될 것임을 진작 알았을 것이고 그것을 노렸을 것이라고 단언하고 싶다. 그만큼 이문열은 대중적이다. 소설가는 대중이 주는 자양분을 먹고 사는 존재이다.

두들마을 광산문학연구소
이문열의 선택은 과연 바람직한 것이었을까? 정돈된 넓은 마당에는 잡초 하나 보이지 않았다.

주인공이었던 장부인과 같은 조선시대의 현모양처를 긍정적으로 그린다고 탓할 수는 없다. 그건 소설가의 자유 의사이다. 그럼에도 불구하고 이 작품은 분명 혐의가 있다. 위의 인용문이 실린 소설의 앞부분, '세상의 슬픈 딸들에게' 라는 제목을 달고 작가의 목소리를 직접적으로 담은 부분이다. 사실, 그가 지적한 여성 소설가 어느 누구도 이혼을 훈장처럼 가슴에 달고 살지 않는다. 그녀들은 대부분 아프다. 왜? 여긴 이문열 같은 남성들이 주류가 되어 살아가는 한국이라는 사회이니까.

나도 이문열의 소설을 즐겨 읽는 편이다. 그는 분명 대단한 현대판 이야기 꾼이다. 〈우리들의 일그러진 영웅〉을 보면서 이 시대의 퇴락한 영웅의 모습을 보았고, 〈젊은 날의 초상〉을 읽으면서 청춘의 한없는 방랑을 되새겼으며, 〈사람의 아들〉을 읽으면서 신과 인간에 관련된 본질적 질문을 던졌고, 〈황제를 위하여〉를 읽으며 그의 해박한 지식과 그것의 소설적 구조화에 감탄했다. 사실, 이문열의 소설이 가지는 관심의 영역은 매우 넓다. 종교 문제와 예술관의 문제에서부터 분단과 이데올로기 갈등, 근대사의 영역에 이르기까지 수많은 제재들을 다루고 있으며, 그것을 형상화하는 기법 또한 현란하다. 정통적인 리얼리즘의 기법에서부터 대체 역사나 우화의 형식까지도 사용한다.

아버지의 월북, 외가에서의 삶, 고교 중퇴, 검정고시 합격, 서울대 진학, 고시 실패, 대학 중퇴 등 그의 삶이 지니는 역동성은 대부분의 그의 작품에서 느껴지는 보수성과 어쩐지 다소 어울리지 않는다는 느낌이 든다. 하지만 그의 고향인 두들마을로 찾아가면 그러한 이중성의 이유가 다소 선명해진다.

조지훈의 주실마을, 오일도의 감천마을을 지나 청송군 진보면과 이웃한 석보면 원리리에 이문열의 고향인 두들마을이 있다. 문화마을로 지정된 탓인지, 아니면 이문열의 후광 때문인지는 모르지만 들어가는 도로가 예쁘게 포장되어 있다. 제법 높은 언덕 위에 자리 잡은 두들마을은 전통 한옥이 그대로 보존되어 있다. 마을 오른쪽에는 광산문학연구소가 커다랗게 자리 잡고 있다. 광산문학연구소는 이문열이 문학도들을 위해 문학 창작과 연구, 토론 활동을 할 수 있는 공간을 제공하는 곳이다. 연구 공간으로 사용할 강당, 안채, 그리고 후학들이 오면 묵을 수 있는 사랑채 등으로 이루어져 있는데 찾아간 날은 아무도 없었다. 연못이 내려다보이는 정자에 문학기행단 학생과 교사가 함께 모여

진지하게 문학기행 토론회를 가졌다. 〈선택〉에 대한 토론도 오고 갔다. 보수적이고 전통지향적인 이문열의 세계관의 이면에는 바로 이 두들마을이 있다는 대답도 있었다. 문학기행은 그래서 좋다. 아이들은 스스로 읽고 보고 느낀다. 과연 이 아이들이 지금, 또는 미래에 〈선택〉의 주인공과 같은 상황이 주어진다면 제각각 어떤 '선택'을 하게 될까? 나아가 이문열의 '선택'을 과연 어떻게 받아들일까?

1. 당신의 대표작이라고 할 수 있는 〈우리들의 일그러진 영웅〉이 황석영의 단편 〈아우를 위하여〉라는 작품을 표절했다는 의혹이 끊임없이 제기되고 있다. 같은 주제, 같은 구조, 같은 등장 인물의 성격으로 구성된 작품을 어떻게 표절이 아니라 말할 수 있겠나? 이 표절 시비에 대해 본인의 입장은 어떠한가?

비슷한 것 같지만 사실 많이 다르다. 황석영의 〈아우를 위하여〉에서는 그 시대의 지식인을 상징하는 '나'와 교생 선생님이 민중인 반 아이들과 함께 부패한 절대 권력을 몰아내지만, 나의 소설에서는 지식인을 상징하는 '나'와 민중인 아이들이 스스로 절대 권력을 몰아내는 데 실패한다. 오히려 절대 권력의 상징인 엄석대를 새로운 절대 권력인 담임이 몰아내는 내용으로 이루어져 있다. 어찌 표절한 작품이라고 할 수 있겠는가? 정말 그랬다면 어찌 문학상까지 받을 수 있었겠는가? 사실 황석영은 유신 체제인 1972년에 저 작품을 발표하여 독재에 직접적으로 대항했다. 그 사람은 그런 시대에 자신의 역할을 충실하게 수행한 셈이다. 하지만 나는 군부 독재가 국민에 의해 무너질 시점인 1987년에 소설을 발표했다. 독재 시절 아무런 말도 행동도, 독재를 비판하는 글도 쓰지 않다가 군부 독재가 무너질 즈음에 소설을 쓰고는 독재 정권의 몰락을 예견하고 민주화에 큰일을 한 것처럼 나댄다는 비판도 있는데 자세히 읽어보면 난 독재 권력의 몰락을 표현한 것이 아니다. 다만 다른 독재 권력의 출발을 말했을 뿐이다. 제대로 알고 비판해 달라.

2. 당신의 발언이 요즘 문제가 되고 있다는 것은 본인도 알고 있으리라 생각한다. 2008년 6월 29일 MBC '시사매거진 2580'과의 인터뷰에서 "공영방송(KBS)은 집권 세력의 이데올로기적 배경을 강화할 수 있다"며 "정부가 지분을 가진 만큼 인사권을 행사해야 한다"고 주장해 굉장히 문제가 되고 있다. 당신은 "과거 공영방송이 땡전, 땡김, 땡노 뉴스를 해왔다"며 "이제 와서 그러면 안 된다고 하는 건 옳지 않다"고 말했다. 시대는 변화하고 그 변화에 따라 잘못된 것은 항상 고쳐나가야만 한다. 그러한 점에서 당신의 말에는 근거도 논리도 없다고 생각되는데, 어떤가? 나아가 그러면서도 당신의 책이 잘 팔리는 이유는 무엇이라고 생각하나?

공영방송이 집권 세력의 이데올로기를 강화하는 건 당연한 것 아닌가? 과거 집권 세력의 홍보를 위해 공영방송이 활용되었으니 지금도 당연한 것 아닌가? 왜 그때는 그래도 되고 지금은 그러면 안 되는가? 진보적인 사고가 존재한다면 보수적인 사고도 존재해야 한다. 내가 보수적인 목소리를 낸다고 해서 어찌 비판을 받아야 하는가? 내가 근거와 논리가 없는 것이 아니라 당신들의 질문 자체가 이미 비판을 전제로 하고 있다는 생각을 하지는 않는가? 생각이 다르다고 타인의 생각을 매도하는 건 옳지 못하다. 내 책이 잘 팔리고 있는 것도 같은 맥락이다. 내 생각이 담긴 글을 좋아하는 사람이 많아서 독자가 많은 것 아니겠나? 작가에게 가장 위대한 이데올로기는 바로 독자이다.

사랑하지 않는 자는 사형에 처한다

최인훈의 〈광장〉

겨울 낙동강 가에 섰다. 하얀 얼음이 강 가장자리로부터 조금씩 가운데로 달려 나가고 있었다. 묶여진 책들을 정리하다가 우연히 〈광장〉을 다시 만났다. 대학 시절부터 줄기차게 나를 괴롭히던 내면의 상처들이 바깥으로 자꾸만 빠져나온다는 느낌을 지울 수가 없었다. 그래서 나는 더 가까이에서 〈광장〉을 다시 만나기로 했다. 10여 년이 지난 지금 나에게 던져지는 〈광장〉의 의미가 무엇인지를 다시 확인할 필요가 있었던 것이다. 이념이 사라진 이 시대에 여전히 나는 나의 진정한 광장을 찾지 못해 밀실 속에서 몸부림을 치고 있는지도 모르니까. 빨간 표지를 한 《廣場 · 九雲夢》이라는 책은 앙증스럽다. 책을 펼치면 사실 그 속에 광장이 있다. 이제 차가운 겨울 바람을 맞으며 〈광장〉으로 들어간다.

명준은 지금 철학과 학생으로 서울에 살고 있다. 그의 아버지는 북한에서 대남 방송을 맡아 활동하는 인물이다. 그로 인해 명준은 경찰서에 불려가서 구타를 당하고 아버지와의 관계에 대해 조사 받게 된다. 그리고 형사들은 그를 빨갱이로 몰아붙인다.

　　이러한 과정을 겪으면서 명준은 남한의 사고와 현실에 대한 환멸을 느낀다. 결국 명준은 북한을 택한다. 월북한 명준에게 주어진 것은 영웅이란 칭호였다. 하지만 명준이 만난 것은 인민이 주인이라는 허울 좋은 명분만 존재하는 잿빛 공화국이었다. 명준이 남한을 탈출한 건 그 곳이 너무나 더럽고 처참한 광장이었기 때문이었다. 그러나 북한에 와서 명준이 본 것은 한 발 재겨 디딜 공간조차 없는 좁은 광장이었다. 이제 명준에겐 갈 곳이 없었다. 거기서 만난 사람이 바로 은혜였다. 은혜는 명준이 병원에 입원했을 때 위문 차 찾아온 국립극장 소속의 발레리나였다. 명준과 은혜는 자연스럽게 가까워지며 서로 뜨겁게 사랑을 나눈다. 은혜는 명준에게 가장 사랑스러운 한 마리 암컷이었으며, 자신의 외로움과 절망의 마지막 안식처였다. 그러다가 은혜도 당의 명령에 따라 모스크바로 떠나버린다. 그러던 중 전쟁이 일어났다.

　　전쟁은 계속되었고 명준은 낙동강 전선에서 간호원이 된 은혜와 극적으로 재회하게 된다. 둘은 쏟아지는 포탄과 총알 속 전장 너머 작은 동굴에서 사랑을 나눈다. 은혜는 아기를 가지게 되고 딸을 낳을 것이라고 단언한다. 다시 동굴 밖으로 나간 그녀는 전사한다. 결국 명준은 국군 포로가 되고 거제도에 수용된다. 여기까지가 〈광장〉의 과거 이야기이다.

　　멀리 왜관 철교가 보였다. 겨울 바람은 더욱 매섭다. 가장 참혹한 비극의 현장이라는 과거와는 어울리지 않게 겨울 낙동강은 아름답다. '빛나는 4월이 가져다 준 새 공화국에 사는 보람'을 부르짖었던 최인훈의 목소리가 귓가에 맴돌았다. 불행한 시대를 아프게 살았던 지식인 이명준, '사랑하지 않는 자는 인민의 이름으로 사형에 처한다'는 명준의 절박한 목소리도 겨울 바람을 따라 들려왔다. 강 너머 산등성이 뒤 눈에는 보이지 않는 작은 동굴에서 명준과 은혜가 나누는 사랑 이야기가 들려왔다. 분단의 비극과 이데올로기의 갈등을 내

세운 작품이지만 오히려 〈광장〉의 진정한 주제는 '사랑' 그 자체이다. '사랑하지 않는 자는 인민의 이름으로 사형에 처한다'는 명준의 목소리는 현재를 살아가는 이기적인 인간들을 향한 절규다.

"왜 이런 전쟁을 시작했을까요?" "고독해서 그랬겠지." "누가?" "김일성 동무지." 그녀는 다시 눈을 감았다. 한참만에, 이쪽으로 돌아누우면서, 명준의 가슴을 만지작거렸다. "자기가 외롭다고 남을 이렇게 할 권리가 있나요?" "권리? 권리가 있어서만 움직인다면 벌써 천당이 왔을 거야." "김일성 동무는 애인이 없었던가 보지요?" "있어도 신통치 않았겠지." "이동무가 수상이라면 어떡하시겠어요?" "나? 나 같으면 이따위 바보짓은 안 해. 전쟁 따윈 안 해. 나라면 이런 내각 명령을 내겠어. 무릇 조선민주주의인민공화국의 공민은 삶을 사랑하는 의무를 진다. 사랑하지 않는 자는 인민의 적이며, 자본가의 개이며, 제국주의자들의 스파이다. 누구를 묻지 않고, 사랑하지 않는 자는 인민의 이름으로 사형에 처한다. 이렇게 말이야."

_최인훈, 〈광장〉 부분

잠깐 〈광장〉 안으로 다시 들어가 보자. 〈광장〉의 현재는 항해 이야기이다. 반공 포로 석방이라는 전쟁의 마무리에서 명준은 '중립국'이라는 새로운 공간을 택하게 된다. 사실 명준에게는 북한과 남한 어디에도 자신의 광장은 없었던 셈이다. 명준은 중립국인 인도로 가는 타고르호를 타게 된다. 새로운 세계에 대한 기대와 자꾸만 자기를 엄습하는 또 다른 불안으로 하루하루를 보내던 명준이 택하는 것은 결국 자살이다. 그래도 항해는 계속된다. 명준은 그런 사람이다. 자신의 유무에 의해 역사의 커다란 물줄기가 변하지 않는 그러한 평범한 사람이다. 역사의 커다란 물줄기에 몸을 맡겨 살아가는 인물, 그래서 너무나 평범한 인물, 그러나 그것이 바로 역사의 주체임을 역사는 말하고 있다. 그들은 다수이기 때문이다. 따라서 〈광장〉은 바로 평범하지 않은 역사를 살았던 평범한 우리들의 이야기다.

4·19혁명이 일어났던 1960년은 소설가 최인훈의 해이기도 했다. 전후에 발표된 가장 의미 있는 작품 중의 하나인 〈광장〉이 그해 10월 《새벽》이라는 잡지에서 뜨거운 목소리를 담고 세상에 나온 것이다. '남쪽에는 밀실만 있고 북쪽에는 광장만 있을 뿐'이라는 주인공 명준의 말은 4·19혁명이 가져다 준 자유의 공기를 감안하더라도 당시로서는 충격적인 발언이 아닐 수 없었다.

1999년 떨리는 마음으로 아이들과 함께 처음 방문했을 때 거제도 포로수용소에는 이슬비가 내리고 있었다. 양철로 만들어진 조잡한 기념관과 몇 개의 유적, 비가 내리는 포로수용소 유적지는 초라하다 못해 을씨년스러웠다. 찾아오는 사람도 거의 없는 듯했다. 하지만 2005년 선생님들과 다시 방문한 포로수용소는 거제도 종합 관광단지 개발과 더불어 이미 유명한 관광 명소로 바뀌어져 있었다. 새롭게 조성된 여러 개의 다양한 기념관과 당시의 모습을 복원한 구조물들로 가득 채워져 있었다. 입장료도 받고 있었고 모두 관람하는 데 거의 두 시간이 걸렸다. 역사는 시간의 흐름에 따라 그 의미가 달라진다. 그런데도 오히려 지난날 수용소의 모습이 훨씬 가슴에 남는 이유는 무엇이었을까? 겉으로 보이는 풍경은 오히려 껍데기에 불과하고 결국 그 내면까지는 바꾸지 못함을 깨달았기 때문일까?

광장에서 졌을 때 사람은 동굴로 물러가는 것. 그러나 과연 지지 않는 사람이라는 게 이 세상에 있을까. 사람은 한 번은 진다. 다만 얼마나 천하게 지느냐, 얼마나 갸륵하게 지느냐가 갈림길이다. (중략) 나는 영웅이 싫다. 나는 평범한 사람이 좋다. 내 이

거제도 포로수용소 철조망
자유란 지금 누리는 자에게는 아무것도 아니다. 자유의 소중함은 철조망을 경험한 자들만의 몫이다.

름도 물리고 싶다. 수억 마리 사람 중의 이름 없는 한 마리면 된다. 다만, 나에게 한 뼘의 광장과 한 마리의 벗을 달라. 그리고, 이 한 뼘의 광장에 들어설 땐, 어느 누구도 나에게 그만한 알은 체를 하고, 허락을 받고 나서 움직이도록 하라. 내 허락도 없이 그 한 마리의 공서자를 끌어가지 말라는 것이었지. 그런데 그 일이 그토록 어려웠구나.

_최인훈, 〈광장〉 부분

사람은 누구나 진다. 영웅도 싫다. 단지 한 사람의 공서자만 필요할 뿐이다. 하지만 명준에겐 그 일조차 허락되지 않았다. 배 뒤를 따르던 갈매기가 아픈 역사가 앗아 가버린 자신의 유일한 공서자(은혜)임을 확인한 순간 명준은 우리의 곁을 떠난다.

명준의 자살은 어떤 의미일까? 한 사람의 지식인이 자신의 어깨를 짓누르는 이데올로기의 무게를 이기지 못해 절망한 결과일까? 사실 명준은 남한과 북한이라는 이질적인 이데올로기를 지닌 나라를 모두 부정하고 있다. 그렇다고 해서 이 작품이 단지 이데올로기의 대립만을 다룬다고 볼 수는 없다. 명준은 그 대립으로 인해 비워진 공간에 사랑이라는 꽃을 피운다. 작품 곳곳에서 작가는 명준의 목소리를 통해서 사랑이라는 주제를 강화하고 있다. 이데올로기라는 극단적인 대립을 해소할 수 있는 유일한 방법도 결국 사랑하는 것밖에 없다는 것을 말한 것이다.

1. 당신의 소설 속 주인공들 대부분은 생활의 고통을 느끼는 사람들이다. 월남한 독신자로부터 시골에서 상경해 하숙하는 학생까지. 이들은 생활의 확고함을 느낄 수 없기에 침해받고 있는 존재라고 느끼며 불안함을 비춘다. 이러한 인물들을 중심으로 글을 전개한 이유는 무엇인가?

내가 태어난 곳은 두만강변의 국경 도시 회령이다. 열한 살에 원산으로 이사를 하고 6 · 25가 일어난 1950년 열여섯 살에 원산항에서 부산으로 내려왔다. 그러한 이주의 기억은 무척 고통스러운 체험이다. 전혀 다른 환경에로의 이주는 단지 뿌리가 뽑혔다는 표현으로는 부족하고 면도칼로 싹 잘라 옮기고 있다는 느낌이 들었다. 나아가 나의 뿌리나 생명에 대한 허무감을 느끼게 만들었다. 당연히 침해받고 있는 존재라는 느낌이 들 밖에. 〈광장〉의 이명준을 비롯한 내 소설 속 등장 인물들은 일정 부분 내 삶과 맥락이 닿아 있다. 내 기억과 삶의 양상이 내 작품 속에 담기는 것은 당연한 것 아닌가?

194

2. 〈광장〉을 배울 때 가장 중요하다고 강조된 부분은 '밀실'과 '광장'의 의미였다. 하지만 읽을수록 광장이나 밀실의 의미가 모호하다. '광장'이 열린 공간, 사회적 삶의 공간으로 본다고 하면, '밀실'은 갇힌 공간, 내면적이고 은밀한 삶으로 해석될 것이다. 하지만, 결론적으로 광장도, 밀실도 주인공 명준에겐 해결책이 되지 못한다. 이런 점에서 참된 광장의 의미가 무엇인지, 이와 대비되는 밀실의 의미는 어떤 것인지 이해하기 어려웠다. 이 부분에 대해서 작가가 의도한 대로 대답해 주길 바란다.

〈광장〉은 네 번이나 작품에 수정을 가했을 만큼 특별히 아끼는 작품이다. '저 빛나는 사월이 가져온 새 공화국에 사는 작가의 보람을 느낍니다'라는 감격적인 진술이 지금도 귓가에 맴돌고 있다. 이 작품에서 나는 당시의 현실을 '밀실'과 '광장'이라는 관념으로 치환했다. 그것은 자본주의와 사회주의라는 두 이데올로기를 관념화한 모습이기도 하다. 애인의 침대에다 장갑이나 라이터를 둘 수 있는 세계가 '밀실'이라면 '광장'은 공동체를 표상한다. 그러고 보니 자유와 평등이라는 개념과도 연결되는 것 같다. 사실 인간에게 이러한 두 공간은 모두 필요하다. 인간을 이 두 가지 공간의 한쪽에만 가두어버릴 때 그는 살 수 없다. 그럴 때 광장에 폭동의 피가 흐르고 밀실에서는 광란의 부르짖음이 새어나온다. 그런 점에서 이명준이란 인물은 실패한 인물일 수도 있다. 하지만 나는 이 작품을 통해 그가 열심히 살고 싶어한 사람이며 풍문에 만족하지 않고 늘 현장에 있으려고 한 마음을 다만 이야기하고 싶었다.

경주, 아름답지만 고단한 풍경

동리와 목월

저의 종교적인 관심은 어릴 때 마음속에 생겨난, 죽음의 문제에 대한 고민에서부터 였습니다. 처음에 교회에 다니기도 했는데 근대문학 작품들을 다 읽고 나니까 상당히 허무주의 쪽으로 빠져버렸습니다…… 그러는 동안에 인간은 구원되어야 한다는 생각을 가지게 되고, 구원의 구체적인 방법은 몰라도 인간의 문제를 신과의 관계에서 추구하는 경향을 갖게 되었지요.

_김동리의 문학잡지 인터뷰 부분

1913년 경주시 성전리 186번지에서 태어난 김동리는 부모의 불화로 원만치 않던 유년 시절, 두 사람의 죽음을 지켜보게 된다. 소꿉동무인 선이의 죽음과 고종사촌 누이 남순이의 죽음이 그것이다. 이러한 일은 그로 하여금 어릴 때부터 죽음에 대해 고민하게 한다. 개인적인 죽음의 체험과 신라 천년의 전설이 수없이 어려 있는 경주의 산하는 동리 문학의 중추적인 의미망을 형성한다. 나아가 식민지 시대 말기라는 절망적인 민족 상황도 이러한 경향으로 이끈 동기가 되었다. 어릴 적부터 줄곧 이어져온 죽음에 대한 고민을 거의 모든

형산강 애기소
푸른 강물에 모화의 넋이 잠겨 있었다. 어딘가에 징 울리는 소리. '엇쉬! 귀신아, 물러가라.'

종교를 섭렵하고 난 뒤 마지막으로 도달한 무속 신앙을 통해 해결하고자 했을 수도 있다. 〈무녀도〉를 통해 그려진 무속신앙의 신은 오히려 새로운 인간형의 양상이기도 하다.

사람뿐 아니라 돼지, 고양이, 개구리, 지렁이, 고기, 나비, 감나무, 살구나무, 부지깽이, 항아리, 섬돌, 짚신, 대추나무 가지, 제비, 바람, 구름, 바람, 불, 밥, 연, 바가지, 다래끼, 솥, 숟가락, 호롱불…… 이러한 모든 것이 그녀와 서로 보고, 부르고, 말하고, 미워하고, 시기하고, 성내고 할 수 있는 이웃 사람같이 생각되곤 했다.

_김동리, 〈무녀도〉 부분

주인공 무당 모화는 모든 자연물과 교감하며, 조화를 이룬다. 모화는 그러한 대상을 신이라 부르지 않고 님이라고 부른다. 님이라는 이름에는 신과는 다르게 우리에게 훨씬 친밀감과 보편성으로 다가온다. 모화에게 있어서 신은 곧 인간의 형상이기도 하다. 결국 동리는 〈무녀도〉를 통해 새로운 성격의 신과 새로운 형의 인간을 창조해야 한다고 믿고 그것을 샤머니즘의 인간으로써 시도했던 것이다.

문학기행단 일행은 개교 기념일을 맞아 대구 경북 문화의 요람, 동리의 고향인 경주를 찾았다. 가뭄이 기승을 부리는 그해 봄, 오랜 만에 부슬부슬 내리는 봄비를 맞으며 경주로 차를 몰았다. 저녁 늦게야 숙소에 도착했다. 숙소에서 바라본 경주는 안개비에 흐려져 있었다. 안개에 젖은 가로등 불빛들이 우리들의 심금을 울리고 있었다. 언제나 그렇지만 고도를 방문한다는 것은 기쁨보다는 아쉬움과 서러움의 정서가 주조를 이루는 모양이다. 경주에서 가장 맛있다는 궁중 전골의 향내에 취해 모두들 소주잔을 기울이며 고도古都의 정서에 빠져들었다.

다음 날, 비가 그친 하늘은 맑았다. 성전리 동리 생가를 찾으려고 노력했지만 시간만 허비하고 실패했다. 세월은 모든 것을 변하게 만들고 말았다. 황성공원을 뒤로 하고 새로 난 도로를 한참 달리다가 갑자기 도로변에서 멈춘 곳, 도로 옆에는 강물이 흐르고 있었다. 누가 먼저인지도 모르게 바라본 강 건너편에는 무너질 듯한 절벽이 병풍처럼 강을 막아서 있었다. 바로 그 아래가 김동리의 〈무녀도〉의 배경이었던 애기소였다. 작은 연못이나 저수지로 상상을 했지만 애기소는 강물 중간에 위치하고 있었다. 애기소 너머에는 철길이 이어져 있고 곳곳에 늪지가 조성되어 잡풀로 가득했다. 다리를 건너 강가로 난 작은 길을 따라 애기소로 내려갔다. 애기소는 생각했던 것보다 깊었다. 끝이 보이지 않는 검은 아가리를 벌리고 방문객들을 맞았다. 어디선가 징소리가 나면서 '엇쇠! 귀신아, 물러가라'는 모화의 굿소리가 들려오는 듯했다. 변하는 시간의 흐름을 돌려 세우려는 모화의 목소리가 한없이 고단하게 들렸다. 문학의 고향이면서도 전혀 알려지지 않은 곳, 오히려 이런 곳을 찾아드는 것이 문학 기행의 진정한 의미가 아닐까 하는 생각이 들었다.

목월 노래비가 있는 황성공원이 가까웠다. 노래비 앞에서 우리들은 송아지 노래를 나름대로 개사하여 부르는 흥겨움에 젖다가 공원 가득 피어오른 이팝나무꽃 향기에 취해 버렸다. 빽빽한 아름드리 소나무 아래를 산책하면서 넘쳐 흐르는 문학에 대한 열정으로 몸부림을 치기도 했다.

박목월은 1916년 1월 6일 경상북도 월성군 서면 건천리의 모량이란 마을에서 박준필 씨의 4남매 중 맏이로 태어났다. 본명은 영종이며, 소국이라는 아호로 불리기도 하였다. 목월의 부친은 대구 농업학교를 나와 경주 수리조합 이사로 근무하고 있었고, 모친은 열렬한 기독교 신앙을 지니고 있었으며 그에 입각하여 자녀들을 교육시키고 보살폈다. 〈산그늘〉 등으로 정지용의 추천을 받아 등단한 이래 목월은 김소월과 김영랑을 잇는 향토적 서정성과 민요조의 율격을 수용하여 자신만의 향기를 부여하였다. 시간이 허락하지 않아 모량에는 들르지 못하고 토함산 불국사 옆 석굴암 오르는 산자락에 자리 잡은 동리·목월 문학관으로 발길을 돌렸다.

산자락에는 소나무 향기로 가득했고 어디선가 꾀꼬리 소리가 들려오는 듯했다.

황성공원 목월노래비
국민동요 '송아지'가 새겨진 목월노래비.
경주 문인들이 가져다 놓은 꽃바구니가 쏟아지는 햇살에 시나브로 빛났다.

송화松花 가루 날리는 외딴 봉우리

윤사월 해 길다 꾀꼬리 울면

산지기 외딴 집 눈 먼 처녀사

문설주에 귀 대고 엿듣고 있다

_박목월, 〈윤사월〉 전문

200

이따금 꾀꼬리의 울음소리가 들려오는 어느 한가로운 윤사월의 대낮, 노란 송화 가루가 바람에 날리는 외딴 봉우리 한구석에는 산을 지키는 산지기의 집이 한 채 외롭게 서 있다. 그 집에는 산지기의 딸인 눈 먼 처녀가 살고 있는데, 봄의 아름다운 풍경을 볼 수 없는 그녀는 문설주에 기대어 꾀꼬리의 울음소리를 들으며 봄의 아름다운 풍경을 상상하고 있다. 한 폭의 그림이 그려지지 않는가? 아름답지만 슬픈 풍경이 아닌가. 눈 먼 처녀는 아픈 현대사를 살았던 목월의 고단한 자화상인지도 모른다.

동리·목월 문학관은 조용했다. 평일이어서 방문객도 거의 없었다. 문학관 주변 전부를 시화들로 채워 놓았다. 문학관 오른편에 우뚝 선 아사달 아사녀의 사랑을 담은 탑이 이채로웠다. 저 조각이 왜 저기에 서 있어야만 하는 것일까? 오히려 불국사 주차장 근처가 어울리는 장소가 아닐까? 하는 생각을 하면서 문학관 안으로 들어갔다. 문학관 왼편이 '동리 문학관'이고, 오른편이 '목월 문학관'이었다. 대부분의 문학관과 크게 다르지 않았다. 일생이 정리되어 있고 친필 원고, 저술한 책자, 유품들이 전시되어 있었다. 단지 문학적인 삶의 양상을 가능하면 경주라는 도시와 연결하기 위해 애쓴 흔적들이 곳곳에 남아 있을 뿐이었다. 다시 문학관 마당에 섰다. 거기에서 바라본 토함산이 안개에 흐려져 있었다. 고단한 시대를 고단하게 살다간 사람들도 불국토의 세상을 그리며 산을 오르내렸을 것이라는 생각을 하면서 가슴 가득 풍경을 흡입했다.

1. 당신들의 공통점은 식민지 시대 말기라는 절망과 질곡의 시대에 현실과는 단절된 영역으로 도피했다는 점이다. 한 사람은 자연으로, 한 사람은 근원적인 시간으로. 거기에 대해서 말해 달라.

- **동리** : 평론가인 유진오는 '구세대는 불행하고 신세대는 행복하다. 왜냐하면 신세대들은 이전 세대들이 고민했던 민족이나 사회 문제 등에 대해 전혀 고뇌하지 않고 다만 개인적인 문제에만 관심을 기울이기 때문이다. 그런 점에서 볼 때 신세대들은 순수하지 못하다' 고 비판했다. 물론 신세대에는 나도 포함되어 있다. 그러나 순수란 문화의 자율성을 지키는 일인데, 문학이 다른 것의 수단이 된다면 그것이 오히려 순수하지 못하다. 따라서 내가 종교와 삶의 본질, 인간과 신의 문제에 천착한 것은 결코 도피한 것이 아니다. 나는 문학의 본질을 향해 열심히 걸어갔을 뿐이다.
- **목월** : 식민지 시대 말기는 분명 절망과 질곡의 시대였다. 하지만 내 개인에게는 시인이라는 이름이 붙여지는 출발점이기도 했다. 민족에게 주어진 절망은 내 의지로 넘어설 수 없을 만큼 지독했다. 결국 내가 선택한 것이 자연이었고, 그것은 결국 어두운 현실을 초월하고 싶은 욕망을 드러낸 것이다. '경주' 라는 독특한 고풍의 도시가 지닌 풍경과 정서도 그러한 나의 선택에 큰 영향을 주었으리라 생각된다. 그것이 반드시 도피라는 말로 표현되어야 하나?

2. 〈나그네〉에서는 구름에 달 가듯이 가는 나그네가 일제 하의 '우리 민족 또는 우리 민족의 정신(얼)' 을 표상하고 있다고 들었다. 그 이유가 무엇인지 설명해 달라. 한편, 〈나그네〉가 친일시라는 설도 있다. 전란으로 인해 민심이 사그라들고, 보릿고개도 간신히 넘기는데, 백성들은 목구멍에 풀칠도 할 수 없던 시대였다. 그런데 '술익는 마을' 에 '타는 저녁놀' 이 무슨 소리냐는 입장인데 여기에 대한 해명은?

하나의 작품을 바라보는 시선이 다양한 것은 당연하다. 이미 다른 생각을 지닌 독자의 시선으로 작품을 바라보기 때문이다. 사실 〈나그네〉는 친구였던 조지훈이 준 〈완화삼〉이란 시에 대한 답시였다. 〈완화삼〉에 담긴 마음과 정서는 그대로 담고 내 언어가 지닌 특징을 드러내고 싶었다. 그러한 정서가 우리 민족의 고유한 정서와 합치되었을 뿐이다. 그런 점에서 찬사가 존재한다면 그것은 오히려 조지훈에게 돌려야 한다. 당시가 전란으로 고통스러운 시대였는데 아름다운 자연을 묘사했다고 해서 폄하하는 주장에는 동의할 수 없다. 시라는 양식이 근본적으로 지닌 꿈을 노래한다는 점을 생각해 달라.

3. 〈사반의 십자가〉는 크게 예수를 중심에 두는 입장과 사반을 중심에 두는 입장으로 나뉜다.
   이러한 양측의 대비되는 의견에 대해서 저자인 본인은 어떻게 생각하는가?

사반이 중심인가? 예수가 중심인가? 물론 그 판단의 몫은 독자에게 있다. 나에게 있어 〈사반
의 십자가〉는 작가 생활 삼십오 년 만에 처음으로 작품을 가졌다는 자부심을 느끼게 했던 작
품이다. 내가 이 작품을 통해 그리고 싶었던 것은 휴머니즘이다. 벌써 내 의도를 말해 버린 셈
인가? 나는 고대 그리스의 이성적 인간 정신을 제1기 휴머니즘, 중세 르네상스 이후의 인간
중심주의를 제2기 휴머니즘, 동양 중심의 개성과 인간성 존중의 휴머니즘을 제3기 휴머니즘
이라 명명했다. 작품 속에서 예수와 사반은 끝내 화해하지 못한다. 하지만 사반과 예수 중에
서 누가 옳으냐 따지는 것은 무의미하다. 나는 오늘날의 인간 중심주의가 낳은 불안과 허무
와 혼돈의 풍토를 극복하기 위해 인간과 신이 다 함께 한 번씩 거듭날 필요가 있다고 생각한
다. 결국 사반과 예수를 통합함으로써 새로운 인간관을 만들어 나가야 하는 것이다. 그것이
제3기 휴머니즘이 추구하는 방향이다.

길은 아름답다

떠남이 만나는 길임을 깨달으면서 비우는 것이 채우는 것임을 깨달으면서
난 내 삶이 두 개의 다른 죽음 사이에 말이음표처럼 놓여 있다는 걸 인식했나.
비워놓고 사는 것이 진실을 채우는 길임을…….
그렇다.
남해 금산이 우리에게 가르치는 사랑은 슬프지만 아름다운 사랑이다.
사랑은 차마 마주보지 못하고 그 사람의 그림자에 시선이 머무는 행위이다.
그러면 그 사람의 마음이 내 안에 무늬를 그린다.
나를 지켜보는 누군가를 위해 하나의 사물이 되어 존재할 수 있는 것,
그것이 사랑이다.

바다, 생명, 문학, 그리고 통영

백석

구마산舊馬山의 선창에선 좋아하는 사람이 울며 나리는 배에 올라서 오는 물길이 반날

갓 나는 고당은 가깝기도 하다

바람맛도 짭짤한 물맛도 짭짤한

전복에 해삼에 도미 가재미의 생선이 좋고
파래에 아개미에 호루기의 젓갈이 좋고

새벽녘의 거리엔 쾅쾅 북이 울고
밤새껏 바다에선 뿡뿡 배가 울고

자다가도 일어나 바다로 가고 싶은 곳이다

_백석, 〈통영〉 앞 부분

멀리 내려다 본 통영항

　잠시도 마음을 놓을 수 없을 정도로 바쁘게 지낸 2006년을 보내고 2007년 새해 첫 여행지로 통영을 선택했다. '바람맛도 물맛도 짭짤' 하고 '전복, 해삼, 도미, 가재미 같은 생선' 도 좋고 '파래, 아개미, 호로기의 젓갈' 도 맛있고 '거리엔 쾅쾅 북' 이 울고 '바다에선 뿡뿡 배' 가 우는 곳. 정말 통영은 자다가도 벌떡 일어나 바다로 달려가고 싶은 곳이다. 이미 몇 번이나 다녀온 곳이지만 통영은 여전히 나에게 꿈의 여행지다. 사춘기 시절, 유치환의 〈행복〉을 읽고 통영에 가서 바다가 내려다보이는 우체국 창가에 앉아 편지를 쓰는 풍경을 자주 그렸다. 대학에 와서 김춘수의 〈처용단장〉을 읽으면서 3월의 바다에 내리는 눈을 바라보며 물개의 수컷이 우는 소리를 듣고 산도화에 살포시 내려앉는 눈송이를 지켜보고 싶었다. 대학 4학년 때 졸업 논문을 생각하면서 백석의 〈통영〉에 매료되기도 했다. 박경리의 〈김약국의 딸들〉을 읽으면서 아름다운 대상이 오히려 슬플 수도 있다는 생각에 빠지기도 했다. 하지만 이상하게도 통영은 나에게 멀었다. 만날 수 있는 기회가 그리 쉽게 주어지지 않았다. 하지만 아무리 비켜가려고 해도 스치지 않고서는 지나갈 수 없는 길이 존재했던

208

모양이다. 그 계기를 마련한 것은 오히려 문학과는 거리가 있을 법한 이순신이었다. 민족을 누란의 위기에서 구한 구국의 영웅 이순신이 아니라 평생을 고뇌 속에서 살아간 인간 이순신에게 감동을 느끼면서 나는 그분의 흔적을 찾아다녔다. 그 흔적의 한 가운데에도 바로 통영이 있었다.

통영은 바다에서 시작해서 바다로 끝나는 곳이다. 비릿한 바다 내음이 곳곳에 머물러 존재한다. 바다 내음은 '소리 없는 아우성'처럼 통영 사람들의 영혼과 육신 속에서 숨을 쉰다. 세월에 세월이 밀리면서 많은 것들을 변화시켰지만 통영은 여전히 아름답다. "겨울에도 영하로 내려가는 일이 거의 없어요."라는 시장 아주머니의 목소리에도 통영에 대한 자부심이 담겨 있다. "여기서 바라보는 통영항이 가장 명품이지요."라는 남망산 조각공원에서 만난 공원 관리인에게도 통영 사랑이 느껴진다. 청마문학관 앞에서 사진을 찍으며, "생명을 노래한 청마의 본질은 바로 통영의 마음이기도 하지요."라고 하던 지방 예술가의 통영 자랑도 각별했다. 김춘수 생가에서 만난 주인 아주머니, 청마거리에서 커피를 나누었던 대학생, 중앙 우체국 주차장 관리 아저씨, 박경리 생가를 찾아 골목길을 방황하다가 만났던 수퍼 주인 아저씨, 미륵도 달아공원에서 시화를 팔고 계시던 할아버지, 충렬사, 세병관 등에서 만났던 여러 사람들. 그 모두의 마음에도 통영의 푸른 바다가 담겨 있었다. 그런데 아직도 난 가보지 못한 곳이 많다. 시조시인 김상옥과 관련된 곳, 화가 전혁림의 그림이 전시된 전혁림 미술관, 음악가 윤이상의 생가터, 통영운하의 아름다운 야경, 중앙시장의 싱싱한 바다고기 등은 아직 만나지 못했다. 그런 점에서 통영은 여전히 나에게는 미지의 땅인 셈이다. 그리움의 바다인 셈이다. 분명 무언가를 좋아한다는 것은 행복한 출렁거림이다. 이제 바다, 생명, 문학, 그리고 통제영의 고장 통영으로 가 볼까?

백석과 난이의 사랑 이야기

백석의 〈통영〉

평안도 정주에서 태어난 백석이라는 시인으로부터 통영 이야기를 시작하는 것이 아이러니하다. 어쩌면 통영 사람이 아니면서도 가장 통영 사람을 닮은 사람이 바로 백석이다. 백석의 통영 사랑은 각별하다. 그의 시에는 〈창원도〉, 〈고성가도〉, 〈삼천포〉, 마지막으로 〈통영〉까지 남쪽 지방의 지역명이 많이 나온다. 경상북도 영일에서 태어나 대구에서 오랫동안 살아온 내가 통영을 그리는 마음도 백석과 다르지 않을 게다.

옛날에 통제사가 있었다는 낡은 항구의 처녀들에겐

아직 옛날이 가지 않은 천희라는 이름이 많다

미역오리같이 말라서 굴껍질처럼 말없이 죽는다는

이 천희의 하나를 나는 어느 오랜 객주집의

생선가시가 있는 마루방에서 만났다

저문 유월의 바닷가에선 조개도 울을 저녁

소라방등이 불그레한 마당에 김냄새 나는 비가 나렸다

유월의 바다에 내리는 비는 쓸쓸하다. 특히 옛날에 통제사가 있었다는 낡은 항구의 천희라는 이름을 지닌 처녀들에겐 더욱 그렇다. 쓸쓸함은 '미역오리 같이 말라서 굴껍질처럼 말없이 죽는다' 는 표현에서 더욱 배가된다. 백석은 아직도 만나지 못한 통영을 연민의 시선으로 바라본다. 아직 백석에게 있어 통영은 마른 굴껍질이었고, '생선가시가 있는 마루방' 이었고, '김냄새 가는 비가 내리는' 곳이었고, '낡은 항구' 였던 셈이다.

하지만 백석은 1935년 6월 통영을 직접 방문한다. 그 당시 같은 직장(조선일보)에 다니던 친구 신중현의 결혼식에 참석하기 위해서였다. 그 자리에서 백석은 영원한 연인이 된 통영 처녀를 만나 첫눈에 반해 버린다. 그녀가 바로 '난' 이다. 당연히 통영을 그리는 백석의 언어도 달라진다. 이제 통영은 백석에게 비가 내리는 쓸쓸한 풍경이 아니라 북소리가 들리고 뱃고동이 우는 살아 있는 풍경으로 다가온다. 당연히 그것은 사랑하는 여인에 대한 그리움의 다른 표현이리라. 백석은 그 해 겨울 두 번째로 통영을 방문한다. 시 내용을 볼 때 구마산 선창에서 배를 타고 통영항으로 가는 여정이었으리라. 사랑하는 사람이 살고 있는 통영은 이미 '자다가도 일어나 바다로 가고 싶은 곳' 이 되어 있었다. 차가운 겨울바다의 바람도 백석의 마음을 가로막지 못했다.

산 너머로 가는 길 돌각담에 갸웃하는 처녀는 금錦이라는 이 같고
내가 들은 마산馬山 객주집의 어린 딸은 난蘭이라는 이 같고

난이라는 이는 명정明井골에 산다는데

명정골은 산을 넘어 동백나무 푸르른 감로 같은 물이 솟는 명정 샘이 있는 마을인데

샘터엔 오구작작 물을 긷는 처녀며 새악시들 가운데 내가 좋아하는 그이가 있을 것만

같고

내가 좋아하는 그이는 푸른 가지 붉게붉게 동백꽃 피는 철엔 타관 시집을 갈 것만 같

은데

긴 토시 끼고 큰머리 얹고 오불고불 넘엣거리로 가는 여인은 평안도서 오신 듯한데

동백꽃이 피는 철이 그 언제요

옛장수 모신 낡은 사당의 돌층계에 주저앉아서 나는 이 저녁 울듯 울듯 한산도 바다

에 뱃사공이 되어가며

녕 낮은 집 담 낮은 집 마당만 높은 집에서 열나흘 달을 업고 손방아만 찧는 내 사람을

생각한다

하지만 이 방문에서 백석은 사랑하는 여인 '난'을 만나지 못한다. 명정골에 살았던 '난'이는 개학 준비를 하느라 서울로 떠나버리고 없었다. 그래도 백석은 그녀가 사는 명정골을 찾아간다. 명정골은 지금의 통영시 명정동이다. 사랑하는 사람들이 모두 그러하듯이 백석도 그녀가 사는 곳이 어디인지 궁금했을 것이며 그녀가 사는 마을이 보고 싶어 찾았을 게다. 결국 백석은 '옛장수 모신 낡은 사당의 돌층계에 주저앉아서' '울듯 한산도 바다에 뱃사공이 되어' 어긋나 버린 길 끝자락에서 그저 '손방아만 찧다' 돌아서야 했다.

어쩌면 백석은 이미 '난'이와의 사랑이 이루어질 수 없음을 예상한 것인지도 모른다. 시에서 '내가 좋아하는 그이는 푸른 가지 붉게붉게 동백꽃 피는 철

엔 타관 시집을 갈 것만 같다'고 표현했다. 결국 백석의 사랑은 이루어지지 않는다. 조선일보에서 함흥 영생고보 영어 교사로 직장을 옮긴 백석은 1936년 12월 자신의 사랑하는 마음을 주체하지 못해 '난'의 부모를 찾아가 '난'과의 결혼을 허락해 달라고 말하지만 끝내 거절당하고 만다. 뒤이어 '난'은 파혼 상태였던 친구 신중현과 결혼을 해 버린다.

통영장 낫대들었다

갓 한닢 쓰고 건시 한 접 사고 홍공단 댕기 함감 끊고 술 한 병 받어들고
화륜선 만저보려 선창 갔다

오다 가수내 들어가는 주막 앞에
문둥이 품바타령 듣다가

열이레 달이 올라서
나루배 타고 판데목 지나간다 간다

_백석, 〈통영統營 —남행시초2〉 전문

청혼을 했으나 거절당하고, 자신의 절친한 친구에게 사랑하는 사람을 잃은 백석의 마음은 어떠했을까? 그런 마음을 통영에서 서울로 가는 길에 남긴 백석의 시 〈통영統營 —남행시초2〉에서 짐작하는 것은 무리일까? 큰 장이었던 통영장을 구경하면서도, 품바타령을 들으면서도 그는 열이레 달을 보면서 '판데목'을 조용히 지나간다. 통영장의 흥청거림도 품바타령의 흥겨움 앞에서도

백석은 그냥 관찰자일 뿐이다. 같은 남행시초에서 보여주었던 찬사 '승냥이 줄레줄레 달고가며 / 덕신덕신 이야기하고 싶은 길이다' (창원도), '어쩐지 당홍치마 노란저고리 입은 새악시들이 / 웃고 살을 것만 같은 마을이다' (고성가도), '아 모도들 따사로히 가난하니' (삼천포)와는 달리 전혀 자신의 감정을 드러내지 않는다. 하고 싶은 말을 모두 안으로 삭이는 엄청난 절제. 어쩌면 그 절제 속에서 백석의 울음은 더욱 절절했을지도 모른다.

　지금도 명정골의 우물은 맑디맑음을 자랑하지만 명정동 산복도로가 나는 바람에 충렬사와 명정 우물 사이가 떨어져 버렸다. 하지만 새로 난 도로를 사이에 두고 그 세월만큼이나 오래도록 백석은 충렬사 그 돌계단 위에 앉아서 사랑하는 여인 '난'이가 명정골 우물에서 빨래하는 모습을 지켜보고 있다는 느낌이 들었다. 우물터로 향했다. 일정日井과 월정月井이라는 이름을 지닌 두 개의 우물이 나란히 앉아 있었다. 사용하지 않아 몇 개의 쓰레기가 보이긴 했으나 우물물은 여전히 맑았다. 그 옆에는 빨래터였을 법한 공터도 여전히 남아 있었다. 통영 사람들은 절대로 이 길로 상여를 보내지 않는다고 했다. 상여가 지나가면 우물물이 흐려지고 그 해 흉년이 든다는 것이다. 충렬사 앞으로는 네거리가 위태롭게 만들어져 있다. 아마도 충렬사로 인해 네거리를 반듯하게 정리하지 못한 듯하다. 충렬사 계단에 앉아 잠시 상상에 빠졌다. 이루지 못한 사랑으로 아파했던 백석의 마음이 가슴 한켠으로 밀려 들어왔다. 그리고 그의 아픔이 담긴 시를 다시 읽었다.

　그렇건만 나는 하이얀 자리 우에서 마른 팔뚝의

　새파란 핏대를 바라보며 나는 가난한 아버지를 가진 것과

　내가 오래 그려오든 처녀가 시집을 간 것과

214

그렇게도 내가 살틀하든 동무가 나를 버린 일을 생각한다.

내 사랑하는 어여쁜 사람이

어느 먼 앞대 조용한 개포가의 나지막한 집에서

그의 지아비와 마주 앉아 대구국을 끓여놓고 저녁을 먹는다

벌써 어린 것도 생겨서 옆에 끼고 저녁을 먹는다

1938년 백석은 다시 서울로 돌아오지만 1940년 만주로 떠난다. 물론 그 사이에 '자야'라는 기생과 뜨거운 사랑에 빠진다. 그리고 그는 완전히 잊혀져 1988년 해금되기 전까지 우리 문학사에 이름조차 언급되지 않은 인사가 되고 만다.

1. 문학사에서 사라졌던 당신이 많은 시간이 흐른 다음에 다시 우리들에게 작품으로 다가왔다. 신드롬이라고까지 불리는 당신에 대한 관심의 이유는 무엇이라고 생각하나?

단지 북한으로 간 시인이라는 이유로 이름조차 잃어버린 나에 대한 연민과 호기심, 그리고 아무래도 냉전시대의 단순 재단이 조금씩 약화되는 시대 흐름 때문이지 않았겠나? 나아가 난이와의 사랑, 자야와의 사랑이 인구에 회자되면서 나에 대한 관심을 증폭시켰고, 결국 그렇게 다가간 내 작품들이 예상했던 것보다 훌륭했다고 평가된 때문이지 않겠나? 동향이었던 김소월이 지닌 이루지 못한 사랑을 노래하는 아름다운 한恨의 정서와는 조금 방향이 다른 삶의 실체가 던지는 가난과 병, 그리고 가족에 대한 그리움 등이 보여주는 사실적인 한恨도 공감을 얻은 것 같다.

2. 〈나와 나타샤와 흰 당나귀〉라는 시가 있는데 이 시에 대해 말해 달라.

통영 처녀 난이와의 사랑에 실패하고 나는 함흥 영생여고 교사들 회식 장소에서 기생이었던 진향(자야)을 만났다. 나는 진향의 미모와 총명함에 반하여 바로 옆자리에 앉히고 손을 꼭 잡고 속삭였다. "오늘부터 당신은 나의 영원한 마누라야. 죽기 전에 우리 사이에 이별은 없어요." 함흥에서의 운명적 만남, 그리고 사랑, 이별과 해후의 반복, 사랑을 위한 현실 외적인 도피. 그때 내 나이 스물여섯이었다. 나는 퇴근하면 으레 진향의 하숙집으로 가 밤을 지새곤 했다. 나는 진향이 사들고 온 《당시선집》을 뒤적이다가 이백의 시 〈자야오가子夜吳歌〉를 발견하고는 그녀에게 '자야子夜'라는 아호를 지어주었다. 나는 자야를 따라 함흥에서 서울로 올라와 청진동에서 살림을 차렸다. 혼례만 치르지 않았을 뿐 부부와 똑같았다. 두 사람의 사랑은 뜨거웠지만 시대 환경은 어렵고 차가웠다. 고향의 부모는 기생과 동거하는 아들을 못마땅하게 생각해 나를 자야에게서 떼어놓을 심사로 결혼을 시키기로 했다. 나는 부모의 강요에 의해 고향으로 내려가 부모가 정한 여자와 혼인을 하지만 손목 한번 잡아보지 않고 도망쳐 나와 자야 품으로 돌아왔다. 이런 식으로 강제 결혼을 하고 다시 도망치기를 세 차례. 자식으로서 부모에 대한 효와 사랑하는 이와 함께 하고 싶은 열망 사이에서 나는 괴로워하고 갈등했다. 나는 봉건적 관습에서 벗어나기 위해 자야에게 만주로 같이 도피 하자고 설득하지만 자야는 이를 거절했다. 나는 만주로 떠나는데 그것이 그녀와의 마지막이었다. 이 시는 바로 그녀와의 사랑을 노래한 시다. 어느 시인이 우리 사랑을 시로 노래했다. 고마운 일이어서 옮겨본다.

여기서는 실명이 좋겠다
그녀가 사랑한 남자는 백석白石이고
백석이 사랑했던 여자는 김영한金英韓이라고

한데 백석은 그녀를 자야子夜라고 불렀지
이들이 만난 것은 20대 초
백석은 시 쓰는 영어 선생이었고
자야는 춤추고 노래하는 기생이었다

그들은 죽자사자 사랑한 후
백석은 만주땅을 헤매다 북한에서 죽었고

216

자야는 남한에서 무진 돈을 벌어
길상사에 시주했다

자야가 죽기 열흘 전
기운 없이 누워 있는 노령의 여사에게
젊은 기자가 이렇게 물었다

천억을 내놓고 후회되지 않으세요?
무슨 후회?

그 사람 생각 언제 많이 하셨나요?
사랑하는 사람을 생각하는데 때가 있나?
기자는 어리둥절했다
천금을 내놨으니 이제 만복을 받으셔야죠 '그게 무슨 소용있어' 기자는 또 한번 어리둥절했다
다시 태어나신다면?
'어디서? 한국에서?
에 한국?
나 한국에서 태어나기 싫어
영국쯤에서 태어나서 문학 할 거야'

그 사람 어디가 그렇게 좋았어요?
'1000억이 그 사람 시 한 줄만 못해.
다시 태어나면 나도 시 쓸 거야'
이번엔 내가 어리둥절했다

사랑을 간직하는데 시밖에 없다는 말에
시 쓰는 내가 어리둥절했다

_이생진, 〈그 사람을 사랑한 이유(백석의 여인1-자야의 사랑)〉 전문

푸른 해원을 향하여 흔드는 깃발

유치환의 〈깃발〉

명정골에서 남망산 조각공원으로 차를 몰았다. 통영에 왔으니 당연히 청마 유치환의 문학을 만나야 할 터였다. 통영시청 홈페이지에서 안내한 여정을 따르지 않았다. 산 중턱에 자리 잡은 시민문화회관에서 행사가 열리는지 주차할 공간을 찾지 못해 무척 애를 먹었다. 시민문화회관 앞에서 내려다본 통영항과 통영 시내의 풍경이 정겨웠다. 바람 한 점 없는 항구는 잠잠하다 못해 잠을 자는 듯이 편안하게 누워 있었다. 시민문화회관 아래편에는 세계 15명의 조각가가 만든 조각품이 전시되어 있었다. 몇 장의 기념 사진과 함께 통영항을 카메라에 담았다. 청마 유치환의 〈깃발〉 시비는 바로 조각공원 위쪽에 있었다. 시비는 고풍스런 모습으로 고즈넉하게 서 있었다. 1972년도에 세워졌으니 30년 가까이를 이곳 통영의 바다 언덕 위에서 세월과 해풍을 견뎌낸 셈이다. 시비 뒤쪽 언덕 아래에서 갑자기 달려오는 푸른 바다. 청마에게 바다는 슬프고도 아름다운 그리움의 표상이었다. 지상에 매여 있을 수밖에 없는 아픈 운명의 푯대 끝에서 날개를 편 백로의 슬프고도 애달픈 마음의 근원은 무엇이었을까?

이것은 소리 없는 아우성

저 푸른 해원海原을 향하여 흔드는

영원한 노스텔지어의 손수건

순정은 물결같이 바람에 나부끼고

오로지 맑고 곧은 이념理念의 푯대 끝에

애수哀愁는 백로처럼 날개를 펴다.

아! 누구인가?

이렇게 슬프고도 애닲은 마음을

맨 처음 공중에 달 줄을 안 그는.

_유치환의 〈깃발〉 전문

감상적이라고 할 만큼 높이 승화된 감정의 언어들이 하나의 영원한 대상을 찾아서 부르고 있다. 청마는 바닷가에 높이 서 있는 깃대와 펄럭이는 깃발에서 모티프를 찾아 시상을 전개하고 있다. 이른바 '깃발'이라는 구체적 모티프에다가 많은 추상적 의미를 결합시키면서 깃발의 의미를 드러내고 있는 것이다. '소리 없는 아우성' '노스텔지어의 손수건' '순정' '애수' '백로' '슬프고도 애닲은 마음' 등은 모두 깃발의 의미를 드러내기 위한 보조 관념들이다. 이로 인해 깃발이라는 일상적 사물이 지니고 있는 활기참과 희망보다는 오히려 슬픔과 애수가 짙게 배어져 나온다. 이러한 정서가 바로 청마의 기본적 정서이다. 깃발이 지니고 있는 이중적 모습, 즉 하늘을 향해 펄럭이지만 결국은 땅에 매달린 존재임을 인식하는 것이 청마의 슬픔이다. 그것은 꿈과 이상을 추구하지만 결국은 어려운 현실 앞에 굴복하고 마는 시인의 현실을 보여주는 것이 아닐까? '푸른 해원'은 결국 꿈일 수밖에 없는 저 먼 곳에 있다. 그래서 이

남망산 공원 청마시비
깃발은 비상을 꿈꾼다. 그러나 묶여진 한계를 넘어설 수 없다. 그것이 청마의 슬픔이기도 했으리라.

시는 오히려 더 슬프다.

사람들은 청마를 생명파 시인으로 부른다. 강렬한 삶의 의지를 남성적이고 힘찬 어조로 표현한 한문투의 그의 시들은 김소월과 서정주로 대변되는 한과 애상, 그리고 여성적 비극의 정조와는 다소 거리가 있다. 청마는 "나는 시인이 아닙니다. 만약 나를 시인으로 친다면 그것은 분류학자의 독단과 취미에 맡길 수밖에 없는 것이지요. 어찌 사슴이 초식 동물이 되려고 애써 풀잎을 씹고 있겠습니까?"라고 두 번째 시집 《생명의 서》의 서문에 썼다. 그만큼 그의 목소

220

리는 강하고 무겁다.

　벚나무와 소나무가 우거진 높이 80m의 남망산을 올라 남동쪽으로 가면 통영항이 보이는 북서쪽의 전망과는 달리 확 트인 한려수도의 절경을 볼 수 있다. 거북 등대와 한산도, 해갑도, 죽도 등의 풍경이 정말 한 폭의 그림처럼 다가온다. 공원 기슭에는 조선시대에 1년에 두 번 한산 무과의 과거를 보았다는 열무정의 활터와 무형문화재 전수관도 구경할 수 있다. 산꼭대기에는 1953년에 세워졌다는 이충무공의 동상이 서 있다. 경건하게 목례를 올렸다. 끊임없이 삶에 대한 강한 열정을 불태우면서도 내면의 진한 애수를 노래했던 청마, 어쩌면 그 애수의 본질을 찾을지도 모른다는 기대를 안고 중앙동 청마거리로 발을 옮겼다.

사랑하였음에 진정 행복하였네라

유치환의 〈행복〉

　　'청마거리'라는 표지판을 따라 많은 인파가 오가는 거리로 들어갔다. 보통 지방 도시의 중심가 풍경과 크게 차이가 나지 않는다. 중앙 우체국 건물이 보이고 그 옆 주차장에 차를 세웠다. 휴일이어서 우체국 문은 굳게 닫혀 있었다. 우체국 앞에 대리석으로 조형물을 만들고 청마의 시 〈행복〉을 새겨놓았다. 그것조차 없었다면 그냥 지나칠 수 있는 평범한 건물. 지금처럼 휴대폰도 이메일도 없던 시절, 아마도 청마는 그리움을 누군가에게 보내기 위해 이 건물 안을 수없이 드나들었을 게다. 자신의 마음이 담긴 편지를 보내고 걷잡을 수 없는 그리움을 달래기 위해 우체국 앞 선술집에서 술잔을 기울였을지도 모를 일이다. 세월은 그만큼 흘러버렸고 지난 시간의 흔적들도 지운다. 쓸쓸했다.

　　청마는 살아 있는 동안에 많은 여인들을 연모했고, 그 쉬지 않는 연정戀情으로 자신의 시를 창조했다. 어느 글에선가 "나의 생애에 있어서 이 애정의 대상이 그 후 몇 번 바뀌었습니다. 이 같은 절도 없는 애정의 방황은 나의 커다란 허물이 아닐 수 없습니다."고 고백했지만 사실 그에게 여인들이란 항상 얻지 못할 영혼이 요구하는 어떤 갈구의 응답과 같은 존재였던 셈이다. 그 중 청마

222

하면 떠오르는 여인은 단연 이영도이다.

청마는 1946년께 이윤수 시인 등과 함께 '죽순竹筍' 동인을 했다. 청마가 여류 시조시인 이영도를 처음 만난 것도 바로 '죽순' 동인을 통해서다. 당시 통영여중의 교사로 있던 이영도는 결핵으로 남편을 잃고 혼자였다. 첫눈에 사랑을 느낀 청마는 이영도를 향해 쉬지 않고 편지를 보냈고, 숱한 그리움의 시를 썼다. 하지만 이영도에 대한 사랑은 매우 고통스러운 사랑이었으리라. 아무리 연모해도 함께할 수 없는 사람이었으니까. 그의 가슴 속에 타오르는 그리움의 조각들은 가슴을 저미는 쓰라림으로 그를 찌르기도 했다. 결국 그러한 마음은 아름다운 그리움의 시를 만들어냈다.

세상의 고달픈 바람결에 시달리고 나부끼어

더욱 더 의지삼고 피어 헝클어진

인정의 꽃밭에서

너와 나의 애틋한 언분도

한 방울 연련한 진홍빛 양귀비꽃인지도 모른다.

(중략)

설령 이것이 이 세상 마지막 인사가 될지라도

사랑하였으므로 나는 진정 행복하였네라.

_유치환, 〈행복〉 부분

늦은 점심을 끝내고 청마문학관을 찾아 나섰다. 통영시청의 문화관광과를 통해 정량동 863-1번지라는 주소 하나를 달랑 들고 차를 몰았다. 남망산을

옆으로 끼고 돌아나가자 산등성이 한 면을 그대로 깎아 만든 듯한 가파른 층
계의 끝에 하얀 풍향계가 돌아가고 있었다. 통영기상대였다. 그 층계의 중간
쯤 왼편으로 생소한 초가지붕과 말쑥한 건물 한 채가 눈에 들어왔다. 청마문
학관. 아래서 보았던 초가는 문학관 개관과 함께 복원해 놓은 청마의 생가였
다. 원래 청마 생가는 태평동 522번지 소재였으나 도시계획상 도로에 편입되
는 바람에 바다가 내려다보이는 여기 망일봉望日峰에 당시의 생가를 복원, 청
마 삶터 및 문학관으로 개관하게 되었다고 했다. 생가에는 '柳藥局'이라는
당호가 붙어 있었다. 처마 밑에 주렁주렁 매달린 약재 포대들이 한약방을 하
시던 당시 부친의 이력을 고스란히 말해 주고 있었다. 하지만 휴일이라 문은
굳게 닫혀 있었다. 아쉬움을 견딜 수 없었으나 다음을 기약하면서 한 장의 사
진만을 남기고 발걸음을 돌렸다.

　일제 말기라는 극한 상황과 해방 공간의 격동, 또한 한국전쟁과 전쟁 이후
의 폐허라는 불행한 현대사 속에서 뜨거운 생명 의지를 통해 살아 있음의 허
무에 도전하고 그것과 처절히 맞싸워 이기려 했던 생명파 시인 유치환. '생
명'에 대한 열애熱愛란 결국 '인간'에 대한 열애이다. 그가 그토록 함몰되지
않으려 노력했던 '애련愛憐'도 결국 인간의 내면에서 솟아오르는 '인간'에 대
한 본질적인 그리움이 아니었겠는가?

1. 당신의 형 유치진은 대표적인 친일 문인으로 이름 나 있다. 당신의 시 〈일월〉의 입장에서 형
　의 삶을 비판한다면?

　무척 민감한 질문이다. 나도 〈수〉라는 글로 처음 친일 선상에 오른 이후 〈전야〉, 〈북두성〉과

같은 친일 문학을 발표한 적이 있는데 비판하라니 다소 부끄럽다. 그 시대가 사실 지조와 양심을 지키고 살기에는 너무 힘든 시간들이었다. 오죽하면 '죄인의 민족'이라는 표현을 사용하겠는가? 그렇다고 해서 나와 형의 행위가 정당화된다는 의미는 아니다. 단지 그렇다는 것이다. 나의 시 〈일월〉을 통해서 나와 형의 친일 행위를 평가한다면 결국 나와 형은 '원수에게 아첨하는 자'였을 뿐이다. '나의 원수와 / 원수에게 아첨하는 자에겐 / 가장 옳은 증오憎惡를 예비하였나니.'라고 하였으니 가장 옳은 증오를 받아야 하지 않겠는가?

2. 〈생명의 서〉에서는 참된 '나'를 찾지 못한다면 차라리 죽겠노라는 비장한 의지를 표명하고 있다. 이러한 의지를 드러낸 이유는?

자신의 지식이 독한 회의를 구하지 못하고 삶의 애증을 짐지지 못하여 병든 나무처럼 생명이 부대낄 때, 다시 말하면 삶이 너무나 어려울 때, '아라비아 사막'으로 가자고 했다. '아라비아 사막'은 삶에서 가장 힘든 곳이다. 이른바 고통과 번민의 절정 공간이다. 하지만 아라비아 사막은 더욱 힘들고 고통스런 공간이지만 오히려 현실을 다시 보고 그러한 현실을 더욱 열심히 살아가게 하는 구실을 하는 것이다. 그런 점에서 아라비아 사막은 재생의 공간이다. '한번 뜬 백일이 불사신같이 작열하고 일체가 모래 속에 사멸한 영겁의 허적' 그리고 '알라의 신만이 밤마다 고민하고 방황하는 열사의 끝'과 같은 절망적인 공간이지만 거기에서 오히려 현실적인 삶의 의미를 깨닫는 깨달음의 공간이다. 그러한 공간에 가면 분명히 운명처럼 본연의 나를 만나게 된다고 했다. 그렇게 하여 원시적인 생명력을 되찾지 못한다면 차라리 죽음도 불사하겠다는 의지를 화자는 보이고 있다. 그만큼 생명과 의지를 지니고 살아가는 것이 소중함을 드러낸 것이 아니겠는가?

삼월에도 눈이 오고 있었다

김춘수의 〈처용단장〉

　대학 시절, 김춘수의 '시론' 강의는 유명했다고 한다. 내가 입학했을 때는 이미 경북대학교에서 강의를 하지 않을 때였기 때문에 직접 강의를 들은 적은 없지만 시를 좋아하던 선배들은 늘 김춘수를 말했다. 대학에서 행한 그의 강의는 언제나 열강이었다고 하며, 국문학과 전공 강의인 '시론' 시간에는 정원의 3배를 웃도는 수강생으로 북적였다고 한다. 늘 시간이 끝나는 것도 모르고 강의를 계속해 다음 시간의 교수를 복도에 오래 세워 놓기도 했다는 말도 들었다. 제 5공화국 출범과 동시에 전국구 국회의원이 되어 정계로 진출한 뒤 그는 어느 신문기자와의 대담에서 정치와는 관련이 없던 시인이 의원 생활을 하는 것에 대해 "내게 있어 시는 최선의 도덕적 결백을 위한 윤리요, 의지라고 말할 수 있다면, 정치란 최선을 우선하다 차선, 삼선의 여지로서 운영되는 현실에 대한 나의 참여이다."라고 자신의 견해와 입지를 밝히기도 했다. 시인이요, 교수요, 국회의원이기 이전에 인간 김춘수는 겉으로 보기엔 차갑고 냉담한 느낌의 외모를 가졌지만, 드넓은 통영 앞바다를 사계절 지켜보며 자란 까닭에 깊고 담담한 인품과 경상도 남자답게 표현에 능숙하지 못한, 조금은 어

226

리숙한 한 사람의 인간이었다. 김춘수는 충무의 부유한 가정에서 태어나 어릴 적부터 세상 물정을 모르고 자라난 귀공자였다.

남망산을 끼고 돌아 도착한 네거리. 수많은 골목길 그 어디에 김춘수 시인의 생가가 있다는 말을 들었다. 찾아가기가 쉽지 않았다. 어렵게 찾은 생가. 철제로 된 나지막한 작은 대문에는 세월의 흔적만큼이나 물때가 가득 묻어 있었다. 작은 대문이 열려 있었다. 특별한 것이 전혀 없는 평범한 도시 소시민의 집. 작은 화단에는 자정향이 막바지로 치닫고 있었다. 어디서 나타났는지 개 한 마리가 따라오며 짖었다. 마루의 창문이 열리고 아주머니 한 분이 고개를 내밀었다. "여기가 김춘수 시인의 생가가 맞는지요?" 그러자 아주머니는 말없이 고개만 끄덕였다. 그리고는 다시 창문을 닫았다. 아마도 그동안 제법 방문객들이 많았던 모양이다. 사실 지금 일상을 살고 있는 그들에겐 타인의 방문이 아무리 긍정적인 의미를 가지고 있다고 하더라도 다소 불편할 것이라는 생각도 들었다. 방문단은 함께 김춘수의 〈처용단장〉을 읽었다.

삼월三月에도 눈이 오고 있었다.

눈은

라일락의 새 순을 적시고

피어나는 산다화山茶花를 적시고 있었다.

미처 벗지 못한 겨울 털옷 속의

일찍 눈을 뜨는 남南쪽 바다,

그 날 밤 잠들기 전에

물개의 수컷이 우는 소리를 나는 들었다.

삼월三月에 오는 눈은 송이가 크고,

김춘수 생가
오래 머물지 못했던 김춘수 시인의 생가. 통영시가 나서서 시인의 집을 정비하고 보존했으면 하는 생각.

깊은 수렁에서처럼

피어나는 산다화山茶花의

보얀 목덜미를 적시고 있었다.

_김춘수, 〈처용단장處容斷章 1의 11〉 전문

처용은 《삼국유사》에 나오는 인물이다. 하지만 김춘수에게 그런 것은 아무런 의미가 없다. '삼월에도 눈이 오고 있었다'고 했다. 물론 삼월에 눈이 올 수 있다. 그러한 '눈은 라일락의 새 순을 적시고 / 피어나는 산다화를 적시고

228

있었다'고 했다. 물론 그럴 수 있는 진술이다. 그리고 겨울의 어두운 이미지를 '겨울 털옷'이라고 했고, 봄이 오고 있는 현상을 '일찍 눈을 뜨는 남쪽 바다'라고 했다. '물개의 수컷이 우는 소리'는 아주 이질적이기까지 하다. 사실 이러한 시를 맥락에 따라 사실적으로 해석을 하려는 시도는 무의미하다. 나타나는 이미지들은 그 자체로 의미를 지닐 뿐이다. 바로 절대적인 이미지이다. 이러한 이미지로 이루어져 있는 시는 말 그대로 바로 거기에서만 절대적인 현실로 존재한다. 이미지가 어떤 상황을 의미하는 것이 아니라 이미지 그 자체로 존재 의미를 지닌다. 이러한 시는 읽는 행위 그 자체에 즐거움이 있다. 김춘수는 '처용'하면 떠오르는 그림들을 그냥 나열한다. 이때의 '처용'은 이미 과거의 처용이 아니다. 어쩌면 김춘수 자신일지도 모를 일이다.

1. 당신을 가장 행복하면서도 불행한 시인이라고 사람들은 평가한다. 언어를 잘 다루며 표현하지만, 세계에 대한 예민한 시선과 자신의 의지 사이에서 긴장을 누그러뜨리지 않고 살아야만 했기 때문이다. 이에 대한 본인의 견해는?

나는 시를 만든다고 생각한다. 시인은 그것을 만들어가는 장인이다. 나는 서구의 상징주의 시 이론을 받아들여 그것을 소화했다. 대부분의 서구 취향 시인들이 영미 계통의 모더니즘에 세례받은 것을 생각하면 나의 상징주의 취향은 다소 이질적이다. 그 취향은 초기에는 무한탐구로, 후기에는 순수시 절대시로 나타난다. 릴케류의 기도에서 시작하여 절대에의 동경, 하늘을 발견하기에 이른다. 투쟁보다는 화해를, 고통보다는 안정을, 탐구보다는 신앙을 오히려 희원한다. 이런 영향 속에서 시 쓰기를 출발하지만, 우리 시의 역사에서는 나름대로 특이한 시세계를 발전시키고 싶었다. 특이하다는 것은 시세계가 한 곳에 머물러 있지 않고 끊임없는 지적 모험을 전개한다는 의미이다. 어떻게 살아야 할 것인가를 모르지만, 그러나 살려고 애를 쓰지 않을 수 없는 험난한 사회에서의 기도의 자세이다. 얼마나 힘이 드는 일인가? 하지만 나는 최소한 시인이라면 그런 자세를 반드시 견지해야 한다고 믿는다.

2. 당신의 시작 활동은 존재에 대한 깊이 있는 탐구를 지속함으로써 시적 대상과 인식의 문제
   에 관한 현대시의 새로운 가능성을 개척했다는 점에서 문학사적 의의를 지닌다. 그러한 과
   정에 대해 말해 달라.

창작 활동은 당연히 어떤 대상에 대한 나의 생각을 언어라는 매개체를 통해 표현하는 것이
다. 대상의 본질에 대한 접근은 필연적인 과정이다. 〈꽃〉이라는 시에서 나는 '내가 그의 이름
을 불러 준 것처럼 / 나의 이 빛깔과 향기香氣에 알맞은 / 누가 나의 이름을 불러다오.' 그러면
내가 그의 꽃이 될 수 있을 거라 생각했다. '이름 불러주기'라는 과정이 대상에게 다가가는
가장 중요한 과정이라 믿었던 셈이다. 하지만 그렇다고 해서 대상에 대한 모든 본질은 안 것
은 아니었다. 〈꽃을 위한 서시〉에서처럼 '한밤내 우는' 과정을 거쳤지만 늘 대상은 '나의 손
이 닿으면 너는 / 미지未知의 까마득한 어둠이' 되어 버리고 결국 '얼굴을 가리운' 상태가 되
어버렸다. 결국 대상의 본질은 존재하지 않았다. 않았다기보다 대상의 본질은 스스로 운동하
고 있었다. 결국 소위 '무의미시'란 영역도 그런 과정에서 탐색된 것이다. 운동하고 있는 대
상에게 본질을 보이라고 하기보다는 존재하는 그대로 보는 것도 방법이었던 셈이다.

슬픔도 아름답다

박재삼의 〈울음이 타는 가을 강〉

　섬과 육지를 이은 아름다운 삼천포 대교를 건너 삼천포에 들어섰다. 삼천포 항에서 해변을 따라 아슬아슬하게 작은 도로를 지났다. 멀리 삼천포 대교가 오후의 강한 햇빛 속에서 빛나고 있었다. 금홍교라는 작은 다리를 건너 어렵게 도착한 노산공원. 바다를 끼고 언덕 위로 작은 오솔길이 만들어져 있었다. 나지막이 파도 소리가 귓가를 스쳤다. 고즈넉한 공원 돌계단에는 아무도 없었다. 오른편엔 바다, 왼편엔 동백꽃이 군락을 이루고 있었다. 수많은 사람들이 오르내렸겠지만 지금 그들의 숨소리는 어디에도 들리지 않았다. 쓸쓸했다. 바다를 끼고 오솔길이 이어졌다. 동백나무 사이로 조금씩 얼굴을 보이던 바다가 멀리 삼천포 화력 발전소를 앞에 두고 가깝게 다가왔다. 방파제가 길게 길을 만들고 빨간색을 가득 머금은 등대가 손에 잡힐 듯이 가까웠다. 언덕 위에는 바람으로 가득했다. 박재삼 시비를 만났다. 돌인지, 쇠못인지로 인해 시비 몇 곳이 날카롭게 그어져 있었다. 정말 이런 짓을 하는 사람의 심리를 알 수 없다. '우리 고장이 낳은 시인 박재삼의 시비를 그가 늘 올라 바라보기를 즐기던 이 한려수도의 한복판 노산공원에다 세워 세월과 함께 오래 기린다' 는 마음을 더럽히는 것 같아 씁쓸했다. 시비에는 '천 년 전에 하던 장난을 / 바람은 아직도 하고 있다 / 소나무 가지에 쉴 새 없이 와서는 / 간지러움을 주고 있는 걸 보아라 / 아, 보아라 보아라 / 아직도 천 년 전의 되풀이다'는 박재삼의 〈천 년의 바람〉 앞부분이 담겨 있었다. 시비 앞에 서서 조용히 묵념을 올렸다. 평생을 가난과 병마로 아팠던 시인의 고통을 생각했다. 시인에 대한 삼천포 사람들의 사랑은 각별하다. 최송량 시인 등 사천 지역의 문인들은 시인의 시 중에서 고향과 관련된 작품 110여 편을 따로 모아《우리 고향 우리 집》이라는 시선집을 펴내기도 했고, 최근 매립돼 음식점과 숙박 시설이 줄지어 들어서 있는 시인의 생가 바로 앞 바다, 사천시 동서금동 팔포 바닷가 팔포 매립지 해안도로를 '박재삼 시인의 거리'로 조성할 예정이라고 했다. 그뿐만 아니라 공원의 한편에는 시인을 기념하는 도서관이 건립되고 있었다.

내려오는 길, 다시 시인의 시를 새긴 시비를 만났다. 〈울음이 타는 가을 강〉. 내가 시인을 처음으로 알게 만든 작품. 어느 겨울 친구와 다투고 친구가 보낸 엽서에 적혀 있었던 시. 강물처럼 흐르는 삼천포 앞바다 물결 위에 붉은 노을이 조금씩 내리고 있었다. 시를 읽었다.

　　마음도 한자리 못 앉아 있는 마음일 때,

　　친구의 서러운 사랑 이야기를

　　가을 햇볕으로나 동무 삼아 따라가면,

　　어느새 등성이에 이르러 눈물나고나.

　　제삿날 큰집에 모이는 불빛도 불빛이지만,

　　해질녘 울음이 타는 가을 강을 보것네.

저것 봐, 저것 봐,

네보담도 내보담도

그 기쁜 첫사랑 산골 물 소리가 사라지고

그 다음 사랑 끝에 생긴 울음까지 녹아나고

이제는 미칠 일 하나로 바다에 다 와 가는,

소리 죽은 가을 강을 처음 보것네.

_ 박재삼, 〈울음이 타는 가을 강〉 전문

'저녁노을'을 울음에다가 환치시켜 표현한 것이 절묘하다. 아름다움을 슬픔이라는 감정에 결부시킨 것은 시인다운 발상이다. 슬픔도 지극하면 아름다움이다. 이 시가 슬프기는 하지만 아름다운 것은 바로 그 때문이다. 시인의 삶이 가난과 병으로 점철된 고통스러운 삶이었지만 아름다운 것도 이러한 정서 때문이다. '마음도 한자리 못 앉아 있는' 마음일 때 친구의 서러운 사랑 이야기를 들으면 눈물이 난다. 물론 서러운 사랑 이야기는 이루지 못한 슬픈 사랑 이야기일 게다. 이야기와 함께 해질녘 울음이 타는 가을 강이 흐른다. 노을에 불타는 가을 강의 모습은 황홀할 정도로 아름답다. 슬픈 사랑이 슬프기는 하지만 아름다운 것도 같은 맥락에서 이해가 가능하다. 결국 지극한 아름다움은 화자에게 자신도 모르게 감탄사를 내뱉게 한다. '저것 봐, 저것 봐' 이것은 황홀함의 절정에서 터져 나오는 언어이다. 슬픔의 절정에서 쏟아져 나오는 언어이다. '미칠 일 하나로 바다에 다 와 가는, 소리 죽은 가을 강'이 마지막으로 뱉는 소리이다. 돌아다 본 노산공원이 붉은 노을 속에 시나브로 잠기고 있었다. 아름다움의 절정이 슬픔이라는 생각에 가슴이 아렸다. 슬픈 삼천포의 해질 무렵 풍경이 박재삼의 마음 풍경과 무척 닮았다는 생각을 하면서 삼천포 시장으로 차를 돌렸다.

해동갑하여 흰나비 같네

박재삼의 〈봄 바다에서〉

나는 일본서 낳았다. 아버지는 일제하 이 땅에서는 살 도리가 없어 일본 땅을 밟았으니, 무슨 벼슬아치의 아들로서가 아니라 근근이 노동으로써 생계를 유지하던 아주 가난한 아버지의 아들로서 나는 태어났었다. 일본에서도 견디기 힘들어지자 그들은 귀국해서 삼천포에 자리를 잡았다. 어머니는 고기를 파는 행상이었고, 아버지는 지게 품팔이를 했다. 아버지의 첫 손님은 진주로 고기를 팔러 가는 어머니였다.

_ 김현, 《시인을 찾아서 — 박재삼 편》 부분

삼천포는 박재삼의 땅이다. 아니, 삼천포는 박재삼의 다른 이름이다. 진주 장터로 생어물 장사를 하던 어머니와 지게 품팔이를 하던 아버지. 박재삼은 정말 지독한 가난 속에서 자란다. 초등학교 6학년 때 해방을 맞이하고 동아일보 신문배달원, 삼천포 여중 급사 생활을 하며 야간 중학교를 다니는 등, 가난은 그의 시적 세계를 이루는 가장 중요한 토대이다. 하지만 박재삼에게 있어서 가난은 그냥 가난이 아니다. 이미 추억이다. 가난이 남긴 상처를 아름다운 언어로 치환한다. 고통과 슬픔을 승화시키는 박재삼의 정서는 아름답다.

해가 지고 있었다. 삼천포 시장 들어가는 길목에 차를 세우고 바다 너머로 사라져가는 해를 오랫동안 바라보았다. 사라지는 것은 아름답다. 영하의 날씨, 손이 꽁꽁 얼어붙고 연방 콧물을 훌쩍거렸지만 사라지는 아름다움을 그대로 보낼 수는 없었다. 빛이 산 너머로 사라지면서 바다 위에 만드는 형언할 수 없이 아름다운 꽃밭. 아마 박재삼도 여기에 앉아 헤아릴 수 없이 많은 시간들을 보냈으리라.

　　화안한 꽃밭 같네 참.

　　눈이 부시어, 저것은 꽃진 것가 여겼더니 피는 것 지는 것을 같이한 그러한 꽃밭의 저것은 저승살이가 아닌 것가 참. 실로 언짢달 것가. 기쁘달 것가.

　　거기 정신없이 앉았는 섬을 보고 있으면,

　　우리가 살았닥 해도 그 많은 때는 죽은 사람과 산 사람이 숨소리를 나누고 있는 반짝이는 봄바다와도 같은 저승 어디쯤에 호젓이 밀린 섬이 되어 있는 것이 아닌 것가.
　_ 박재삼, 〈봄 바다에서〉 앞부분

　물이랑과 물이랑 사이에 은빛을 내며 반짝이는 수많은 꽃송이. 시작과 마침, 삶과 죽음을 공평한 시선으로 바라볼 수 있는 사람이 얼마나 될까? 피는 것과 지는 것이 같다고 노래할 수 있는 사람이 얼마나 될까? 결국 나도 이미 박재삼이 되어 저승 어디쯤에 호젓이 밀린 섬처럼 아무 말도 할 수 없었다. 지는 해는 더욱 깊은 저녁으로 무너지고 있었다.

삼천포 시장에서 만난 해넘이
빛이 사라지면서 바다에 아름다운 꽃을 피웠다.
박재삼의 시는 슬프다. 그럼에도 아름답게 슬픔을 정화한다.
어디선가 '돛단배 두엇이 나타나 해동갑할' 것 같아 가슴이 뜨거웠다.

우리가 소시적에, 우리까지를 사랑한 남평 문씨 부인은, 그러나 사랑하는 아무도 없

어 한낮의 꽃밭 속에 치마를 쓰고 찬란한 목숨을 풀어헤쳤더란다.

확실히 그 때로부터였던가, 그 둘러썼던 비단치마를 새로 풀며 우리에게까지도 설

레는 물결이라면

우리는 치마 안자락으로 코 훔쳐주던 때의 머언 향내 속으로 살달아 마음달아 젖는

단 것가.

돛단배 두엇, 해동갑하여 그 참 흰나비 같네.

_ 박재삼, 〈봄 바다에서〉 뒷부분)

그 '화안한 꽃밭' 속에 비단치마를 쓰고 빠진 여인이 남평 문씨였다. 물론 남평 문씨는 허구적 인물이다. 시인이 어릴 때 치마 안자락으로 코 훔쳐주던 어느 여인이 바다에 빠져 자살하였던 일화에서 비롯된 비애와 슬픔을 꽃밭 같은 봄 바다로 그려내었다. 화사한 햇살을 받은 봄 바다를 꽃밭과 같다고 본 시인은 꽃밭에 꽃들이 피고 지는 것처럼 사람이 살고 죽고 하는 것이라 생각했으리라. 죽음조차 해동갑하여 흰나비 같다고 그리는 시인의 영혼이 진정 아름다웠다. 나도 덩달아 '살 달아 마음 달아' 흠뻑 젖어 버렸다.

돌아보는 삼천포 시장이 노을에 빨갛게 달아 있었다. 어디선가 '돛단배 두엇이 나타나 해동갑할' 때까지 흰나비처럼 떠다닐 것 같았다. 슬픔도 지극해지면 아름다울 수 있다는 것. 박재삼의 시는 지극히 슬프다. 그런데 슬픔으로 그치지 않는다. 아름답다. 시장 안으로 들어가서 잡어회를 안주로 하여 소주

238

를 기울였다. 슬픔이 가시지가 않았다. 슬픔조차도 아름답게 승화시켰던 박재
삼의 마음이 한없이 그리웠다.

울엄매야 울엄매

박재삼의 〈추억에서〉

우리가 싫어하는 것 중의 하나가 흉터이다. 아름답지 않기 때문이다. 그래서 사람들은 그 흉터를 없애기 위해서 수술을 하기도 한다. 하지만 흉터가 많다는 것은 그만큼 치열한 삶을 살았다는 증거가 아닐까? 내 왼손에는 흉터가 많다. 눈에 보이는 큰 흉터를 비롯해서 돋보기로 봐야만 보이는 작은 흉터까지 헤아릴 수 없을 정도이다. 그렇다고 해서 그 흉터로 인해 지금 내가 아픈 것은 아니다. 오히려 흉터는 지나간 나의 삶을 되돌아보게 한다. 분명 흉터가 생길 때는 많이 아팠을 것이다. 그러나 그때의 아픔이 지금까지 지속되는 것은 아니다. 인간은 모든 아픔과 슬픔도 추억이라는 이름으로 승화시키니까. 따라서 흉터는 나에게 추억을 되새김질할 수 있는 현재의 장치이기도 하다. 그래서 흉터는 아름답다.

진주晋州 장터 생어물전生魚物廛에는

바닷밑이 깔리는 해다진 어스름을.

울엄매의 장사 끝에 남은 고기 몇 마리의

빛 발殘하는 눈깔들이 속절없이

은전銀錢만큼 손 안 닿는 한恨이던가

울엄매야 울엄매.

별밭은 또 그리 멀리

우리 오누이의 머리맞댄 골방안 되어

손시리게 떨던가 손시리게 떨던가.

진주晋州 남강南江 맑다 해도

오명 가명

신새벽이나 밤빛에 보는 것을,

울엄매의 마음은 어떠했을꼬.

달빛 받은 옹기전의 옹기들같이

말없이 글썽이고 반짝이던 것인가.

_박재삼, 〈추억에서 67〉 전문

    박재삼의 시에는 시간이 할퀴고 지나가면서 남긴 흉터가 담겨 있다. 그건 한恨이기도 하다. 김소월이나 김영랑의 시에서 보이는 추상적이고 감상적인 한이 아니라 현실에 밀착된 삶 자체의 한이 담겨 있다. 박재삼은 평생을 가난과 병마에 시달리다가 뼈만 앙상하게 남은 채 죽음을 맞았다. 30년 가까이 계속된 고혈압과의 투쟁 끝에 죽음을 맞으면서 "이제서야 오랜 싸움을 끝내는구나."라고 유언을 남길 만큼 그의 삶은 고단함 자체였다.

<추억에서>는 그러한 박재삼의 흉터가 고스란히 담겨 있다. 남편을 일찍 잃은 어머니는 진주 장터 생어물전에서 생선 장사를 하여 남매를 키운다. 그것도 큰 점포에서 하는 장사가 아니라 자배기에 생선을 가지고 가서 하루하루를 연명하는 그런 장사였다. 그랬기에 어머니는 바닷밑에 어스름이 깔리는 늦은 저녁까지 고기 자배기를 놓고 생선을 팔아야 했다. 그래야 어린 자식들을 먹여 살릴 수 있었기 때문이다. 하지만 그럼에도 가난에서 벗어나지는 못했다. 어머니에게 있어 돈(은전)은 '장 끝에 남은 고기 몇 마리의 눈깔'과 같이 '속절없이 손 안 닿은 한'이었던 것이다.

어머니가 장사를 나가신 후에 시인은 누이와 함께 난방도 되지 않은 작은 골방에서 손 시리게 떨면서 저녁도 굶고 어머니를 기다렸다. 오들오들 떨면서 동구 밖에도 나가보고 마당에서도 서성이다가 추운 방으로 들어오곤 했다. 그러나 어머니는 돌아오지 않고 오누이는 어머니를 원망했다. 옆 집 아이들은 그렇지 않은데……. 그런 원망 속에서, 배고픔과 추위 속에서 웅크린 채 오누이는 잠이 들었다.

이제 시인도 그때의 어머니만큼 나이를 먹었다. '울엄매야 울엄매'라는 직설적인 표현에는 어머니에 대한 애잔한 그리움이 묻어 있다. '진주 남강이 아무리 맑다 해도 오명 가명 신새벽이나 별빛에 볼' 수밖에 없었던 어머니의 고달픈 삶을 이해하게 된 것이다. 달빛 받은 옹기전의 옹기들같이 말없이 글썽이고 반짝이던 것이 그때 어머니의 마음이라는 것을 알게 된 것이다. 하지만 이미 어머니는 곁에 계시지 않는다. 시인은 한 맺힌 기억임에도 불구하고 제목을 '추억에서'라고 했다. 결국 삶이란 것이 그런 것이 아닐까? 그때 그런 삶을 살지 않고 그때 그런 기억을 만들지 않았다면 이런 시가 창조되지 못했을 것이다. 결국 아픈 기억은 시간이라는 과정을 거치면서 추억이 된다. 그래서

242

시인들은 역설적으로 행복하다.

　　진주 중앙시장 모퉁이 허름한 식당에서 비빔밥으로 점심을 먹고 현대식으로 제법 바뀐 생어물전을 돌았다. 어물전에는 온통 가오리(간재미) 세상이었다. 생선 사서 가라는 시장 아주머니들의 거칠고도 쉰 목소리에서 시 속의 어머니를 읽었다. 따뜻했다. 아픈 상처는 사라지고 아름다운 시만 남았다. 해질 무렵 들른 촉성루는 조용했다. 의암에서 바라본 남강의 물빛은 맑았다. 햇빛에 아스라이 부서지는 물빛이 달빛 받은 옹기전의 옹기들같이 반짝거렸다.

1. 데이비드 매캔 미국 하버드대 교수는 당신을 자연을 소재로 한글과 '한'이라는 감정을 예술적으로 묘사하고 있다며, 김소월에 이어 한국의 전통적 정서를 성공적으로 표현한 시인이라고 극찬하였는데, 이에 대한 소감은?

감사한 일이 아닌가? 그런 점에서 내가 진정 감사해야 할 대상은 따로 존재하는 셈이다. 내 삶의 가장 소중한 배경이었던 삼천포의 바다, 가난했지만 아름다운 기억으로 남은 유년의 기억, 그리고 그 상처들을 아름다운 정서로 승화시키는 능력을 주신 하느님이다. 결국 문학은 나의 생존의 열쇠였던 셈이다. '한'이라는 정서, 김소월의 정서를 계승했다는 것에 대해 별로 공감하고 싶지는 않다. 내가 내 시에 담은 세계는 그대로 내가 살았던 기억들의 세계이다. 그럼에도 불구하고 그것이 타인에게 공감을 주는 것은 존재하는 기억 그대로, 존재하는 지금의 언어 그대로, 그리고 존재하는 지금의 감흥 그대로 노래했기 때문이라고 믿는다.

2. 〈추억에서〉를 비롯해 당신의 작품에는 가난의 설움과 그로 인한 아픈 정서들을 언어로 다듬은 것들이 많다. 서민들의 고단한 삶을 실으면서 어떠한 기분이 들었나?

서민들의 고단한 삶이라고 했지만 사실 나의 삶이기도 했다. 진주 장터 생어물전의 어머니는 내 어머니이기도 하다는 말이다. 어찌 그것을 담으면서 행복하기만 했겠나. 하지만 분명한 건 이미 지나간 시간 속에 존재하는 것들이란 점이다. 인간은 미추美醜에 관계없이 자신의 기억을 미화시키는 묘한 힘을 지니고 있다. 그 기억이 아픈 기억일수록, 슬픈 기억일수록 더욱 아름다운 모습으로 형상화된다. 특히 슬픈 기억은 기쁜 기억보다는 훨씬 긴 생명력을 지니고 머리 속에 저장된다. 그런 기억들을 재생하는 건 고통이기도 하다. 하지만 재생해서 언어로 표현되는 순간 그 기억은 운동하고 더욱 아름다운 기억으로 저장된다. 문학은 그래서 위대한 것 아닌가?

금산에서는 바다를 볼 수 없다

이성복의 〈남해금산〉

　　'남해에 가고 싶어요.' 가장 가고 싶은 곳이 어디냐는 물음에 난 습관처럼
그렇게 대답하곤 했다. 남해라는 이름을 지닌 섬은 내 그리움의 고향 같기도
했다. 그 그리움의 중심에 이성복의 시가 있었다. 바람에 따라 실려오는 안개
속에서 멀리 보일 듯 말 듯 가물거리는 섬들을 남해 금산에서 내려다보고 싶
었던 게다. 거기 돌 속에 들어간 한 여자와 나란히 서서 그리움에 대해 말하고
싶었던 게다. 그런데 신기하게도 남해는 멀었다. 삼천포, 통영, 하동, 순천, 강
진, 해남을 지나면서도 주문에 걸린 사람처럼 정작 남해는 들르지 못했다. 그
러면서 누군가가 어디 가고 싶으냐고 물으면 다시 남해에 갈 거라고 말했다.
하지만 아무리 비켜가려고 해도 스치지 않고서는 지나칠 수 없는 그런 길은

남해금산에서 바라본 한려수도

존재하는 법이다. 어느 여름, 비 많이 오는 날, 어디가 어딘지도 모른 채 차를 몰고 닿은 곳. 거기가 미조 포구였고 거기가 금산이었다.

절망의 끄트머리에서 나를 찾기 위해 몸부림을 치던 어느 겨울, 두 번째로 찾은 금산. 주차장에 차를 세우고 식당을 찾았다. 여름 어느 날, 비 많이 오는 그날에 정말 맛있게 먹은 생선찌개를 기억했기 때문이다. 식당은 여전히 거기에 있었다. 푸근한 주인 아주머니의 인심도 그대로 있었다. 찌개의 맛도 여전했다. 고등어 조림의 뒷맛도 그대로였다. 산을 올랐다. 681미터의 그리 높지 않은 산. 하지만 섬이기 때문에 그리 녹녹한 오름길은 아니다. 사위는 온통 안개로 가득했다. 신비한 쌍홍문을 지나 보리암에 닿아서도 결국 바다는 보지 못했다. 5미터 앞도 안개로 막혀 있었다. 위태롭게 난간에 기대어 뚫어져라 안개 속을 들여다보았다. 바다에서 올라오는 슬픈 습기가 얼굴을 스쳤지만 안개 속에는 안개밖에 없었다. 어디선가 목어 울리는 소리가 들렸다. '어느 여름 비 많이 오고 결국 그 여자는 돌' 사이로 들어가 버렸다. 이성복의 〈남해금산〉을 읊었다.

한 여자 돌 속에 묻혀 있었네

그 여자 사랑에 나도 돌 속에 들어갔네

어느 여름 비 많이 오고

그 여자 울면서 돌 속에서 떠나갔네

떠나가는 그 여자 해와 달이 끌어 주었네

남해 금산 푸른 하늘가에 나 혼자 있네

남해 금산 푸른 바닷물 속에 나 혼자 잠기네

_이성복, 〈남해금산〉 전문

한 여자가 남해 금산의 푸른 바닷물 속에 잠기는 꿈을 꾸면서 난 다시 살아났다. 한 여자가 돌 사이로 들어가는 꿈을 꾸면서 난 다시 호흡했다. 한 여자와 돌 속에서 슬픈 사랑을 하고 그 여자는 울면서 떠나버렸다. 그 여자는 해와 달이 끌어주었지만 난 결국 남해 금산 푸른 하늘과 바닷물에 혼자 잠기어갔다. 갑자기 그런 생각이 들었다. 이제 절대 낯선 길에선 헤매지 않아야겠다는 생각. 복사기 옆에 헝클어진 파지처럼 질서도 없이 존재하다가 갑자기 내 영혼을 자극하는 지난 시간의 기억들. 멀리 날아가라고 연줄을 끊었는데 끊어진 연은 멀리 날아가지도 못하고 마을 앞 미루나무에 걸려 있는 형국. 그게 어쩌면 내 기억이다. 어쩌면 거기에 내 숨길 수 없는 노래가 있었을지도 모른다. 떠남이 만나는 길임을 깨달으면서 비우는 것이 채우는 것임을 깨달으면서 난 내 삶이 두 개의 다른 죽음 사이에 말이음표처럼 놓여 있다는 걸 인식했다. 비워놓고 사는 것이 진실을 채우는 길임을. 사실 모든 사랑은 위험하다. 하지만 사랑이 없는 삶은 무의미하다. 사랑은 아픈 기억만을 남기고 돌이 되어 가라앉기도 하고 푸른 바닷물에 잠기기도 한다. 사랑은 금산의 안개처럼 아무것도 보이지 않아 슬프고 아프기도 하지만 그렇기 때문에 저렇게 아름답기도 하다는 것을 여기 금산에서 다시 깨달았다. 그렇다. 남해 금산이 우리에게 가르치는 사랑은 슬프지만 아름다운 사랑이다. 사랑은 차마 마주보지 못하고 그 사람의 그림자에 시선이 머무는 행위이다. 그러면 그 사람의 마음이 내 안에 무늬를 그린다. 나를 지켜보는 누군가를 위해 하나의 사물이 되어 존재할 수 있는 것, 그것이 사랑이다. 사랑하는 그 사람을 위해서라면 돌 속으로 들어가기도 하고 푸른 하늘에, 푸른 바닷물에 잠기기도 해야 하는 것이 사랑이다. 다시 올려다본 서편 하늘이 바야흐로 해질 녘이었다.

장난처럼 나의 절망은 끝났다
이성복의 〈그 여름의 끝〉

그런 생각을 한 적이 많았다. 왜 나만 이렇게 힘들고 이렇게 슬픈가? 그렇게 생각하기 시작하자 더욱 슬픔의 양은 많아지고 줄어들지 않았다. 그런 생각을 한 적이 많았다. 왜 나만 이렇게 아프고 이렇게 흉터로 마음과 몸을 채우는가? 그렇게 생각하자 흉터는 줄어들지 않고 더욱 늘어났다. 왜 슬픔 뒤에는 기쁨이 오지 않고 다시 슬픔이 오는가도 이해할 수 없었다. 그리고 시간이 흘렀다. 시간은 기묘한 힘으로 나를 지배했다. 난 내가 아니라 시간 속에서 길을 걸어가는 작은 존재에 불과했다. 묘한 안도감이 나를 지배하기 시작했다. 슬픔이나 흉터, 그리고 상처들이 내 몫이 아니라 시간의 몫이라는 깨달음. 그러자 내 몸을 지배하던 슬픔이나 상처, 흉터들이 허깨비처럼 떨어져 내렸다. 슬픔, 상처, 흉터가 내 몸에서 떨어져 나간 이후에도 신기하게도 그것들이 사라진 것은 아니었다. 여전히 내 속에서 숨을 쉬며 삶을 영위하고 있었다. 하지만 이미 그건 시간의 몫이었으므로 난 그냥 시간 속으로 걸어가면 그만이었다.

모든 문을 다 걸어 잠근, 남해 금산 돌의 풍경. 비워두는 사랑법을 깨달으면서 내 속의 아집을 지웠다. 역시 나에게는 그 길이 어렵다. 이성복은 인터뷰에서 이렇게 말했다. "어느 순간 시를 쓰는 방법을 완전히 까먹어버렸어요. 도무지 어떻게 시를 썼었는지 기억이 안 나더라고. 하도 답답해서 주위 사람들한테 '대체 당신은 시를 어떻게 씁니까?' 하고 물어 봤을 정도라니까. 그런데 내가 그렇게 물으면 황당해 하는 게 대부분이고 심할 땐 기분 나빠하는 사람들도 있었어요. 시 좀 씁네 한다는 사람이 그런 식으로 물어보니까 '이 사람 누구 약 올리나?' 싶었을 법도 하지. 한데 정말이었거든. 도무지, 도통 시를 어떻게 써왔는지 알 수가 없었고, 내가 무엇을 쓰고 싶어하는지도 몰랐어." 시인의 말은 시를 쓰는 이야기만을 한 것이 아니었을 게다. 시인은 살아가는 방식과 모습을 이야기한 것일 게다. 내가 집착하던 모든 대상으로부터 나를 비우고 대상을 떠나는 그것이 바로 나를 채우고 너에게 가는 길임을. 그게 진정 아름다운 길임을. 시인은 나랑 멀지 않은 곳에 산다. 그런데 여전히 시인과 나는 멀다. 내 보잘것없는 삶의 외면적 형상은 물론 어리석은 내면적 본질도 그에게 닿기에는 너무나 먼 곳에 있으니까. 그것이 참 슬프다

　그 여름 나무 백일홍은 무사하였습니다 한차례 폭풍에도 그 다음 폭풍에도 쓰러지지 않아 쏟아지는 우박처럼 붉은 꽃들을 매달았습니다.

　그 여름 나는 폭풍의 한가운데 있었습니다 그 여름 나의 절망은 장난처럼 붉은 꽃들을 매달았지만 여러 차례 폭풍에도 쓰러지지 않았습니다.

　넘어지면 매달리고 타올라 불을 뿜는 나무 백일홍 억센 꽃들이 두어 평 좁은 마당을 피로 덮을 때, 장난처럼 나의 절망은 끝났습니다.
　_이성복, 〈그 여름의 끝〉 전문

시 참 좋다. 이성복의 시를 읽고 있으면 이런 소리가 내 입에서 자연스럽게 나온다. 내가 내가 아니라 이미 이성복의 시 속에 내가 산다. 강요하는 흡인력이 아니라 나도 모르게 빠져 들어가는 무엇. 내가 자주 쓰는 단어를 빌리면 그야말로 '공감' 한다. 1999년으로 기억한다. 〈뒹구는 돌은 언제 잠 깨는가〉라는 시집을 학교 도서관에서 우연히 만났다. 난 그 시집에 실려 있는 시보다는 시집 뒷 표지에 까만 문자로 박힌 아름다운 글에 그만 미쳐버렸다. '아픔은 살아 있음의 증거' 라고 했나. 아프게 살아가던 나에게 얼마나 큰 위로가 되었던 말인가. 아픔이 살아 있음의 증거라니. 거기에 내 여름의 끝이 있었다. 하지만 여름의 끝은 단순한 끝이 아니었다. 수많은 폭풍우에도 쓰러지지 않고 우박처럼 붉은 꽃을 단 백일홍, 그리고 나의 절망도 장난처럼 끝났다.

그 여름의 끝에 시인을 찾아 집에서 10분 거리의 계명대학교를 들렀다. 방학이라 계시지 않을 거라 예상은 했지만 결국 닫힌 연구실 앞에서 발걸음을 돌렸다. 영암관 앞 뜰에는 목백일홍이 막바지 꽃을 피우고 있었다. 캠퍼스 배치와 건물의 구조, 정원의 색깔이 참 예쁘다는 생각을 하면서 시인의 시를 다시 더듬었다. 문득 가슴 한켠이 아팠다. 아프지 않은 사람은 없다.

1. '1990년대 이후 우리 시의 다양한 시적 경향들은 1980년대를 관통하는 시적 인식, 곧 현실과 시적 세계 사이의 소통의 문제에 빚지고 있다. 이런 점에서 1990년대 이후의 이성복의 시가 걸어온 길은 여전히 우리 시의 문제적 요소를 함축하고 있는 것으로 보인다' 고 어떤 평론가가 말했다. 그 말에 대한 당신의 견해를 말해 달라.

1980년대를 관통하는 시정신은 아무래도 민주화와 관련된 거대담론, 대서사 양식이 아닐까? 그 평론가는 1990년대 이후의 시들은 그러한 담론과 양식이 붕괴된 다음의 그것에 대한 부정과 극복이라고 보는 것 같다. 서로 다른 사고와 표현이 남기는 소통의 부재는 사실 21세기에 와서도 전혀 달라지지 않았다는 느낌이 있다. 아마도 나의 글쓰기가 1980년대의 현실의 폭력성과 붕괴된 시간에 대응해 가는 방법론과 긴밀하게 맺어져 있다는 의미에서 그런 말씀을 하신 것 같다. 내 시들에 나타나는 언술의 해체, 독백적 언술, 나아가 현실과 초월, 환상과 실제의 대립의 궁극에서, 다시 실존이 뿌리 내린 현실에 대한 집요한 응시 등을 새로운 시적 가능성을 탐색하는 과정이라고 본 것 같다. 그렇다고 해서 1980년대라는 시대의 역사적 의미와 당시의 시적 경향에 대하여 무조건 의미가 없다는 것은 아니다. 문학이 시대를 담는 그릇이라면 시대의 흐름을 담아낼 수 있는 문학적인 그릇을 마련하는 것도 당연한 것 아닌가? 현실 속에 존재하는 다양한 소음들을 모두 걷어낸다고 해서 그것이 현실과는 다른 세계는 아니지 않는가?

2. 당신의 시를 많은 사람들이 좋아하는 이유는 무엇이라고 생각하는가?

많이 좋아한다고 하니 기분은 좋다. 나는 사실 시를 쓰는 것이 어렵다. 어떤 때는 시가 되지 않아 죽고 싶을 때도 있었다. 한동안 절필하기도 했다. 아마도 그런 고민들을 좋게 봐주신 것이 아닐까? 개인적으로는 문학이 권력화 되는 것은 거부한다. 문학은 그냥 문학일 뿐이다. 그래서 별로 문학인들의 모임에 참가하지 않는다. 그런 점도 좋게 봐주신 것일 게다. 나아가 누군가가 지적했듯이 내 시에는 무수한 선대 시인들의 호흡이 담겨 있다. 모더니티의 억압성에 적극적으로 응전했던 이상과 김수영의 부정과 해체의 전략이 함께 숨쉬고, 소월과 만해의 서정적 정조와 사랑의 담론이 함께 존재하니까 다양한 성향의 독자들이 더불어 즐길 수 있지 않았겠나? 이 글을 보고 문학 창작을 배우는 학교 제자들이 비웃을지도 모르겠다.

길은 쓸쓸하다

관음포에는 갈라진 섬들이 말없이 떠 있었다.
'나는 안다. 종알은 싫나.' 김훈의 언어가 매섭고도 깊다.
발끝에서 시작된 울음이 가슴을 거쳐 입과 코로 쏟아져 나왔다.
통제사의 아픔이 내 아픔처럼 눈물겨웠다.
오랫동안 관음포의 울음소리를 들었다.
통제사의 그것에 비하면 지금까지 내가 겪은 슬픔이나 아픔,
그리고 쓸쓸함들이 아무것도 아니라는 생각이 들었다.
바다가 바람 속에서 통곡하는 소리를 아득하게 들었다.
내 등을 무자비하게 난도질하는 매서운 칼의 노래를 들었다.
다시 쓸쓸했다.

통제사께서 거기에 계셨다

하늘이 파랗다. 아산 가는 길은 제법 멀었다. 수원 화성에서 경부고속도로를 타고 천안IC에서 내려 아산으로 달렸다. 통제사를 그리워하는 마음이 먼저 달려간다. 아산 작은 마을에서 먹은 생선 정식도 무척 기억에 남는다. 그렇게 도착한 현충사.

넓은 주차장 옆에 서 있는 바위에는 '죽고자 하면 반드시 살고 살고자 하면 죽을 것이다.必生卽死 死必卽生'는 통제사의 말이 새겨져 있었다. 가로수 사이에서 비치는 햇살이 따스했지만 칼바람이 가슴을 후비면서 지나갔다. 빨리 뵙고 싶다는 마음이 앞서 달려갔지만 겨울 현충사의 정경을 하나씩하나씩 마음에 아로새기면서 일부러 천천히 걸음을 옮겼다.

처음 들른 곳은 통제사의 생가였다. 생각보다 작은 집, 가재도구들도 그 자리에 그대로 있었다. 어떻게 저렇게 작은 방에서 지낼 수 있었을까 하는 이야기를 하면서 집 한쪽을 채우고 있던 대나무 숲을 오래도록 지켜보았다. 낮은 담장 너머에는 울창한 소나무 숲으로 채워져 있었다. 생가 오른편에는 통제사의 셋째 아들 면의 무덤이 언덕 위에 자리 잡고 있었다.

면이 죽었다는 소식을 듣던 날, 나는 업무를 그만두고 하루 종일 혼자 앉아 있었다. (중략) 젊은 날, 국경에서 돌아와 면을 처음 안았을 때, 그 따스한 젖비린내 속에서 뭉클거리며 솟아오르던 슬픔을 생각했다. 탯줄에 붙어서 여자의 배로 태어나는 인간이 혈육의 이마와 눈썹을 닮고, 시선까지도 닮는 운명을 나는 감당하기 어려웠다. 그리고 송장으로 뒤덮인 이 쓰레기의 바다 위에서 그 하찮은 운명을 힘들어하는 내 슬픔의 하찮음이 나는 진실로 슬펐다. (중략) 낡은 소금창고들이 노을에 잠겨 있었다. 나는 소금창고 안으로 들어갔다. 가마니 위에 엎드려 나는 겨우 숨죽여 울었다.

_김훈, 《칼의 노래》 부분

사실 《칼의 노래》를 읽으면서 가장 감동했던 부분이다. 내 감동의 본질은 다소 특이하다. 특히 죽음이 결부될 때, 터럭같이 가벼운 죽음이냐, 태산같이 무거운 죽음이냐 하는 식의 판단이 아니다. 옳은 죽음이냐 아니냐 하는 가치 판단도 아니다. 나와 다른 차원의 삶을 살다간 사람이 던져주는 감동은 사실 절망적이다. 내가 도저히 가 닿을 수 없는 삶은 나를 슬프게 한다. 내 삶을 먼지처럼 옹졸하게 만든다. 그런데 통제사는 나와 같은 사람이었다. 그것이 나를 걷잡을 수 없는 감동으로 밀어 넣었다. 그 감동 속에는 슬픔이 있었으리라. 면이 누워 있는 언덕 위에는 여전히 칼바람이 불었다. 겨울 바람 속에 현충사는 사위가 고요했다. 묘 너머 소나무에 걸린 자연보호 안내 글귀가 쓸쓸했다.

언덕을 내려와서 현충사 본전으로 향했다. 큰 소나무가 하늘을 가리고 있었다. 유명한 홍살문이 보였다. 경건해지는 마음으로 흔들리는 마음을 쓸쓸하게 재웠다. 거대한 본전 정면에 통제사의 모습이 나타났다. 건물 앞에는 향이 피어오르고 있었다. 묵념을 올리고 방명록에 이름을 남겼다. 여기까지 왔어도 내가 그 분에게 할 수 있는 일이 너무나 적었다. 정말 하찮은 내 삶이 쓸쓸했다. 내 쓸쓸함이 통제사를 만난 감정이라는 것이 더욱 쓸쓸했다. 오랜 시간을 그리워했던 여기에 와서 단지 쓸쓸함만을 느껴야 하는 내 보잘 것 없음이 다시 쓸쓸했다. 본전 앞 뜰에는 하얀 눈이 곳곳에 남아 있었다. 겨울 햇살이 비치는 먼 산에는 삶에 지친 안개가 가득했다. 허락만 된다면 여기에 오래 머물고 싶었다. 통제사의 마음에 안겨 내 영혼의 보잘 것 없음을 달래고 싶었다. 바닥까지 가라앉아도 죽을 수 없었던 내 삶의 현재와 만나고 싶었다. 감당하기 어려운 삶의 무게 아래에서도 노을에 잠긴 소금창고 속에서 숨죽여 울었던 통제사의 슬픔을 진정 만나고 싶었다. 내 하찮은 판단이 옳은 것이 되도록 통제사에게 오랫동안 질문하고 싶었다. 향 연기가 눈에 들어왔을 뿐이라고 변명하면서 연신 눈가에 맺히는 물기를 손등으로 찍어내었다.

현충사 충무문

쓸쓸한 칼의 노래

현충사 본전을 나오면서 다시 고개를 숙였다. 유물관으로 향했다. 기대했던 것보다는 작고 아담한 건물,《이충무공전서》가 보였고,《임진장초》가 눈에 들어왔다. 젊은 시절 삶을 기록한《함경도 일기》와 7년 전쟁의 통제사 목소리인《난중일기》에도 긴 시간을 머물렀다. 건물 중앙에 서 있던 거북선도 아름다웠다. 하지만 무엇보다도 내 눈을 채웠던 것은 190센티미터가 넘는 통제사의 장검이었다. 거기에는 희미하게 검명이 새겨져 있었다. '일휘소탕 혈염산하—揮掃蕩 血染山河'

적의 칼은 삼엄했다. 칼자루 쪽에 눈을 대고 칼날의 끝 쪽을 들여다보였다. 칼이 끝나는 곳에 한 개의 점이 보였다. 그 점은 쇠의 극한이었다. 칼은 그 소실점 너머로 사라지는 듯했다. 칼날 위에서 쇠는 맹렬한 기세로 소멸하고 있었다. 쇠는 쇠 밖으로 뛰쳐나가려 했고, 그 경계를 따라 칼날은 아슬아슬한 소멸의 흔적으로 떠 있었다……

나는 그 칼이 뿜어내는 적의의 근원을 헤아릴 수 없었다.

_김훈,《칼의 노래》부분

오랜 시간 칼 앞에 서 있었다. 소설 어느 부분이 한꺼번에 달려들어 머리가 아득했다. 통제사의 목소리가 머리 위에 쏟아졌다.

포로들은 모두 각자의 개별적인 울음을 울고 있었다. 그 개별성 앞에서 나는 참담했다. 내가 그 개별성 앞에 무너진다면 나는 나의 전쟁을 수행할 수 없을 것이다. 그때, 나는 칼을 버리고 저 병신년 이후 곽재우처럼 안개 내린 산속으로 숨어들어가 개울물을 퍼먹는 신선이 되어야 마땅할 것이다. 울음을 우는 포로들의 얼굴을 들여다보면서 나는 적의 개별성이야말로 나의 적이라는 것을 알았다. …… 어째서 (저들이) 나의 칼로 베어 없애야 할 적이 되었는지 나는 알 수 없었다. 적에게 물어보아도 적은 대답할 수 없을 것이었다.

_김훈, 《칼의 노래》 부분

통제사는 칼을 들어 자신 속에 담겨 있는 온정주의와 낭만주의를 제일 먼저 베어버린다. 통제사에게 적을 베는 것은 생존을 위한 노동과 같았다. 가치 판단은 이미 그의 손을 떠난 지 오래다. 통제사는 그의 피할 수 없는 노동을 공工과 염染이라는 단어로 표현했다.

'물들일 염 자가 깊사옵니다.' / '그러하냐? 염은 공工이다. 옷감을 물을 들이듯이, 바다의 색을 바꾸는 것이다.' / '바다는 너무 넓습니다.' / '적 또한 헤아릴 수 없이 많다.'

_김훈, 《칼의 노래》 부분

내가 베지 않으면 내가 베이는 것이 전장이다. 칼이 살아 있었다. 언뜻 내 머리카락을 스치는 칼의 노래를 들으며 갑자기 모골이 송연해졌다. 할 수만 있다면 칼을 잡아 보고 싶었다. 아주 가까이에서 칼의 노래를 듣고 싶었다. 헤아릴 수 없는 적들을 향해 칼을 휘두르고 그들에게 칼의 노래를 들려주고 싶었다. 어쩌면 그 헤아릴 수 없는 적은 바로 내 내부에서 꿈틀거리고 있는 삶에 대한 단순한 안락함이기도 했다. 생각이 거기까지 미치자 갑자기 다시 쓸쓸했다. 내 생각의 하찮음이 쓸쓸했다.

유물관 앞에는 구본전이 있었다. 텅 빈 건물. '顯忠祠'라는 현판이 다시 쓸쓸했다. 구본전 앞 바위에 앉아 오랫동안 '顯忠祠'라는 현판을 바라보았다. 다양한 소리를 가진 칼의 노래가 밀려왔다가 밀려갔다. 통제사에게 가장 큰 적은 내부에 있었다. 그것은 통제사 자신의 마음 안에도 있었고 조선 안에도 있었다. 그의 칼은 자신을 찌르고 헤아릴 수 없는 적을 찔렀지만 조선 안의 적에게는 향할 수 없었다. 결국 그의 칼은 쓸쓸한 노래만 부르고 있었던 셈이다. 가장 큰 적은 오히려 내부에 있다. 지친 걸음으로 현충사를 나오면서 뒤돌아본 건물들에는 쓸쓸한 칼의 노래만 맴돌고 있었다.

현충사 홍살문

무덤 아래에 서다

현충사를 돌아 나오면서 매우 쓸쓸했다. 엄숙하고 장엄한 느낌보다는 쓸쓸해야 하는 내 생각의 흐름이 더욱 쓸쓸했다. 허무함은 그런 것이리라. 엄숙한 오케스트라의 연주보다는 쓸쓸한 팬플룻 연주를 들은 듯한 느낌. 소설《칼의 노래》가 주는 감흥도 사실은 비슷하다. 대단한 승리를 담은 소설이지만 소설의 흐름은 승리 그 자체보다도 내면적 갈등으로 가득 찬 통제사의 목소리로 이루어진다.

통제사 이순신 장군의 묘소

통제사의 묘소로 향했다. 새로 만들어진 길을 따라 달리다가 길을 잃어 버렸다. 사실 살다가 길을 잃은 적이 어디 한두 번이던가. 다시 걸으면 길이 나오는 것이 당연한 것이 아니던가. 단지 그만큼 시간이 흐를 뿐이지. 늘 시간은 거기에서 나를 기다릴 것이라고 기대하지만 불현듯 사라져 버리는 수많은 시간들. 그 빈 허공에는 지키지 못한 약속들만 떠돌아다닌다.

통제사의 묘소는 조용했다. 내린 눈을 밟으며 묘소를 향하는 고갯길을 올랐다. 길에 밟히는 눈의 감촉이 따뜻하다. 사그락거리는 발끝 소리도 애틋하다. 멀리 보이는 묘소에는 두 사람의 방문객만 보였다. 제법 넓은 터에는 하얀 눈이 잔디를 덮고 있었다.

임진년 바다에서는 알 수 없는 일이 많았고, 지금도 역시 그러하다. 가장 확실하고 가장 절박하게 내 목을 조여 오는 그 거대한 적의의 근본을 나는 알 수 없었다. 알 수 없었으나, 내 적이 나와 나의 함대를 향해 창검과 총포를 겨누는 한 나는 내 적의 적이었다. 그것은 자명했다. 내 적에 의하여 자리 매겨지는 나의 위치가 피할 수 없는 나의 자리였다. 싸움이 끝나는 저녁 바다 위에서, 전의戰意가 잠들고 살기가 빠져나간 함대는 비로소 기진했고 노을 헤치며 모항으로 돌아가는 항해 대열은 헐거웠다.

그 저녁에도 나는 적에 의해 규정되는 나의 위치를 무의미라고 여기지는 않았다. 힘든 일이었으나 어쩔 수 없었다. 어쩔 수 없는 일은 결국 어쩔 수 없다. 그러므로 내가 지는 어느 날, 내 몸이 적의 창검에 베어지더라도 나의 죽음은 결국은 자연사일 것이었다. 비가 내리고 바람이 불어 나뭇잎이 지는 풍경처럼, 애도될 일이 아닐 것이었다.

_김훈,《칼의 노래》부분

통제사의 숨통을 조였던 그 거대한 적의의 근본은 무엇이었을까? 자신의 적에 의해 자신의 자리가 매겨지는 전쟁이라는 상황. 싸움이 끝난 저녁 바다 위에서 통제사가 느낀 감정은 오히려 쓸쓸함이었다. 차라리 그렇게 적의 손에 죽을 수만 있다면 그것은 그에게 자연사일 것이 자명하다. 그는 결국 자연사 아닌 자연사를 택한다. 택한다는 표현이 잔인하다면 택할 수밖에 없었을 것이다. 그냥 그것은 비가 내리고 바람이 불어 나뭇잎이 지는 풍경일 뿐인 것이다.

제법 큰 무덤 위에도 하얀 눈이 덮고 있었다. 눈이 녹아 질퍽질퍽한 잔디 위에서 사배를 올렸다. 술잔을 올리지 못한 아쉬움이 컸다. 마음 같아서는 밤새도록 옆에 앉아 술잔을 나누고 싶었다. 성웅 이순신이 아니라 인간 이순신과 만나고 싶었다. 평생을 안고 다녔던 통제사의 쓸쓸함을 만나고 싶었다. 무덤을 돌았다. 오른손을 무덤 위에 얹고 수없이 통제사를 불렀다. 덮인 눈 사이로 보이는 잡초를 뽑아내었다. 그러면서 내 마음 속에서 자라는 잡초를 뽑아내려고 노력했다. 내 하찮은 쓸쓸함을 뽑아내려고 노력했다. 신기하게도 잡초는 어디에나 존재했다. 뽑아내는 거기에도 잡초는 다시 자라고 있었다. 하찮은 쓸쓸함도 어디에나 존재했다. 뽑아내어도 쓸쓸함은 줄어들지 않았다. 현충사에서 바라본 풍경보다도 훨씬 짙은 안개가 건너편 산등성이를 맴돌고 있었다. 끝내 안쪽의 적을 향해 내려치지 못한 통제사의 칼의 노래가 쓸쓸했다. 묘소를 내려오는 길에 올려다본 묘소 근처에는 아무도 없었다. 얼마나 쓸쓸하실까? 그래도 어쩔 수 없다. 이제 나는 돌아가야 하니까. 보잘 것 없는 내 삶이지만 그것을 지켜보는 소중한 사람들도 존재하니까.

칼은 속수무책이었다

통영대교를 지나 산양면으로 들어갔다. 산양면은 미륵도의 다른 명칭이기도 하다. 한산도에 가기 전에 미륵도 달아공원에 들러 아름다운 한려수도를 바라보고 싶었다. 몇 구비의 고갯길을 돌아 해변으로 내려섰다. 기대하지 않았던 만남, 아무리 비켜가려고 해도 스치지 않고서는 지나갈 수 없는 길은 존재하는 모양이다. 도로변에 만들어진 작은 표지판. '당포대첩지'. 차를 세웠다. 낚시를 하는 사람에게 물으니 지금은 삼덕항이라고 부른다고 했다. 하지만 통제사의 흔적이라곤 단지 표지판 하나가 전부였다. 쓸쓸했다.

세상은 칼로써 막아낼 수 없고 칼로써 헤쳐 나갈 수 없는 곳이었다. 칼이 닿지 않고 화살이 미치지 못하는 저쪽에서, 세상은 뒤채이며 무너져 갔고, 죽어서 돌아서는 자들 앞에서 칼은 속수무책이었다.

_김훈,《칼의 노래》부분

통제사가 연전연승을 이루던 시간과 관련된 이 장소에서조차 쓸쓸함을 느껴야 하는 내 마음의 움직임. 눈에 보이는 적에게 던지는 칼날은 예리하다. 하지만 칼로써 막아낼 수 없고 헤쳐 나갈 수 없는 무형의 대상에게 칼은 속수무책이었다. 그건 통제사에게나 나에게나 마찬가지였다. 자신이 지닌 그릇의 크기를 담을 수 없다고 해서 신하가 임금에게 칼을 겨눌 수는 없는 일이다. 도저히 이해할 수 없는 어리석은 선택을 한다고 해서 민초들에게 칼을 내리칠 수는 없는 일이다. 바닥이 보이지 않는 깊은 바닷물에는 수많은 잡어들이 유영하고 있었다. 분명 그들에게 필요한 것은 삶 자체일 게다. 이념이고 사상이고 부정이고 부패고 아무런 의미가 없을 게다. 그들에게 지금 중요한 것은 자신

당포 앞바다의 풍경

의 삶이 주는 본질적 일상의 안락함일 게다. 그 자체를 탓할 수는 없었다. 400년 전이나 지금이나 삶의 모습은 크게 다르지 않았다. 다시 쓸쓸했다.

2차 출진의 첫 전투인 사천해전을 승리로 이끈 이순신 함대는 1592년 6월 1일 함대를 이동하여 고성 사량도 뒷바다에 진을 치고 밤을 지냈다. 다음날 아침 여덟시 경 일본 군선이 당포에 있다는 소식을 듣고 함대를 이동하여 열시쯤 당포에 도착했다. 일본군 삼백여 명은 성내에서 노략질을 하고 있었고, 나머지 반은 육지에서 조총으로 공격해 왔다. 일본 함대는 대선 9척, 중·소선 12척이었다. 이순신 함대는 거북선으로 아다케(일본의 가장 큰 배)를 들이받으면서 용두에서 현자총통을 쏘았고, 각각 천자, 지자 대장군전을 쏘아 배를 깨뜨렸다. 중위장 권준은 활로 일본 장수(가메이 코레노리)를 쏘아 맞추었고, 군관들이 뛰어들어 머리를 베었다. 이에 일본 수군은 사기를 잃고 도망하여 왜선 21척은 모두 분멸되었다. 머릿속에는 드라마의 장면들이 주마등처럼 스쳐 지나갔다. '방포하라'는 통제사의 목소리가 반복해서 울렸다.

거북선에 의한 협격전이 펼쳐졌던 당포. 거북선은 사천포해전에서 처음 실전 배치되었지만 사천포는 포구 앞 바다의 수심이 얕아 거북선과 판옥선단이 협격전을 펼치기에는 제약이 따랐고, 그 과정에서 통제사가 어깨 부위에 부상을 입기도 했다. 그에 반해 당포는 수심이 깊고 포구 앞이 트여 있어 협격전을 펴기에 안성맞춤의 장소였다. 포구에 정박한 뱃전에 출렁이는 낮은 파도가 정겨웠다. 어디선가 봉화가 오르고 거북선 머리에서 현자총통이 터졌다. 이대로 승리의 함성 속에 머물고 싶었다. 앞으로 힘차게 걸어가지 못하고 여전히 거기에 머물고 싶은 생각 때문에 다시 쓸쓸했다. 물고기들은 여전히 거기에서 유영하고 있었다.

내 젊은 적들의 문장은 칼을 닮아 있었다. 이러한 적들 수만 명이 경상 해안에 집결해 있었다. 내가 죽인 백골 위에 사쿠라 꽃잎이 날려도 나는 이 바다 위에 남아 있어야 했다.

_김훈, 《칼의 노래》 부분

죽은 백골 위에 사쿠라 꽃잎이 날리는 적의 날카로운 칼날 사이로 통제사의 '물들일 염染' 자가 스며들었다. 죽이는 자와 죽어가는 자, 사실 그들 사이에는 아무런 거리가 없었다. 지금 죽어갈 뿐이지 어차피 죽어야 하는 것은 동일한 것 아닌가. 죽음을 맞이할 때까지 바다 위에 남아 있어야 했던 통제사, 그가 부르는 칼의 노래가 실로 허망했다.

너무 멀어서 끝은 보이지 않았다

나의 사지는 내 앞에 끝도 없이 펼쳐져 있었다. 잘 죽을 수 있는 자리였다. 그러나 죽음에 이르는 길은 너무 멀어서 끝은 보이지 않았다.

_김훈, 《칼의 노래》 부분

달아공원에서 하얀 구름 사이로 아름답게 피어난 크고 작은 섬들을 바라보면서 갑자기 죽음을 생각했다. 아름다운 풍경이 슬플 수도 있다는 것이 참혹했다. 죽음에 이르는 길이 너무 멀어 끝이 보이지 않는다는 통제사의 마음을 읽었다. 쓸쓸했다. 이제 한산도로 간다.

임진왜란 중에 벌어진 해전에서 통제사가 이끄는 조선 함대는 단 한 차례의 패배도 기록하지 않았지만, 그 중에서도 가장 빛나는 승리를 거둔 해전은 아마도 '한산대첩'일 것이다. 이 역사적인 전투에서 이순신 장군은 거북선을 앞세운 이른바 '학익진' 전법으로 73척의 왜선 중 47척을 침몰시키고 12척을 나포하는 빛나는 전과를 거둔다.

이 전투 이후 통제사는 한산도에 조선 수군의 총사령부라고 할 수 있는 삼

도수군통제영을 설치하고, 또다시 다가올 전투에 대한 장기적인 대비에 들어
간다. 1593년 7월부터 1597년 2월까지 약 3년 7개월에 걸친 이 시기는 통제
사의 생애에서 개인적으로 그나마 가장 안온한 시기이기도 하다. 하지만 한반
도 거의 전부가 왜적에 의해 유린된 상황에서의 전장에서 편안함은 내부적인
불안함의 근원이기도 했다.

 통영 여객선 터미널에서 파라다이스 카페리호 표를 샀다. 한 시간 간격으로
배편이 있어서 불편함은 없었다. 차를 함께 실었다. 한산도로 가는 길은 제법
운치 있는 뱃길이다. 한려수도를 이루는 크고 작은 섬들이 사방에 점점이 흩어

한산도 가는 길

져 있고, 남해 특유의 잔잔한 물살은 흡사 호수 위를 미끄러지는 듯 유려하다.

통영항이 완전히 시야에서 사라질 즈음이면 배는 멀리 한산도를 그림처럼 앞두고 사방이 탁 트인 넓은 바다의 물살을 가르기 시작한다. 아마도 이 바다가 이순신 함대가 견내량의 왜군을 유인하여 무찌르던 그 곳이었을 것이다. 뱃전에 서서 눈을 감으면 그날 그 거대한 전투의 함성과 포성이 아련히 들려오는 듯도 하다. 주변에는 미륵도, 거제도 등 큰 섬을 비롯해 화도, 서좌도, 송도, 추봉도 등의 작은 섬들이 흩어져 있다. 통제사가 화살을 만들기 위해 조성한 대밭이 있었던 죽도竹島와 장군이 갑옷을 벗고 전장의 피로를 씻었던 곳이라는 해갑도解甲島도 한산도로 가는 뱃길에서 만날 수 있다. 섬에 가까워지면서 거북 등대를 볼 수 있었다. 암초 위에 거북선 모형으로 만들어졌고, 거북 등대는 바닷물이 들어올 때면 암초가 바닷물에 잠겨버려 마치 거북선이 출진하는 모습을 연상시킨다. 뱃전을 부딪치는 바다 소리를 들으면서《칼의 노래》를 다시 펼쳤다.

한 자루의 칼과 더불어 나는 포위되어 있었고 세상의 덫에 걸려 있었지만, 이 세상의 칼로 이 세상의 보이지 않는 덫을 칠 수는 없었다.

_김훈,《칼의 노래》부분

통제사에게 있어 칼은 통제사 스스로의 모습과 다르지 않다. 통제사에게 있어서 그를 둘러싼 모든 것은 덫이었던 셈이다. 보이는 덫은 칼로 내리칠 수 있지만 보이지 않는 덫을 칼로 내리칠 수는 없었다. 시원한 바닷바람이 가슴으로 달려들었지만 전혀 후련하지 않았다. 오른편 산꼭대기에 전승 기념탑이 보이고 한산도가 눈앞으로 달려 들어왔다.

270

하찮음은 끝끝내 베어지지 않는다

나는 칼로써 지켜내야 하고 칼로써 막아내야 할 세상의 의미를 돌이켜 볼 수 없었고, 그 하찮음들은 끝끝내 베어지지 않는다는 운명을 알지 못했다.

_김훈,《칼의 노래》부분

한산도에 도착했다. 하늘은 맑았고 바람은 뜨거웠다. 제승당으로 향하지 않고 반대 방향으로 차를 몰았다. 제승당은 천천히 만나고 싶었다. 한산도는 온통 통제사와 관련된 지명으로 가득하다. 한산도대첩에서 패한 왜적의 머리가 무려 억 개나 되었다는 두억개頭億浦, 해상에 진을 쳤다는 진작지, 전쟁에 패해 달아나던 왜적들이 물길을 틔우기 위해 개미떼처럼 달라붙어 파놓은 산의 형상이 잘록한 개미허리 모양이 되었다고 해서 생긴 개미목, 해전에서 패한 왜적들이 빨래하던 아낙에게 도망칠 길을 물었다는 문어포問語浦, 우리 수군이 망을 보다가 적선이 나타나면 깃발을 흔들어 신호했다는 깃대먼당, 척후병을 배치하여 적의 동정을 엿보았다는 얏비기산, 수많은 왜적의 시체를 거두어 매장했다는 매왜치, 해안에 불을 피워 많은 군사들이 주둔해 있는 것처럼 왜적

한산도 아침
새벽에 칼 소리에 잠이 깨었다. 사위는 조용하고 바다는 안개로 자욱했다.
어디선가 통통 소리를 내며 배 한 척이 항구로 들어왔다.
안개 덮인 한산도 앞바다가 슬프도록 쓸쓸했다.

을 속였다는 불막개, 장수를 뽑는 무과시험을 치렀던 새장목. 한산도 거의 대부분의 지명에는 통제사의 흔적이 남아 있다. 생각했던 것보다 섬은 제법 넓었다.

제승당에서 가장 먼 곳, 한산면 소재지에서 하룻밤을 묵었다. 밤새도록 칼의 노래를 들었다. 바람 소리, 파도 소리, 수많은 군사들의 함성 소리, 그리고 민초들의 신음 소리로 잠을 이루지 못했다. 안타깝게도 짧은 여름밤은 오히려 길었다. 칼로써 지켜내고 막아내야 할 세상에서 하찮음이 끝끝내 베어지지 않아 쓸쓸했다. 아니, 죽음을 벨 수 있는 칼이 통제사에게도 나에게도 없었다.

죽이되, 죽음을 벨 수 있는 칼이 나에게는 없었다. 나의 연안은 이승의 바다였다.

_김훈,《칼의 노래》부분

그래도 아침은 왔다. 일출이 장엄했다. 아침을 챙겨먹고 야소, 의암, 죽전, 하포, 진작지를 거쳐 두억개를 찾았다. 통제사는 전라도 여수가 한쪽으로 치우쳐 있어 작전에 어려움이 있다고 생각하고 이곳 두억개 일대에 터를 닦아 창고와 작업장, 숙소, 망루 등 진영의 주요 시설들을 마련하고 곧 닥쳐올 또 다른 전투에 대비하게 된다. 당시 장군이 이끌던 수군 병력과 그를 따라나선 피난민의 숫자까지 합치면 한산도 진영의 규모는 상당했을 것으로 추정되지만, 이에 대한 기록이 남아 있지 않아 진영의 규모와 구조는 확실히 알 수 없다. 쓸쓸한 마음으로 두억개를 지나 문어포로 향했다. 작은 주차장에 차를 세우고 마을 오른편으로 난 산길을 올랐다. 산 정상에는 지난 1976년 대대적인 성역화 작업 때 세워진 웅장한 규모의 '한산대첩비'가 자리 잡고 있다. 찾는 이들이 많지 않아서인지 대첩비로 오르는 길은 썩 잘 정돈된 편은 아니다. 사람이

274

왕래하지 않아서 오솔길은 동백꽃으로 터널이 만들어져 있었고 바닥에는 파란 이끼로 가득했다. 이끼 가득한 길. 독특한 체험이었다. 이름 모를 산새 울음소리와 동백숲. 방치된 길이 오히려 고즈넉했다. 그리고 쓸쓸했다. 그 쓸쓸함은 통제사의 그것이기도 했으리라.

쓸쓸함은 정상에 도착해서 더욱 짙어졌다. 돌보는 이가 없어 이렇게 산속에 버려지다시피한 위대한 승리의 기념비는 시꺼멓게 변색이 되고, 허옇게 녹아내려 부식되고, 외부가 떨어져 나가거나 벗겨져서 모양이 말이 아니었다. 거북선 모양의 대첩비를 돌았다. 갑자기 확 트이는 풍경. 한산대첩의 현장이었던 한산도 앞바다의 풍경이 그림처럼 펼쳐져 있었다. 가슴이 탁 트이도록 시야를 채워오는 망망한 바다. 그리고 점점이 떠 있는 작고 큰 섬들. 통제사도 여기에 서서 자신을 조여 오는 수많은 칼의 노래를 들었으리라. 쓸쓸한 가슴에 온통 내려앉는 푸른 바다색이 슬프도록 쓸쓸했다.

무력할 수 있는 무인이기를 바랐다

사실 나는 무인된 자의 마지막 사치로서, 나의 생애에서 이기고 지는 일이 없기를
바랐다. 나는 다만 무력할 수 있는 무인이기를 바랐다. 바다에서, 나의 무武의 위치는
적의 위치에 의하여 결정되었다. 그러므로 나의 마지막 사치는 성립될 수 없었다.
…… 바다에서 나는 늘 머물 곳 없었고, 내가 몸 둘 곳 없어 뒤채는 밤에도 내 고단한
함대는 곤히 잠들었다.

_김훈, 《칼의 노래》 부분

죽이고 죽는 것이 일상인 전장에서 이기고 지는 일이 없기를 바라고 나아가
무력한 무인을 바라는 것은 무인으로서는 사치이다. 전장에서의 통제사 위치
는 단지 적의 위치에 의하여 결정될 뿐이었다. 적이 없으면 나도 존재하지 않
는 곳이 전장이다. 하지만 통제사에게는 사방이 적이었다. 결국 통제사의 마
지막 사치는 이루어지지 않았다. 바다에서 머물 곳 없는 통제사는 고단한 함
대가 곤히 잠든 밤에도 몸 둘 곳 없어 뒤척였다. 통제사가 그렇게 수많은 밤을
뒤척였던 곳. 그가 아직도 살아 있을 것 같은 제승당으로 간다. 오른편에 한산

도 앞바다를 끼고 반원을 그리며 제승당 가는 길이 열려 있었다. 길 옆에 누운 바다에는 밀물이 들어오는지 먼지 같은 부유물이 물 위에 떠 있었다. 그 아래 바닷물은 맑다. 맑은 바닷물 위에서 가라앉지 못하고 떠도는 부유물이 내 삶과 같아서 다시 쓸쓸했다.

바다에서는 늘 먼 섬이 먼저 소멸하고 먼 섬이 먼저 떠올랐다.

_ 김훈, 《칼의 노래》 부분

이렇게 아름다운 바다에서 생성보다는 소멸을 먼저 떠올려야 했던 통제사의 절박함이 쓸쓸했다. 스스로 소멸하고 싶어도 소멸할 수 없는 통제사의 마음에 가슴이 아팠다. 적이 존재하는 한 자신도 존재해야 하니까. 가는 길에 여전히 옛날 그 자리에 있는 우물물을 들이켰으나 쓸쓸함과 통증이 가시지 않았다. 대첩문을 지났다. 높이 자란 소나무가 나를 쓸쓸하게 내려다보고 있었다. 길가에는 들꽃들이 곳곳에 핏빛으로 피어났다.

드디어 나타난 제법 넓은 뜰. ‘制勝堂’이라는 현판이 걸린 건물이 정면에 나타났다. 승리를 만드는 집. 제승당으로 다가갔다. 제승당은 한산도 통제영의 중심 건물로 통제사 이순신의 집무실이자 그가 참모들과 작전을 수립하던 곳으로 본래의 이름은 ‘운주당’이었다. 하지만 원균의 칠천량 해전 참패로 한산 진영이 불타 폐허가 되었다. 그로부터 142년이 지난 1739년, 제107대 통제사 조경이 통제사 이순신의 뜻을 기려 운주당 옛 터에 다시 건물을 세워 제승당이라 했다. 결국 제승당은 통제사의 명예와 절망이 함께 존재하는 건물이다. 단층의 낮은 화강암 기단 위에 정면 5칸 측면 3칸 규모로 올라앉은 건물에는 노량해전, 사천해전 등 이순신 장군의 주요 전투를 그린 5폭의 그림과 거북선 모형이 전시되어 있다. 통제사의 마음을 남은 흔적으로나마 만나러 온 사람에게 건물은 오히려 장애이기도 하다.

충무문을 지나 왼편의 충무사로 바로 향했다. 충무사는 통제사의 사당이다. 향을 피우고 절을 올렸다. 연기 가운데로 정면에 마주한 통제사의 모습이 보였다. 오랫동안 올려다보았다. 여전한 모습으로 거기에 계신 통제사가 부럽기도 했다. 그런 마음의 움직임은 통제사를 만나러 온 내 마음의 본질은 아니다. 내가 통제사를 부러워하거나 질투해서는 안 되는 일이다. 충무사 뜰에 내려섰다. 오고 가는 많은 관광객들 중에 나는 이방인이었다. 아이를 데리고 온 어느 아버지가 통제사와 제승당에 대해 설명하고 있었다. 사실 아무런 소리도 귀에 들리지 않았다. 형언할 수 없는 쓸쓸함으로 결국 충무사 뜰 앞 '제승당유허비' 앞에 주저앉아 버렸다. 제승당유허비에는 세월이 지날수록 커지는, 살아남은 사람들의 통제사에 대한 그리움이 담겨 있다. 세월에 따라 퇴락해 가는 제승당 터에 대한 안타까움과 통제사에 대한 조선 민중의 변함없는 사랑을 담아낸 비문이 사뭇 뭉클하게 가슴으로 다가왔다.

이제 다시 수백 년이 지나 주춧돌은 옮겨지고 우물과 부엌마저 메워졌건만 아득한 파도너머 우거진 송백 속에 어부와 초동들은 아직도 손가락으로 제승당 옛터를 가리켜 주니 백성들은 이같이 오래도록 잊어버리지 못하나 보다.

_제승당 유허비 비문 부분

278

적들은 모여서 울었다

제승당 왼편을 돌아 한산정으로 내려섰다. 한산도 앞바다가 눈앞에 펼쳐졌다. 여기는 통제사가 활을 쏘았던 곳으로 추정되는 활터이다. 《난중일기》에 가장 빈번하게 나오는 내용은 통제사가 아프다는 기록과 통제사 혼자 또는 동료 장수들과 활을 쏘았다는 기록이다. 또한 1594년 4월에는 한산도 진영에서 활을 쏘는 것만으로 무과시험을 치를 수 있도록 허락을 얻어 1백여 명의 병사들을 과거에 합격시키기도 했다. 하지만 이곳 역시 옛 흔적은 전혀 남아 있지 않아 정말 이곳이 그 활터였는지 증명하기는 어렵다. 사대와 과녁 사이에 바닷물이 들어와 있는 풍경이 퍽이나 아름답고 이채롭다. 사대 자리에 세워진 '한산정'이라는 정자는 그 시절에 복원된 많은 옛 건물들이 그러하듯 전체가 시멘트로 지어진 건물이다. 이러한 건물은 오히려 상상력을 가로막는다. 멍하니 그 자리에 서서 통제사의 마음을 다시 생각했다. 통제사는 저마다 울음을 우는 적의 개별성을 슬퍼했다. 왜 저마다의 울음을 우는 개별성의 몸이 자신의 칼로 죽여야 하는 적이 되어야 하는지를 슬퍼했다. 개별성을 지닌 적은 이미 적이 아닐 수도 있었다. 단지 연민의 대상일 수도 있었다.

　나의 적은 전투 대형의 날개를 펼치고 눈보라처럼 휘몰아 달려드는 적의 집단성이기에 앞서, 저마다의 울음을 우는 적의 개별성이었다. 그러나 저마다의 울음을 우는 개별성의 울음과 개별성의 몸이 어째서 나의 칼로 베어 없애야 할 적이 되어야 하는 것인지를 나는 알 수 없었다. 적에게 물어보아도 적은 대답할 수 없을 것이었다. (중략) 부대를 잃고 퇴로를 잃은 적들은 갯벌의 바위틈이나 물고랑에 게처럼 모여서 울었다.

_ 김훈,《칼의 노래》부분

　다시 제승당 앞으로 올라왔다. '수루'가 보였다. 통제사가 '큰 칼 옆에 차고 깊은 시름 하던' 모습이 떠올랐다. 한산도 앞바다의 풍경이 그림처럼 내려다보였다. 자신을 둘러싼 안과 밖의 수많은 적들 속에서도 나라를 위해 그 자리를 지켜야 했던 통제사의 번민이 절절하게 가슴으로 다가왔다. "이날 저녁 달빛은 대낮같고 바람 한 점 없는데 홀로 앉아 있으니 심란하여 잠을 이루지 못하겠다. 잠을 이루지 못해 신홍수를 불러 통소를 불게 하다.(이순신,《난중일기》부분)"와 같은 묘사가 저절로 나올 듯한 풍경. 수백 년 전에 화약 연기와 피비린내가 진동했던 한산도 앞바다는 이제 아름다움 그 자체이다. 승리의 역사도 아픔의 기억도 시간이 모든 것을 지워버린다. 그 시간의 자취를 담은 이야기만이 빈 바다를 맴돈다. 일군의 여행객을 앞두고 지방 문화해설가 한 분이 한산도 대첩에 대해 자세하게 설명하고 있었다. 수루 난간에 앉아 한산도 앞바다를 내려다보았다. 거북 등대가 손에 잡힐 듯 다가오면서 거북의 입에서 연기가 품어져 나오고 장검을 든 통제사의 '방포하라!'는 소리가 귀를 파고들었다. 평소에 정말 좋아하는 통제사의 시를 읊조렸다.

天步西門遠 (나라님 행차는 서쪽 관문으로 멀어지고)

東宮北地危 (동궁전하는 북쪽 변경에서 위험에 처해 있다)

孤臣憂國日 (외로운 신하 나라 일 걱정하는 날)

壯士樹勳時 (장사들은 공을 세울 때이다)

誓海魚龍動 (바다에 맹세하니 어룡이 감동하고)

盟山草木知 (산들에 맹서하니 초목이 안다)

讐夷如盡滅 (이 원수들을 다 죽일 수 있다면)

雖死不爲辭 (비록 죽을지라도 사양하지 않으리)

_ 이순신, 〈陳中吟진중음〉 전문

바다에 맹세하니 어룡이 감동하고 산에 맹세하니 초목이 알아주는 그 맹세는 무엇이었을까? 당연히 그것은 적을 물리치고 조선과 조선의 백성들을 지키는 일이었을 게다. 충신이 단지 충신으로만 인정받을 수 없었던 불행한 시대를 살았던 통제사 이순신. 통제사의 번민이 단지 그 시대만의 번민이었을까? 결국 사람들이 살아가는 세상의 모습은 비슷하다. 세계 4대 해전 중의 하나인 한산도대첩의 현장에서 오히려 통제사의 번민을 읽어야 하는 내 마음의 흐름이 쓸쓸했다. 오랜 시간 아름다운 한산도 앞바다를 지켜보며 통제사와 대화를 했다. 그래도 결국 내가 돌아가야 할 곳은 내 삶이 그대로 숨 쉬는 일상이다. 반원을 그으며 제승당을 돌아 나오는 길이 다시 쓸쓸했다.

바다는 문득 고요했다

　남해대교를 건너 남해도를 찾았다. 남해도는 통영과 더불어 내 여행길의 중심에 있다. 내 마음의 고향인 미조항, 백사장이 아름다운 상주 해수욕장, 보리암이 있는 금산이 여기에 있고, 서포 김만중의 유배지인 노도가 가깝다. 하지만 이번에 찾은 것은 통제사를 만나기 위함이다. 남해도는 통제사의 마지막을 만날 수 있는 섬이다. 마지막이란 단어는 슬프지만 아름답다. 통제사를 만날 때마다 울음을 울었던 칼은 언제나 나에게 말했다. 어떤 대상에 대한 사랑도 결국 불가능에 대한 사랑일 뿐이라고. 결국 모든 것은 흐름에 맡겨져 있다고. 지나간 시간이 남긴 공간에는 버려진 약속들만 떠돌고 있다고. 통제사처럼 영웅도 아니고, 김훈처럼 유명한 작가도 아닌 나는 그들보다 더욱 쓸쓸해서 속울음을 울었다.

　사랑은 불가능에 대한 사랑일 뿐이라고, 그 칼은 나에게 말해 주었다. 영웅이 아닌 나는 쓸쓸해서 속으로 울었다.

　_김훈, 《칼의 노래》 부분

노량에 왔다. 금방 건너온 남해대교가 햇빛 사이에서 가볍게 흔들렸다. 충렬사. 여기는 통제사께서 관음포에서 전사하신 후 시신을 잠시 모셨던 곳이다. 지금도 통제사의 가묘가 남아 있다. 주차장에 차를 세우고 충렬사 계단을 올랐다. 충렬사는 통제사의 여러 사당 중에서 규모가 작은 편이다. 작은 것이 아름답다고 해야 하나. 아담한 담장 너머에 몇 송이의 동백꽃이 꽃망울을 터뜨리고 있었다. 충렬사 정문에서 바라보는 노량이 햇빛 사이로 고즈넉하게 반짝거렸다. 통제사의 마지막 싸움은 자신만의 절박한 선택이었다. 물러갈 길을 달라는 것이 왜적의 마지막 요청이었고, 원군이었던 명도 그것을 용인하고 있었다. 하지만 통제사는 그럴 수가 없었다.

지난 7년간, 저 바다에 수많은 전우를 묻었다. 우리 손으로 이 전란을 끝내지 못한다면 이 나라 조선 백성의 한을 씻지 못한다면 우리는 영원히 죄인의 굴레를 벗을 수 없을 것이다.

_ 드라마 〈불멸의 이순신〉 부분

통제사는 다시 올 수 있는 불행을 생각하고 있었다. 왜적을 섬멸하지 않고서는 그들이 언젠가는 다시 조선으로 올 것이라 믿고 있었다. 또한 7년 동안 수많은 부하들과 백성들의 목숨을 빼앗은 그들을 그대로 돌려보낼 수는 없었다. 나아가 통제사 자신이 오랫동안 꿈꾸었던, 적에 의한 자연사를 스스로 선택했는지도 모른다. 통제사의 그런 선택이 지치도록 쓸쓸했다. 전장에서의 죽음은 일상이지만 영웅에게든 보통 사람에게든 똑같이 두려운 법이다.

나는 내 생물적 목숨의 끝장이 결국 두려웠다. 이러한 세상에서 죽어 없어져서, 캄

남해 노량 충렬사

캄한 바다 밑 뻘밭에 묻혀 있을 내 백골의 허망을 나는 감당할 수 없었다. 나는 견딜
수 없는 세상에서, 견딜 수 없을 만큼 오래오래 살고 싶었다.

_김훈,《칼의 노래》부분

충렬사 오르는 계단에 앉아 노량 바다를 오랜 시간 내려다보았다. 차가운
바닷바람 사이에서 죽어 없어져서 바다 밑 뻘밭에 묻혀 있을 백골의 허망을
슬퍼하는 통제사의 번민과 이야기를 나누었다. 통제사의 마음처럼 비록 견딜
수 없는 세상이지만 그런 세상에서라도 오랫동안 살고 싶었다. 견딜 수 없는
세상의 비겁이라도 그 비겁조차 뜨겁게 사랑하며 살고 싶었다. 충렬사 앞바다

284

에 정박한 거북선이 보였다. 거북선 선체가 차가운 겨울바람에 흔들리고 깃발이 해풍에 나부끼고 있었다. 풍경은 기억을 만든다. 바람에 실려오는 바닷내음에 노량의 기억을 저장했다. 통제사의 생물적 끝장을 쓸쓸하게 저장했다. 감당하지 못할 절망 속에서도 수많은 적과의 싸움으로 지친 통제사의 쓸쓸한 마음을 저장했다. 내가 지금 내리는 결정과 판단도 항상 옳은 것이 되도록 통제사에게 빌었다. 쓸쓸한 마음이 절실했다. 통제사의 마지막 흔적을 만나기 위해 관음포로 향하면서 뒤돌아본 노량 바다가 문득 고요했다.

또한 나의 피도 원할 것일세

왜 오늘을 사는가? 온갖 먼지와 무의미로 점철된 오늘을 왜 버리지 않는가? 나는 그 대답을 항상 통제사에게서 찾는다. 통제사는 나에게 어떤 절망 속에서도 희망을 잃지 않는 법을 가르친다. 어렵게 찾은 희망조차도 무의미하게 변질시키는 세상 속에서 다시 희망을 찾아가는 길을 가르친다. 내 무의미한 현재를 규정하는 수많은 껍데기들을 쓸어 담아 끝이 보이지 않는 바다 너머로 던져버려야 하는 이유와 의미를 가르친다. 다른 시대를 살지만 그 실체는 조금도 다르지 않은 세상이 쓸쓸했다.

도와다오. 부디 내가 하는 결정과 판단이 옳은 것이 되도록. 너희들의 값진 죽음이 헛되이 되지 않도록. 지난 7년, 이 나라 조선 백성이 흘린 피가 헛되지 않도록. 내가 가야 할 길을 일러다오.

_드라마 〈불멸의 이순신〉 부분

관음포로 넘어가는 고개가 가파르다. 관음포를 찾아가는 내 마음의 흐름도 그만큼 가파르다. 통제사에 비해서는 너무나 보잘 것 없는 크기의 영혼과 삶의 형상을 지닌 나에게도 어떤 판단과 결정을 내려야 하는 그런 시간은 존재한다. 나는 그때마다 7년 전쟁의 마지막 결정을 앞둔 통제사의 고뇌를 생각했다. 부하들의 값진 죽음이 헛되지 않도록, 슬픈 백성들이 흘린 피가 헛되지 않도록 지금 죽음과 피를 선택해야만 했던 통제사의 역설을 생각했다.

'이충무공전몰유허'라는 비석 앞에 도착했다. 다소 초라하다. 주변 풍경과는 조금 이질적인 기다란 바위에 유명한 '戰方急 愼勿言我死전방급 신물언아사 (싸움이 바야흐로 급하니 삼가 내 죽음을 말하지 말라)'는 통제사의 마지막 말이 적혀 있었다. 통제사의 비장함이 쓸쓸했다. 휭~하니 바다 쪽에서 불어오는 바람이 먼지를 날렸다. 계단에도 여전히 바람이 불었다. 계단 위에도 바람이 불었다. 소나무 사이에도 바람이 불었다. 바람 너머에도 바람이 불었다. 겨울바람은 차가웠다. 이락사李落詞가 보였다. 이락사는 통제사가 죽은 후 시신을 처음으로 모신 장소이다. 자신의 죽음을 예정하는 통제사의 절박함이 가슴으로 다가왔다.

— 보이는가? 피비린내를 맡기 위해 모여드는 원혼들의 모습이…… 내 눈에는 보인다네. 그 한 사람 한 사람의 원혼이 양날의 검처럼 나를 할퀴고 지나가네.

— 그들이 원하는 것은 장군의 승리이며 이 땅의 승리입니다. 조선의 바다가 다시 어부들의 풍어가로 가득하게 될 그 날을, 그들은 바라고 또 원할 것입니다.

— 그럴 테지…… 그들의 피로 물들였던 바다였으니…… 또한 나의 피도 원할 것일세.

_드라마 〈불멸의 이순신〉 부분

남해의 해넘이
나는 안다. 총알은 깊다. 통제사의 언어가 가슴을 파고들었다.
통제사의 아픔이 내 아픔처럼 눈물겨웠다.
그 아픔으로 지킨 바다에는 어부들의 노랫소리로 가득했다.

자신들의 피로 물들였던 바다 위에 양날의 칼처럼 할퀴고 지나가는 원혼들의 모습이 이락사와 겹쳐졌다. 자신의 피도 원할 것이라던 통제사의 언어가 쓸쓸했다. 영원히 죽지 않기 위해 죽음을 선택한 통제사의 마음이 다시 쓸쓸했다. 그 쓸쓸함 너머로 아직까지도 어부들의 풍어가가 제대로 울리지 못하는 한반도의 슬픔을 생각했다. 이락사에 오랜 시간 머물렀다. 그 어디에서도 통제사가 부르는 칼의 노래는 들려오지 않았다. 드문드문 몇 사람의 관광객들이 스쳐 지나갔다. 현재를 살아가는 모든 이들의 생각은 다를 수 있다. 그 생각으로 선택하는 삶의 길도 반드시 하나만은 아니다. 통제사에게나 통제사를 두려워하는 세력에게나 현재의 삶이 던지는 절실함은 같았으리라. 7년의 전쟁이 끝난 후, 나라를 누란의 위기에서 구하고 수많은 민초들의 신뢰와 강력한 군대를 지닌 영웅이 가장 먼저 도성을 버리고 도망친 임금에게 어떻게 처신해야 할까? 임금에게 그 영웅은 과연 어떤 존재였을까? 임금에게는 통제사의 마음보다는 통제사의 존재하지 않는 칼날이 먼저 보였을 게다. 임금은 통제사의 마음과 항상 함께하는 민심이 더욱 두려웠을 게다. 앞으로 달려가려는 발걸음과 그 자리에 머물러 떠날 줄 모르는 마음이 칼날이 되어 부딪치고 있었다. 멍하니 나뭇가지 사이로 보이는 푸른 바다색에 시선이 머물다가 문득 돌아본 사당 담장 아래 양지 바른 곳에 피어난 동백꽃 한 송이가 빨갛게 고개를 들고 나를 올려다보고 있었다. 쓸쓸했다.

내 자연사에 안도했다

관음포 첨망대에 서서 바람을 맞았다. 첨망대 주위에는 수많은 동백꽃이 망울을 터뜨리고 있었다. 몇 그루의 대나무가 서걱거리는 소리를 내었다. 내 마음 한켠에서도 서걱거리는 소리가 들렸다. 쓸쓸했다.《칼의 노래》마지막 장을 열었다. 언어는 통제사만큼이나 절박했다.

나는 대장선 장대에서 소리쳤다.

– 관음포가 급하다. 관음포로 가자.

그 때 적선 2척이 내 대장선 앞뒤로 달려들었다. 난간에 도열한 적들이 일제히 무더기로 쏘아댔다. 갑자기 왼쪽 가슴이 무거웠다. 나는 장대 바닥에 쓰러졌다. 군관 송희립이 방패로 내 앞을 가렸다. 송희립은 나를 선실 안으로 옮겼다. 고통은 오래 전부터 내 몸 속에서 살아왔던 것처럼 전신에 퍼져나갔다. 나는 졸음처럼 서서히, 그러나 확실히 다가오는 죽음을 느꼈다.

– 지금 싸움이 한창이다. 너는 내 죽었다는 말을 내지 말라.

내 갑옷을 벗기면서 송희립은 울었다.

— 나으리, 총알은 깊지 않습니다.

나는 안다. 총알은 깊다. 총알은 임진년의 총알보다 훨씬 더 깊이, 제자리를 찾아서 박혀 있었다. 오랜 만에 갑옷을 벗은 몸에 서늘한 한기가 느껴졌다. 서늘함은 눈물겨웠다. 팔다리가 내 마음에서 멀어졌다. 송희립은 갑옷 소매로 눈물을 닦으며 북을 울렸다. 난전은 계속 중이었다. 싸움의 뒤쪽 아득한 바다 위에서 노을에 어둠이 스미고 있었다. 나는 심한 졸음을 느꼈다. 내 시체를 이 쓰레기의 바다에 던지라고 말하고 싶었다. 졸음이 입을 막아 입은 열리지 않았다. 나는 내 자연사에 안도했다.

_ 김훈,《칼의 노래》부분

관음포에는 갈라진 섬들이 말없이 떠 있었다. 통제사의 선택을 되새겼다. '나는 안다. 총알은 깊다.' 김훈의 언어가 매섭고도 깊다. 총알은 깊다. 발끝에서 시작된 울음이 가슴을 거쳐 입과 코로 쏟아져 나왔다. 통제사의 아픔이 내 아픔처럼 눈물겨웠다. 오랫동안 관음포의 울음소리를 들었다. 통제사의 그것에 비하면 지금까지 내가 겪은 슬픔이나 아픔, 그리고 쓸쓸함들이 아무것도 아니라는 생각이 들었다. 바다가 바람 속에서 통곡하는 소리를 아득하게 들었다. 내 등을 무자비하게 난도질하는 매서운 칼의 노래를 들었다. 다시 쓸쓸했다. 선택의 기로에서 나는 늘 통제사의 선택을 떠올렸다. 사실 통제사에게는 퇴로가 없었다. 어쩌면 퇴로가 존재했던 적들보다도 더 불행했던 셈이다. 결국 통제사는 적의 퇴로를 끊는다. 그리고 죽음을 맞는다. 그것이 통제사의 유일한 퇴로였던 게다.

그러면…… 나의 퇴로는? 최소한 선택을 할 수 있다는 점에서 나는 통제사보다는 행복하다. 하지만 안타깝게도 지금까지 내가 품었던 어떤 알들도 부화하지 못했다. 결국 난 단 한 번도 새가 되어 비상하지 못했던 셈이다. 문득 칼로 베어지는 적을 지닌 통제사가 역설적으로 부러웠다. 칼로 베어지지 않는 적들을 이 세상에 남겨두고 스스로 자신만의 자연사를 선택한 통제사가 부러 웠다. 아니다. 이런 마음의 흐름조차 사치이다. 내가 느껴야 할 감정은 오히려 통제사에 대한 한없는 부끄러움이리라. 가장 먼저 싸워야 할 적이 바로 자기 자신이며, 민초를 하늘로 알고 마음을 다하여 섬길 수 있는 마음일 때 나는 진 실로 통제사를 부러워할 수 있으리라.

이제 통제사와 함께한 내 여행의 기록도 마무리할 때가 되었다. 행복했다. 여행 동안 늘 쓸쓸했던 기억조차도 행복했다. 수많은 불가능에 도전하고 깊은 절망과 싸우면서도 끝내 희망을 버리지 않았던 통제사의 길을 그의 마음과 함

관음포 첨망대에서 바라본 통제사의 마지막 바다
버려진 섬마다 꽃이 피었다. 통제사의 절실함을 마음에 저장했다. 쓸쓸했다.

께 걸어 보았다는 것이 행복했다. 흔들리는 동백꽃 사이로 바닷내음이 스며들어왔다. 그 내음 너머로 섬들이 바람 속에 흔들렸다.《칼의 노래》를 덮었다. 그러다가 다시 첫 장을 펼쳤다. 다시 쓸쓸했다.

버려진 섬마다 꽃이 피었다. 꽃피는 숲에 저녁노을이 비치어, 구름처럼 부풀어 오른 섬들은 바다에 박힌 사슬을 풀고 어두워지는 수평선 너머로 흘러가는 듯싶었다.

_김훈,《칼의 노래》부분

1. 당신의 죽음에 대해서는 아직도 말이 많다. 크게 세 가지로 분류하자면 전사설, 자살설, 은둔설이다. 어느 쪽인지 직접적으로 묻고 싶지만 대답이 어려우리라는 것을 알고 있다. 이렇게 분분한 의견들에 대한 자신의 입장만이라도 말씀해 주시기를 바란다.

사실 전란이 끝나는 순간 이미 나의 퇴로는 없었다. 죽음과 같은 수많은 전쟁을 치르면서도 나에겐 퇴로가 존재했다. 그것은 바로 다음 전쟁을 준비하는 것이었다. 적이 존재하는 한 나의 의미도 존재했다. 하지만 그런 전쟁이 끝났다. 나에게 가장 큰 적은 역설적으로 왜적이 아니었던 셈이다. 전쟁이 나고 나서 백성을 버리고 끊임없이 피난을 다녔던 임금, 그리고 24번을 싸워 24번을 이기면서 조선과 백성들을 왜적으로부터 지켜낸 나. 아마 임금은 전쟁 이후의 나의 존재가 두려웠을지도 모른다. 그렇게 죽고 싶진 않았다. 난 자연사를 택하고 싶었다. 내가 영웅이어서가 아니라, 나를 영웅으로 만들고 싶어서가 아니라 군인이 전장에서 죽는 것은 당연한 것 아닌가?

2. 오늘날 후손들은《난중일기》를 통하여 임진왜란 기간 동안에 당신의 전투와 전략, 전술 등을 기록한 내용을 비롯하여 인간적인 면모까지 알 수 있게 되었다. 전쟁 중이라 상황이 급박하고 혼란스러웠을 것이다. 이렇게 글을 기록한 이유는 무엇인가?

나는 의외로 겁이 많은 사람이다. 내 죽음이 두려워서가 아니다. 나를 믿고 따르는 수많은 부하와 백성들의 죽음이 두려워서이다. 내가 패배한다면 그들을 죽음으로 몰아넣는 것 아닌가?

지지 않기 위해서는 이기기 위한 준비를 철저히 해야 한다. 기록은 바로 그러한 준비를 위한 핵심이다. 나아가 개인적인 그런 기록에는 개인사와 관련된 내 슬픔과 고통이 담긴다. 신기하게도 기록이 되는 순간 그 슬픔과 고통이 이미 내 몫이 아닌 것처럼 생각된다. 상황이 급박하고 혼란스러울수록 찬찬히 기록하는 거기에 진정한 승리의 요인이 있었을지도 모르겠다.

3. 당신의 칼에 새겨진 '三尺誓天 山河動色 一揮掃蕩 血染山河(칼로 하늘에 맹세하니 산과 강이 색을 바꾸고, 한 번 휘둘러 소탕하니 피가 산과 강을 물들이도다)'라는 글이 의미하는 것은 무엇인가?

검명劒銘은 내 의지를 담아놓은 것이다. 7년 전쟁 동안 조선의 산과 강, 그리고 바다는 조선 백성들이 흘린 피로 가득했다. 나는 백성들이 흘린 피를 헛되이 할 수 없었다. 그대로 적들에게 돌려주고 싶었다. 적들조차 알고 보면 개별적인 인간들이었지만 전장에서는 단지 베어야 할 적일 뿐이지 않는가? 검명은 그러한 내 마음을 다잡는 의미에서 새겼다. 산과 강이 색을 바꿀 만큼 내 맹세가 절실하다는 것이며, 한 번 휘둘러 소탕하여 피가 산과 강을 물들일 정도로 적들을 섬멸할 것이라는 다짐이다.

임의의 한 점에서 다른 점에 이르는

점들의 집합을 선이라 한다

최단거리일 때 직선이라 부른다

수학적 정의는 화두나 잠언과 닮아 있다

때로 법열을 느끼게도 한다

길이란 것도 말하자면

임의의 한 점에서 다른 점에 이르는 점들의 집합이다

최단거리일 때 지름길이라 할 것이다

임의의 한 점에서 다른 점에 이르는 동안

점들은 언제나 고통으로 갈리고

점들은 마냥 슬픔으로 꺾여 있다

수학적으로 볼 때 나는 지금

임의의 한 점 위에서 다른 점을 찾지 못해

우두커니 서 있는 셈이다

그러니까 처음의 제 몸을

가르고 꺾을 때마다 망설였을 점들의 고뇌와 번민에 대해

곰곰 생각해 보고 있는 중이다

_강연호, 〈길〉 전문

평면 위의 한 지점에서 그 주위로 같은 거리의 선을 그은 것을 원이라고 한다. 나

는 지금 임의의 한 점 위에서 다른 점을 찾지도, 같은 거리의 선을 긋지도 못해 우두커니 서 있다. 고통으로 갈린 점과 슬픔으로 꺾인 점들이 모인 내 길. 얼마나 힘들었을까? 오랜 만에 던지는 자기 연민의 화두가 나를 슬프게 한다. 그렇구나. 한동안 나는 내 스스로에 대한 연민을 가질 시간조차도 없었구나. 하지만 고맙게도 나에겐 그런 아쉬움이 후회로 나아가진 않는다. 나쁜 일, 슬픈 일들도 쉽게 잊어버리고 '지금 여기'를 살아가는 내 삶의 방식 탓이다. 그래서 나는 지나간 아쉬웠던 모습을 쉽게 받아들인다. 그런 시행착오가 없었다면 지금의 나도 존재하지 않을 테니까. 중요한 건 앞으로 다시 잘못된 갈림과 꺾임이 반복되지는 말아야 한다는 생각, 그것이다.

집을 나섰다 무작정

물방개 소금쟁이도 없이

어질러지는 의식의 못자리

여릿여릿 흔들리다 욱신거리는 날

풍경이 물구나무선

빗물 고인 웅덩이 여럿 건너뛰며

어지러운 잔상들 마음 바깥으로

쓸어내는 산책길 진저리치며

나무들 젖은 이파리 털어 내느라 부산하고

깃털 한 올 젖지 않은 얄미운 휘파람새

뭐 그리 즐거워 솟구치는지

올려다보다 문득

길을 잃었다 검은 커튼이

내린 듯 눈앞이 순식간에 캄캄해지는,

나는 누구이고 어디로 가는 중이었는지

씻은 오이처럼 풋풋한 바람에게 묻는다

들쭉나무 어린줄기 슬며시 감고 오른

메꽃에게 물어 본다

그들이 손짓하는 방향으로 석양이

새털구름 앞세우고 가고 있었다

_장진숙, 〈비 개인 오후, 길을 잃다〉 전문

눈물 나게 맑은 아침. 창으로 스며드는 햇살이 하얀 빛깔로 다가온다. 기차를 마냥 바라보다가 왈칵 눈물이 솟아 흐려져 가는 철로를 따라 어디론가 떠나가고 싶은 마음. 그냥 걷다 보면 어느 하늘 아래 바다도 나올 터이고, 그 길에서 나처럼 어디론가 떠나가고 싶은 마음으로 숨을 쉬는 사람을 만날 수도 있을 거야. 그러면 어쩌면 다시 돌아올 수 없을지도 몰라. 혼자라는 사실이 싫다고 그 사람이 내게 가지 말라고 하면 난 다시 돌아올 수 없을지도 몰라. 하지만 머문다는 것이 편안해서 몇 날이고 머물다 보면 다시 떠남이 그리워질 테지. 정신을 차리고 멍하니 다시 창을 내다보는데 풍경이 물구나무를 서 있었어.

뒤를 남기면서

날마다 앞으로 걸어 나갔다

가다가 잠깐 뒤돌아보았을 때

지상은 눈이 내리고

눈에 묻혀 지나온 길이

하얗게 지워지고 있었다

닳아 오르던 열정의 한때

목쉰 울음을 눌러

아무도 모르게 삼키던 좌절이

일순 그 길가에서 손을 흔들다가

마른 잎으로 흩어졌다

멀고도 찬 저 별이

이마 위에서 물소리를 내는 동안

자양이 되지 못한 몇 개의 슬픔들이

오늘은 어디쯤서 길을 잃었는지

갈 길이 보일 듯

보일 듯하다 흐려놓는 눈발이

걷히지 않고 여태도 내리고 있다.

_ 진경욱, 〈길〉 전문

몇 개의 슬픔들이 오늘은 어디쯤서 길을 잃었을까? 내 슬픔에 모두가 침묵한다고 느낄 때 문득 외롭다. 회색빛 건물 너머에 매달려 있던 몇 송이의 벚꽃이 바람에 날린다. 떠나는 꽃잎과 아직도 머물고 있는 꽃잎들. 그 사이에서 내 마음이 움직인다. '나는 떠나는 꽃잎일까? 아직도 머물고 있는 꽃잎일까?' 어디쯤서 길을 잃은 내 슬픔들이 날리는 꽃잎 언저리에 묻어 있다. 이런 풍경은 참 맛있다. 하얗게 바랜 봄 하늘의 가장자리로부터 햇살이 스며든다. 결국 비는 내리지 않을 모양이다. 그래도 어쩔 수 없지. 내 슬픔은 여전히 길을 찾지 못하는 걸. 갑자기 달려온 마음속 실타래를 푸는 소리에 가슴이 먹먹해졌다. 이런 마음, 무척 오랜 만이다. 왜 진작 그런 걸 깨닫지 못했을까? 한 올 한 올 풀려지는 실타래처럼 내 삶도 풀어야 한다는 걸. 풀려지지 않는 실타래가 안타까워 가위로 자르는 순간 몇 구비가 넘는 흉터가 남는다는 걸. 항상 흉터는 내 몫인 걸.

가지 않을 수 있는 고난의 길은 없었다

몇몇 길은 거쳐오지 않았어야 했고

또 어떤 길은 정말 발 디디고 싶지 않았지만

돌이켜보면 그 모든 길을 지나 지금

여기까지 온 것이다

한 번쯤은 꼭 다시 걸어보고픈 길도 있고

아직도 해거름마다 따라와 나를 붙잡고 놓아주지 않는 길도 있다

그 길 때문에 눈시울 젖을 때 많으면서도

내가 걷는 이 길 나서는 새벽이면 남 모르게 외롭고

돌아오는 길마다 말하지 않은 쓸쓸한 그늘 짙게 있지만

내가 가지 않을 수 있는 길은 없었다

그 어떤 쓰라린 길도

내게 물어오지 않고 같이 온 길은 없었다

그 길이 내 앞에 운명처럼 파여 있는 길이라면

더욱 가슴 아리고 그것이 내 발길이 데려온 것이라면

발등을 찍고 싶을 때 있지만

내 앞에 있던 모든 길들이 나를 지나

지금 내 속에서 나를 이루고 있는 것이다

오늘 아침엔 안개 무더기로 내려 길을 뭉텅 자르더니

저녁엔 헤쳐온 길 가득 나를 혼자 버려둔다

오늘 또 가지 않을 수 없던 길

오늘 또 가지 않을 수 없던 길

_도종환, 〈가지 않을 수 없던 길〉 전문

내가 걷는 길이 내가 바랐던 길이 아님에 섭섭한 적이 많았다. 섭섭함이란 내 생각대로 해주지 않는 상대방 때문에 드는 것이 아니라, 상대방에게 너무 많은 기대를 줘버린 내 자신 때문에 드는 감정이다. 나이가 들면서 섭섭함이란 감정도 일정 부분 기계적이 된다. 섭섭한 척하는 것이지 진실로 섭섭하지는 않다. 그만큼 기대하지도 않았기 때문이다. 그건 내 스스로에게도 마찬가지다. 이렇게 조금씩 하늘이 흐려오고, 슬그머니 수면 위로 떠오르는 응어리가 옹이처럼 영혼을 후비고 삶이 걸리고 목이 걸려오는 오후. 하지만 분명한 건 그 모든 응어리와 옹이만 남은 내 삶의 길도 결국 걸어갈 수밖에 없었던 나의 길이었다는 사실. 그 길 때문에 눈시울 젖을 때가 많았으면서도, 내가 걷는 이 길 나서는 새벽이면 남모르게 외로웠고 돌아오는 길마다 말하지 않은 쓸쓸한 그늘 짙게 남아 있었으면서도 내가 가지 않을 수 있는 길은 없었다는 사실. 그게 삶이 지닌 궁극적인 얼굴이다.

돌아보면 황사가 내 시야를 흐리기도 했다. 몰아치는 바람에 몇 번이나 눈을 훔쳤다가 눈 가득 물기를 머금기도 했다. 눈이 빨갛게 부어오르기도 했다. 어느 선배님의 시처럼 길을 잃어버리기도 했다. 그렇게 길을 잃어버렸을 때 나는 다시 길을 떠났다. 내가 노래했던 시, 내가 읽었던 소설, 만나고 싶었던 사람들을 만나기 위해서. 그렇게 걸어 가다보면 잃어버린 내 길이 날마다 스치는 옷깃처럼 정겨운 모습으로 다시 나타나곤 했다.

지금 바람이 분다. 바람이 무덥다. 이미 나뭇잎이 무척이나 많이 늙었다. 두려운 건 변화를 바라는 혁명의 시간이 상투화되어 버린다는 사실이다. 시간은 변화의 개념을 내포하고 있다. 시간과 함께 달려가지 않으면 이미 과거이다. 거기에 머문다는 것이 두렵고 또 힘들다. 걸었던 길을 조금씩 정리하기로 했다. 그것이 어떤 모습을 지니고, 타인에게 어떤 풍경으로 기억된다 할지라도 이미 내가 걸은 길이니까 거기에서 만들어진 그림자는 내 몫이다.

소설 나부랭이를 읽는다고 꾸짖으시던 어머니, 그러다가 운명처럼 아이들에게 국어를 가르치는 삶이 내 길이 되었다. 여전히 궁티를 벗지 못하는 나의 자화상. 없는 사람이 없는 사람대로 살지 못하게 만드는 불편한 세상. 그것을 노여워하는 작은 나. 살기가 참 어렵다. 그냥 길을 걸어가기도 참 어렵다. 길은 여전히 거기에 있지만 내 걸음은 더디기만 하다.

제대로 길을 걸어온 것일까? 걸어왔던 길들, 걷고 싶었던 길들, 아직 걸어가지 못한 길들. 지금도 여전히 길을 걷고 있다. 내가 걷고 있는 이 길이 힘들어 돌아가고 싶을 때도 있다. 하지만 선택의 주체도 나였고 걸어가는 주체도 나였기에 후회는 없다. 잊어버렸던, 잊고 살았던 삶에 대한 그리움도 사실 느낄 겨를이 없다. 어차피 걸어가야 할 길, 함께 힘겹게 길을 걷던 사람 하나가 많이 아프다. 괜히 내 탓인 것 같아 하루 종일 마음이 무겁다. 이러다 나도 지치지 않을까. 하지만 내가 걷는 길이 가져다 준 풍경은 늘 새로웠다. 발자국마다 아름다운 꽃을 피우면서 기억을 남겼다.

1999년 이후로 '문학기행'이라는 이름으로 길을 걸었다. 이 책은 그 길에서 만난 사람과 풍경의 기억이다. 2007년 3월부터 '대구매일신문'에 연재된 글들을 고

치고 묶었다. '문학기행' 뒷부분은 작가에게 학생들이 던지는 질문을 손을 대지 않고 그대로 담았다. 답변은 여러 자료를 참고하여 내가 했다. 가상 인터뷰일 뿐이니까 작가들의 넓은 아량을 바란다. 책의 분량 문제로 담지 못한 더 많은 사람과 풍경들이 있다. 〈태백산맥〉의 고향인 벌교, 강진의 다산초당, 해남의 녹우당, 대흥사, 땅끝, 고정희와 김남주의 생가, 채만식의 군산, 최영미의 선운사, 천상병의 마산, 김원일의 진영, 〈사하촌〉의 배경인 남해 용문사, 〈등신불〉의 배경인 사천 다솔사, 송수권의 섬진강 하구, 박경리 문학의 산실인 통영, 하동 평사리, 원주, 이효석의 봉평, 〈역마〉의 배경인 화개장터, 김용택의 섬진강, 지리산 성삼재, 담양의 송강정, 식영정, 면앙정, 소쇄원, 황지우의 명목헌, 광주 금남로, 무등산, 망월동 5·18묘지, 슬픈 기억의 수덕사, 여주 신륵사, 서하진의 제부도, 신경림의 목계장터, 계룡산 갑사와 동학사, 남매탑, 감포 감은사탑, 울진 망양정, 일연스님의 군위 인각사, 서정윤의 아포, 우포늪, 현진건과 이상화의 대구 등 바로 기억에서 건져 올린 장소만도 이렇다. 남은 길의 기록은 다음 책에 담을 예정이다. 내 길을 믿고 함께 걸어 준 사랑하는 가족들, 문학기행을 더불어 걸었던 선생님들과 아이들, 3년 동안 함께한 대구통합교과논술지원단 선생님들, 선뜻 들어가는 말을 만들어 주신 대구시교육청 한원경 장학관님, 허접한 글을 다듬어주신 장성보, 이금희 선생님, 갑작스런 부탁에도 좋은 질문을 많이 만들어 준 사랑하는 제자 경선이, 예홍이, 윤정이, 효진이, 여러모로 격려와 함께 도움을 주신 장은주님, 그리고 출판시장의 어려움에도 불구하고 선뜻 출판을 허락하신 꿈과희망 대표님, 예쁘게 책을 만들어주신 편집부 식구들, 모두에게 감사의 말을 드린다. 내가 걷는 길의 궁극적인 의미는 사실 이들에게 걸어가는 과정이다.

2009년 7월

책뜨락에서